スノウ・エンジェル

河合莞爾

祥伝社文庫

プロローグ1　静寂《しずか》なる時

二〇一四年　六月某日

アメリカ合衆国　カリフォルニア州　ラファイエット

湖面は静かに、金色に輝いていた。

近付いて湖面を見れば、風を受けてかすかなさざ波が立っているのかもしれない。だが、ラファイエット保養地の人造湖《レザボア》全体を見下ろす、この丘の上からはそれはわからない。湖面はあくまでも静かに、まるで鏡のように周囲の山々の緑を映し出し、午後の日差しを反射して眩《まばゆ》く輝いていた。

右の湖岸からは、一本の木造の橋が湖の中央に向かって真っ直《ま》《す》ぐに延びていた。その先には古城の尖塔《せんとう》のような、煉瓦《れんが》造りの取水塔が建っていた。その塔も、周囲の山々と同じく、逆《さか》さまに湖面に映っていた。

その風景は、まるで何百年も前に描かれた油絵のように、ずっとこの場所に存在していた。

丘の上で人造湖を眺めているのは、一人の老人だった。

短い白髪《はくはつ》、白い口髭《くちひげ》、長く白い顎鬚《あごひげ》。白い室内着の上に白いガウンを着て、白く塗装された木製の肘《ひじ》掛け椅子《いす》に、深々と腰を下ろしていた。そして眼下に広がる湖を、穏やかな表情で眺めていた。

足下には一面に、野生の芝だろうか、緑色の低い雑草が生えていた。時折、湖面を通ってきた風が老人の白い顎鬚を撫《な》で、周囲の木々を飛び立った小鳥が、高い声でさえずりながら空を飛んでいった。

それ以外には、何も起こらなかった。

老人はいつからここに座っているのだろうか。おそらく長くても数時間だろう。しかし老人はまるで何日も、いや何年、何十年もの間、この白い肘掛け椅子に座って、ただ湖面を眺めているように見えた。

「ミスター・シャロノフ？」

背後から呼びかける声がして、老人は首をゆっくりと右へ回し、後ろを見た。

いつの間に現れたのだろうか、五メートルほど離れた雑草の中に、黒いスーツを着た男が立っていた。白いシャツ、ネクタイはしていない。黒く短い髪、黒い虹彩《こうさい》。アジア系のようだ。右手をスラックスのポケットに突っ込み、左手には黒いドクターバッグを提《さ》げている。

「私は君を知らないが、君は私を知っているようだ」

老人は、柔らかい表情で男に話しかけた。

「ここにお客が来るのは何年ぶりだろう。さあ、こっちに来て私の隣に座りなさい。ここそが、湖を眺めるのに一番いい場所だよ」

老人の座っている椅子の左側には、木製の小さなテーブル。そのテーブルを挟んで、同じ白い椅子がもう一つ置いてあった。

「そうそう。なんなら君と賭《か》けてもいいが」

黒いスーツの男に向かって、老人は悪戯《いたずら》っぽくウインクした。

「もうすぐ妻のアンが、熱いミルクティーを持ってここにやってくるよ。私がお茶が飲みたくなると、彼女は必ず、ティーセットを載せたトレイを持って、あの坂道を登ってくるんだ」

老人は男の背後に目をやった。丘の下り斜面に、一本の細い坂道があった。その五十メートルほど先に、白く塗られた木造の古いコテージが建っていた。それが老人と妻の住まいのようだった。

「アンは、私の考えていることは何でもわかるんだよ。もう六十年以上も連れ添った夫婦だからね。まずはそのお茶を飲んで、それから君の話をゆっくり聞こうじゃないか」

「ミスター・シャロノフ」

男は小さく首を横に振った。

「その賭けは、あなたの負けだ。あなたの妻は、ここへお茶を持って来ない」

低い、抑揚《よくよう》のない声。

老人は不思議そうな表情を浮かべた。

「そう思うかね？」

「それに私は、水溜《みずた》まりを眺めるのは好きではない。紅茶も好きではない」

男の喋《しゃべ》り方から、普段から英語を喋る人間ではないことが老人にもわかった。

老人が男に聞いた。

「では、君は何が好きなのかね？」

「それは重要なことではない」

男は老人に向かって歩み寄り、老人を見下ろす位置で止まった。

「用件を言う。ミスター・シャロノフ、あなたのレシピが欲しい」

老人はまた湖面に目をやり、束《つか》の間《ま》考え込んだ。そして何かに思い当たった様子で、ゆっくりと頷《うなず》いた。

「人の口に戸は立てられぬか《People will talk》。たとえ数人の友人だけにでも、あのレシピのことを喋った私が悪いのだろうな」

眼下に広がる湖面のように、あくまでも静かに老人は喋り続けた。

「その友人たちにも言ったのだがね、残念ながら、あれは売り物ではないのだよ。あれは私とアンが、人生という名の舞台に穏やかに幕を引くために、人生の全てを懸《か》けた研究の結果、ようやく見つけ出した——、いや、そうではないな」

老人はゆっくりと首を振った。

「研究に人生の全てを捧げた私を、憐《あわ》れに思われたのだろうね、あれは最後の最後に、神が私に与え給《たも》うたものなのだ。無数の失敗を繰り返した、長い長い年月の果《は》てにね。それこそが、私があれを『最後のレシピ』と呼んだ理由なのだよ」

「そう、シャロノフの『最後のレシピ』。それが欲しくてここに来た」

男は頷いた。

「あなたはそれについて、友人にこう語った」

男は詩でも暗誦《あんしょう》するかのように言葉を続けた。

「――人生の全てを懸けて探し求め、ついに手に入れた究極の恵み。その誘いはあくまで優しく、癒《いや》しは絶《た》え間なく降り続け、与えても何も奪わない。それはまるで――」

老人がその言葉を引き継いだ。

「清純な雪をまとう、天使のよう――」

老人は、男の顔を見上げた。

「私がジェームズに――友人の医師に送った、手紙の中に書いた言葉だ。なぜそれを君が知っているのかね？」

「それもまた、重要ではないことだ」

男は無表情に答えた。

「それに私は、『最後のレシピ』を買いに来たのではない。入手しに来たのだ」

「どういう意味だね？」

男はじれてきた様子で、老人を詰問《きつもん》した。

「レシピはどこだ？」

「ここだよ」

老人は楽しそうに、右手の人差指で、自分の右耳の上をつついた。

男は老人の顔をじっと見た。そして、左手に提げていたドクターバッグを草の上に置くと、腰をかがめて差込錠を外し、蓋《ふた》を開け、中から黒いL字形のものを取り出した。それはオートマティックの拳銃だった。銃口に消音器《サプレッサー》が装着してある。

「ミスター・シャロノフ」

男は立ち上がると老人の顔を見た。

「あなたがレシピを記録していないはずはないのだ。あなたは、自分の研究成果を事細かにまとめた記録を、書物として二冊出版している。そういう人だ」

男は慣れた手つきで、がちゃり、と銃の安全装置を解除すると、銃口をゆっくりと持ち上げ、老人の額《ひたい》に向けて止めた。

「もう一度聞く。レシピはどこにある？」

老人は銃口を凝視した。しばらく無言ののち、老人はゆっくり二度三度と頷いた。

「そうか。さっき君が、アンはここへは来ないと言った理由がわかったよ。アンは君が殺したのだな。何と可哀相《かわいそう》なことを」

男は無言だった。

老人は男から視線を外すと、正面に向き直り、椅子に背を預けて虚空《こくう》を眺めた。

「――しかし、どうしたことだろう」

老人の口から小さな声が漏れた。

「最愛の妻が無残にも殺されたというのに、私の心には波風一つ立たない。まるで去年の十二月の、白く凍ってしまった湖のようだ」

不思議そうに、老人はわずかに首を傾《かし》げた。

「私はもはや、胸の痛みを感じることも、涙を流すこともできないのだろうか。いや、ただ悲しむことすらできないのだろうか――」

その呟《つぶや》きを聞いた時、銃を構えた男の目が輝いた。

「本当だったのだな？」

男の声は興奮のせいか、わずかに震えていた。

「あなたの『最後のレシピ』が生み出す白い薬物は、ただ、純粋な平穏のみを与えるというのは」

男は老人に向かって、早口で質問を投げかけた。

「あなたが最愛の妻を殺されても全く悲しみを感じないのは、その薬物のせいだ。そうだろう？　それにそうとも、あなたの妻が死の間際《まぎわ》に恐怖を見せなかったのも、日々二人でその薬物を摂取《せっしゅ》していたからだ。そうだろう？」

「死ぬ間際、アンは怖くなかったのか――」

老人の顔に、再び微笑《ほほえ》みが浮かんだ。

「それは、何よりの救いだ」

そのまま、しばらく沈黙が流れた。そして老人は、ぽつりと呟いた。

「どうやら天使は、世の中に出たがっているようだ」

老人は自分に銃を向けている男に顔を向けると、その顔を無感動に眺めた。

「よかろう、持っていきたまえ。私の『最後のレシピ』を。キッチンの戸棚の奥にある、白い砂糖壺《つぼ》の底に入っているよ」

視線を正面に戻して、老人は独《ひと》り呟き続けた。

「天使とは、本当に神から私への賜《たまわ》り物だったのだろうか？　そうではなくて、神の庭に踏み込もうとした私への罰だったのだろうか？　ならば、愛《いと》しいアンが殺されたのも、神の罰なのだろうか？」

そこで老人は、ふと考え込んだ。

「愛しい――？　愛しいとはどういう感情だっただろう？　私はいつの間に忘れてしまったのだろう？　何と、何と悲しいことだろう」

悲しい、と言いながらも老人の顔には、何の感情も浮かんでいなかった。そのままの無表情で、老人は男に話しかけた。

「その名前も知らない君《きみ》。悪いが、私をアンのいるところに連れていってくれないか」

男は銃を老人の額に向けたまま、じっと老人を見つめた。

「この罪深い私を、君が右手に持っているその禍々《まがまが》しい道具でな。それこそが神の、いや私がこの世に呼び出した天使の意思なのだ。もっとも――」

ふっ、と老人は表情を緩めた。

「私が連れて行かれるのが、アンのいる天国なのか、それとも地獄なのか、それはわからないがね」

老人は顔を上げ、空を見上げた。そこには澄《す》み切った透明な青空が広がっていた。

「もうすぐ天使は、『最後のレシピ』という呪文《じゆもん》によって封印を解《と》かれ、この世にその姿を現すだろう。やがて天使は増殖を続け、世界の隅々《すみずみ》にまで飛んでいくだろう。そして、この長く続いた人間の世を、根底から変えてしまうことになるだろう」

老人は静かに喋り続けた。まるで予言者のように。あるいはまるで、青い空の上にいる何者かに話しかけるように。

「人々は初めて、永遠の平穏を手に入れるのだ。遥《はる》か昔、我々の祖である男が神との契約を破って智慧《ちえ》の実を食べ、それ以来苦しめられてきた怒りから、恨《うら》みから、妬《ねた》みから、初めて完全に解放されるのだ。そしてこの世は、永遠に達成できないと言われた真の平和を、ついに手に入れるのだ。――ただし」

老人はそこで息をつき、小さな声で続けた。

「悲しみや、愛しさと引き換えにな」

そして老人は、男に顔を向けた。

「そうなれば、私がこの世から消えてしまったあと、この世は――」

老人の顔には穏やかな笑みが浮かんでいた。

男は、老人が今、全ての感情から解放された純粋な平穏の中にあることを知った。

「天国になるのかな？　それとも、地獄かな？」


空気の噴出するような、鈍《にぶ》い銃声が響いた。

その音は、コテージの周囲に茂っている木々のざわめきにかき消された。

ラファイエット保養地を見下ろす、小高い丘の上。

人造湖の湖面は、何事もなかったように、午後の陽光を映していた。

プロローグ2　崩壊《こわ》れし時

セミがけたたましく鳴いている。何十匹も何百匹も何千匹も何万匹もだ。一体何のセミだろうアブラゼミかクマゼミか種類など何でもいいが煩《うるさ》すぎる。しかも神経を逆撫《さかな》でする癇《かん》に障《さわ》る鳴き声だ。磨《す》りガラスを爪《つめ》できいいいいいいいと引《ひ》っ掻《か》くようなチョークで黒板にきいいいいいと線を引くような、そんな耳を押さえたくなるセミの鳴き声が大音量で俺の耳にがんがんと響いてくる。鼓膜《こまく》が破れそうな痛みを覚えて両手で耳を押さえるが煩さは全く変わらない。きっとセミの群れは俺の耳の中に棲《す》んでいるのだ。俺の耳の中でセミの群れが間断なくけたたましく鳴き続けているのだ。何十匹も何百匹も何千匹も何万匹もだ。

俺は車を飛ばしている。どこへ行こうとしているのかは俺にもわからない。ただ早くどこかへ行かなければならないという激しい焦燥《しょうそう》に駆られて車を走らせている。そこに行けば何かがあってその何かを手に入れれば俺の問題は全て解決する気がする。そこに行かなければ俺は死んでしまうという恐怖が俺を駆り立てている。それさえあれば俺は無敵になれるという強い確信がある。一刻も早くどこかへ行って何かを手に入れたくて俺は車のアクセルを床まで思いっきり踏み付けている。

突然、どん、という重い音がする。身体に衝撃が走る。車が傾く。何かにぶつかったようだ。そう言えばぎゃあという恐ろしい叫び声が聞こえたような気がする。おれは車のウインドウ越しにあたりを見回しいきなり冷水を浴びせられたかのようにぞっとする。

俺はいつの間にかゾンビの大群の中にいる。

数十体いや数百体はいるだろうか、襤褸《ぼろ》をまとい腐りかけて爛《ただ》れた顔のゾンビどもが口を半開きにしたまま微妙に傾いた姿勢で身体をゆらゆらと揺らしながら通りを歩いている。恐怖に俺の心臓がどくどくと大きな音で鳴り始める。ここはきっとゾンビの棲む街で俺はいつの間にかここに紛《まぎ》れ込んでしまったのだ。今まで嗅《か》いだことのない黴《かび》臭くて吐き気のする悪臭が車の中まで入り込んでくる。奴らの臭いつまり死臭だ。

歩道にいるゾンビどもが俺を指差している。俺が奴らの仲間を轢《ひ》いたので怒っているのだ。前方を見ると車道の上に大勢のゾンビどもが集まって敵意のこもった目でじっとこっちを見ている。通せんぼをして車を止め俺を引きずり出して捕まえようというのだ。そして皆で俺を喰《く》い殺そうというのだ。

喰われてたまるか——。俺はぐいとアクセルを床まで踏み込むとハンドルを両手で握りしめ訳のわからない叫び声を上げながらゾンビの群れの中に突っ込む。どんどんどんと連続して俺の身体が揺れる。何体かのゾンビを撥《は》ね飛ばしたのだ。ざまあみろ！　俺は逃げ惑《まど》い始めたゾンビを追いかけては後ろから次々と撥ね飛ばす。

俺の撥ねたゾンビの一体が宙を舞い車のボンネットに乗り上げる。そのゾンビは目と耳と口から血を流しながらフロントグラスに張り付き俺の目の前数十センチで俺を恨みのこもった目でじっと睨《にら》む。俺は恐怖に逆上しそいつを振り落とそうとハンドルを左右に大きく動かす。車が激しく蛇行《だこう》を始めるが目の前のゾンビのせいで前が見えない。車はさらに何体かのゾンビを撥ね飛ばす。ようやくフロントグラスに張り付いていたゾンビが道路に転がり落ちる。

その瞬間俺の目の前に石造りの壁が現れる。ブレーキを踏む間もなく車は全速でその壁に正面から衝突する。どかんという激しい音と車がひっくり返るような衝撃とともに白いエアバッグが運転席に広がる。

セミがけたたましく鳴いている。いやこれはセミの鳴き声ではない。びびびいいいいいいというこの長い音は壊れたクラクションの音だ。あまりのやかましさに俺は否応なく目を覚《さ》ます。気が付くと車は停まっている。俺は運転席に座っている。ほんの少しの間だが気を失っていたようだ。まだ頭がぼうっとしている。視界全体が赤い。頭からの出血が目に入ったようだ。

ふと窓の外を見ると大勢のゾンビどもが俺の車を取り巻き中にいる俺を覗《のぞ》き込んでいる。中の一体が何事かをわめきながら運転席のドアノブを外からがんがんと引っ張ってドアを開けようとしている。俺を車から引きずり出そうというのだ。その時俺は以前暴走族に絡まれて以来鉄製の長い釘抜《バール》きを後部座席に積んでいることを思い出す。

俺は必死に身体を捻《ひね》って後部座席に手を伸ばしバールの柄《え》を摑《つか》む。それを握り締めて俺は運転席のドアを内側から勢い良く開く。ドアを開けようとしていたゾンビが撥ね飛ばされてひっくり返る。俺は急いで車を降りその転んでいるゾンビの頭をバールで思いっきり殴《なぐ》りつける。ぼく、という鈍い音がしてゾンビの頭頂部が割れて血が噴き出しゾンビはびくりと一回痙攣《けいれん》して動かなくなる。それを見た周囲にいるゾンビどもが怖気《おじけ》づいたようにさあっと後ずさりする。あらためて俺は自分がものすごい数のゾンビに取り囲まれていることを知る。

どこへ逃げればいい——？　俺はきょろきょろとあたりを見回して俺の車がぶつかった

石壁が巨大な石造りの塔であることに気が付く。道路はゾンビで溢《あふ》れ返り俺は十重《とえ》二十重《はたえ》に囲まれている。この塔に逃げ込むしかない。俺は威嚇《いかく》のために大声を上げバールで周囲のゾンビどもを殴り倒しながら石造りの塔に駆け込む。塔の中もゾンビで溢れ返っている。右側に上に続く石造りの階段が見える。俺はまた意味不明の叫び声を上げるとバールを振り回しながらゾンビの群れに突っ込んでその階段を駆け上がる。

二階、三階、四階——。途中ゾンビに出くわすたびにバールで殴り倒しながらあるいは足で蹴落《けお》としながら俺は必死に階段を登り続ける。五階、六階、七階——。ぜいぜいと息が上がる。心臓がどくどくと激しく脈打つ。太腿《ふともも》の筋肉が硬くなって動かない。膝《ひざ》の関節が勝手に折れて言うことを聞かない。それでも俺はゾンビどもに喰い殺されたくない一心でバールを握り締めたまま石の手すりに摑まりながら塔の階段をよろよろと登り続ける。

突然階段が終わり頭の上に淀《よど》んだ灰色の空が広がる。塔の屋上に出たのだ。はあはあと息をつきながら鉄製の手すりから見下ろすと無数のゾンビがぎっしりと地上を埋め尽《つ》くして俺を見上げている。気が付くと俺が登ってきた階段の向こうからいくつもの喚《わめ》き声と足音が近づいてくる。ゾンビどもが追ってきたのだ。奴らが屋上に上がってきたら俺は袋のネズミだ。どこにも逃げ場はない。

何体ものゾンビが傾いた姿勢で階段からわらわらと屋上に出てくる。目に激しい怒りをあらわにしながらゾンビどもはじりじりと俺に近づいてくる。死臭が鼻を突く。俺はじりじりと手すりに向かって後ずさりする。もうおしまいなのか。俺はこのゾンビどもに捕まり取り押さえられ生きながらに喰い殺されてしまうのか。鼻に喰い付かれ腕を喰いちぎられ腹を喰い破られ激痛にのたうち回りながら死んでいくのか。

その時ふと何かの気配を感じて俺は後ろを振り返る。

空の上に誰かが浮かんでいる。

着ているのは白いゆったりとしたローブのように見える。風にたなびく長い金色の髪。男か女かはわからない。顔には慈悲《じひ》深い笑みをたたえ両手を軽く広げて空中に浮かんだ状態で俺を見下ろしている。その背中には、白くて大きな羽根が左右に広がっている。

「天使、様――？」

俺は思わず呟く。まぎれもなく宗教画で見たことのある天使様だ。天使様が俺を助けに来て下さったのだ。俺はこの奇跡に呆然《ぼうぜん》としながら握り締めていた血塗《ちま》みれのバールを投げ捨てる。気が付くと俺は涙を流している。

そして俺は鉄製の手すりの上から身を乗り出し天使様に向かって両手を伸ばす。

「天使様、お助け下さい！」

俺は泣きながら叫ぶ。

「この気の狂った世界から俺を連れ出して下さい！　俺をお救い下さい！」

すると急に俺の身体がだんだんと軽くなってくる。まるで体重が消えていくかのようだ。気が付くと俺の背中には天使様と同じような真っ白い大きな羽根が生えている。ああもう今にも身体が宙に浮かび上がりそうだ。ほんのちょっとだけ足で地面を蹴ればそのままどこまでも空高く飛んでいけそうだ。

「天使様！　俺をどこかへ連れていって下さるのですね？　俺をこの世界から救い出して下さるのですね？　ああ、天使様！」

天使様は微笑みを浮かべながら空の上でやさしく俺を手招きしている。

俺は鉄の手すりによじ登る。

細い手すりの上端に両足で立つ。

そして左右に両手を大きく広げる。

俺はつま先で、思いっ切り手すりを蹴って、大空に舞い上がる。

そして、天使様に向かって――。

きいい、とブレーキを鳴らしてパトカーが急停止した。

助手席のドアが開き、薄いグレーのスーツを着た中年の男が眉《まゆ》を寄せながら降りてきた。途端《とたん》に周囲の音声が男の耳に一気に飛び込んできた。男性の泣き喚く声、女性のすすり泣く声。警察官の叫び声、子供が誰かを必死に呼ぶ声。下がって下さい、下がって下さいと連呼するハンドスピーカーの切迫した声。駆け回る何人もの革靴の足音。複数のサイレンの耳に刺さるような音。

その喧騒《けんそう》の中、中年の男は周囲を見回しながら胸の前で小さく十字を切った。そして、スラックスのポケットに両手を突っ込んでゆっくりと歩き始めた。

男の前方、交差点のほぼ中央に人垣ができていた。制服と私服の警察官たち十数人が、何か路上にあるものを丸く取り囲んでいるのだ。男は片手を上げて会釈《えしやく》しながら、その人垣に分け入っていった。

人垣の中央に、一人の若い男が手足の捻《ねじ》れた奇妙な姿勢で横たわっていた。その周囲にはどす黒い血が飛び散っていた。頭が割れ、横に白いものがこぼれていた。中年男は頭上を見上げ、眩《まぶ》しそうに顔をしかめた。その視線の先には、交差点の角にそびえる老舗《しにせ》百貨店のテラスがあった。

「ご苦労様です。木崎《きざき》係長」

若い制服の警察官が駆け寄ってきて、中年の男に敬礼した。「ご苦労様」というのは、現場《げんじょう》で出会った警察官同士が階級・年齢にかかわらず使用する挨拶《あいさつ》だ。

「即死です」

その声には、犯人に手の届かない所へ逃げられてしまった無念の響きがあった。

「そのようですね」

警視庁築地《つきじ》警察署生活安全課の係長、五十一歳の木崎平助《へいすけ》は諦《あきら》めたように頷いた。

若い制服の警察官は、さらに報告を続けた。

「目撃者の証言によりますと、男の車は銀座《ぎんざ》八丁目から中央《ちゆうおう》通りに進入し、そのまま歩行者天国エリアを猛スピードで走行して、歩行者十数人を撥ねました。そして銀座四丁目の交差点角に建つ百貨店の壁に激突し、ようやく停車しました」

木崎は若い警察官が指差す先に目をやった。銀座のシンボルとも言える老舗百貨店、その正面入り口のすぐ左側で、ボンネットのひしゃげた黒い4WD車が、大理石張りの壁にめり込むように斜めに停まっていた。石材とガラス、それに展示された商品が散乱する中、数人の鑑識課員が作業にあたっていた。

「その後、男は停止した車を降り、車内に積んであったと思われるバールで歩行者を次々と撲殺、百貨店に駆け込み、店内にいた客を殴打《おうだ》しながら、階段で九階にあるテラスまで登りました。そして、後を追ってきた店員数名の目の前で、交差点に面したフェンスによじ登り、そのまま飛び下りました」

二〇一七年九月二十四日、日曜日の午後三時十五分。東京都中央区銀座——。

木崎たちが立っているのは、即《すなわ》ち数十人を殺傷した男の飛び下り死体が転がっているのは、中央通りと晴海《はるみ》通りが交差する銀座四丁目交差点の真ん中だった。

二十分前、つまり午後二時五十五分、大勢の着飾った買い物客で賑《にぎ》わう昼下がりの歩行者天国は、晴海通りから入ってきた一台の車によって、あっという間に阿鼻叫喚《あびきようかん》の地獄と化した。現場一帯の道路は血痕《けつこん》で赤く染まり、血塗れのバッグや靴、衣服、紙袋などが散乱している。

現在も大勢の被害者が路上に横たわって、あるいは座って建物や街灯によりかかり、応急処置を受けながら救急車の到着を待っている。その中の何人かはすでに事切《ことき》れているのかもしれない。

「薬物かな」

路上の死体を見下ろしながら、木崎が呟いた。

「これから死体を搬送して検視するとのことですが、おそらく」

若い制服の警察官は、目に怒りを滲《にじ》ませながら頷いた。

木崎は大きな溜《た》め息《いき》をついた。

このところ同様の無差別殺人事件が都内で続発していた。加害者はいずれも指定薬物や危険ドラッグの常用者で、事件が起こる度《たび》に罪のない大勢の人々が尊《とうと》い命を奪われ、あるいは身体や心に一生残る深い傷を負《お》っていた。

車に乗ってきたのなら、免許証や車検証から死んだ加害者の身元はすでに割れているだろう。所有していたスマートフォンとパソコンを押収し、知人に聞き込みを行い、これまでの行動やメールなどを洗えば、薬物の購入ルートもわかるだろう。おそらくネットを経由して購入したのだろう。

しかし、この事件がニュースになると同時に、販売業者はサイトを閉鎖して証拠の隠滅を図る。購入した加害者も死亡している。業者の尻尾《しっぽ》を摑むのは難しいだろう。それに男に薬物を販売した業者を逮捕《たいほ》したところで、同様の業者は他にも数多く存在する。薬物の流通が根絶できるはずもない。いたちごっこだ。

二〇一五年、新宿《しんじゆく》区歌舞伎町《かぶきちよう》にあった危険ドラッグの販売店二店が、警視庁と厚生労働省・関東信越厚生局・麻薬取締部によって摘発された。これにより全国に二百店以上あった危険ドラッグの販売店は、ついに全てが消滅したと発表された。

しかし、薬物や危険ドラッグによる事件は減るどころか増える一方だった。実店舗がなくなっても、販売業者はネットでの通販に移行して商売を続けていた。匿名《とくめい》の購入はより簡便になり、実態はかえって掴み辛くなっているというのが実情だった。

「あの、木崎係長」

「ん？」

木崎が顔を上げると、若い警察官の躊躇《ためら》うような顔があった。

「この死亡した男なんですが、現場に駆けつけた百貨店の店員によりますと、テラスから飛び下りる前に、妙なことを口走ったらしいんです」

なぜ加害者の発言を伝えるのに躊躇《ちゆうちよ》する必要があるのか、若い警察官の態度を不思議に思った。しかし、とりあえず木崎は先を促した。

「妙なことって？」

「天使様、と叫んだそうです」

「何だって？」

思わず木崎が聞き返した。制服姿の若い警察官は、詳しく言い直した。

「九階のフェンスによじ登ったあと、道路に飛び下りる直前、男は両手を広げて、空に向かって叫んだのだそうです。天使様と」

天使様、だって——？

木崎は自分の耳が信じられなかった。それは白昼数十人を殺傷するという凶行からは、想像もできない言葉だった。

この死んだ男が、まさかキリスト教徒だったとでも言うのだろうか？　おそらくは違法薬物に溺《おぼ》れて正気を失い、罪もない大勢の人々を死傷させ、キリスト教の教義では禁じられた自殺で人生を終わらせた男が？

それはクリスチャンである木崎には到底耐えられない、いや、絶対にあってはならない話だった。若い警察官が躊躇したのも、同じ署に勤務していて木崎の信仰を知っているからだった。

——それとも。

木崎はふと思った。

まさかこの男は、死ぬ直前、本当に天使の御姿《みすがた》を見たのだろうか——？

この想像には、全く何の根拠もなかった。

しかし木崎は、物言わぬ軀《むくろ》と化した男を見下ろしながら、なぜか背中がざわざわと総毛《そうけ》立つような感覚に襲われていた。

01　贖罪《あがな》いし時

真《ま》っ暗闇《くらやみ》の中、凍るように冷たい大粒の雨が、激しく俺の身体を叩《たた》いている。

俺は水の浮いたアスファルトに両膝を突いている。髪の毛は勿論《もちろん》、安物のスーツからシャツや下着まですっかり濡れそぼり、革靴の中まで水浸しになり、それでも俺ははあはあと息を吐きながら、全身を雨に打たれるに任せている。

深夜に近づいて気温はどんどん下がってきている。かすかな光の中で自分の息が白く見える。俺の身体はとうに芯《しん》から冷え切っている。だが、この雨が俺に下される罰なのだとしたら、いくら凍えるほどに冷たかろうとも、いくら罪人に投じられる石礫《いしつぶて》のように激しく身体を叩こうとも、とても足《た》りるはずがない。

なぜなら俺は今夜、決して許されない罪をいくつも犯したからだ。怠惰《たいだ》という罪、油断という罪、楽観という罪、軽率《けいそつ》という罪、自尊という罪、蛮勇《ばんゆう》という罪、そして——殺人という罪。

そう、俺はたった今、一人の女を殺した。その死体は今も俺の両腕の中にある。そして俺は女が死んだあとになって、その女を心から愛していたことに初めて気が付いた。愚鈍《ぐどん》という罪もまた俺に加重されるべきだった。

突然、かっと周囲が明るくなる。カメラのフラッシュを浴びせられたかのように。少し遅れて岩が転がるような雷鳴が轟《とどろ》く。稲光《いなびかり》だ。その一瞬の光が、俺の腕の中で死んでいる女の顔を暗闇に浮かび上がらせ、俺の網膜《もうまく》に、まるで銀塩写真のようにしっかりと焼き付ける。

俺は残像を頼りに、暗闇の中の女の頰《ほお》を撫《な》でる。手にべっとりとした血の感触を覚える。愛おしい——。俺は目に見えない女の顔を反芻《はんすう》しながらそう思った。だが、この愛おしい女の目はもう二度と開くことはないのだ。

今この瞬間の女の顔を、俺は一生、死ぬまで忘れることはできないだろう。大昔、どこかの国の罪人が額に焼印を押されたように、女の顔はたった今、俺の脳にじゅうと焼き付けられたのだ。永遠に消すことができないように。

俺は女の名を呼ぼうとする。だが声は出ない。ただ、ひゅうひゅうとかすれた息のようなものが喉《のど》から漏れるだけだ。

「おいおい！　なんだよ。おネエちゃんを先に撃っちまったのかあ？」

暗闇の奥で、嘆息《たんそく》混じりの男の声がする。それに応じて幾つかの黒い影が、闇の中で一様に下卑《げび》た声を返す。

「この馬鹿野郎！　勿体《もったい》ねえ。順番が逆だろうが！」

「俺はあの野郎を狙《ねら》ったんだよ！　そしたらそのおネエちゃんが急に前に出てきてよ！」

俺は喉の下あたりに右手をやる。血がべっとりと付着している。俺の血ではない。奴らの放った弾丸が俺の胸に当たる直前、俺が愛していた女の――桧原祥子《ひわらしょうこ》の顔面を砕《くだ》いた時の血だ。

「惜《お》しかったなあ！　この野郎をぶっ殺した後で、たっぷり遊んでやりたかったのによ！」

「そういや俺、まだ女の刑事とやったことねえな！」

「そりゃそうだ！」

黒い影たちがどっと笑う。

「おい、今からでも遅くねえぜ？　顔はぶっ壊れてっけど、身体は綺麗《きれい》なもんだ！」

「勘弁してくれよ！　顔がぐちゃぐちゃの死体と一発やれってのか？　冗談《じょうだん》きついぜ全く！」

再び、下品な哄笑《こうしょう》が闇の中に響く。

俺の目がだんだんと暗さに慣れてくる。どうやら闇の中にいるのは五人。その全員が右手に銃を持っているようだ。

「――してやる」

思わず、声が出る。

「ああ？」

「何だって？」

闇の中で笑っていた男たちが、急に声を荒らげる。

「おう、なんか言ったかよ、刑事のあんちゃん」

「雨の音でよく聞こえねえんだ。もう一回言ってみな？」

俺は祥子の亡骸《なきがら》を抱いたまま、もう一度、今度ははっきりと言う。

「殺してやる」

俺は怒りに我を忘れる。

――いや、そうじゃない。俺は感情を理性で抑えつけることをやめた。

つまり、警察官であることを捨てたのだ。

俺は祥子の身体を、アスファルトの道路にそっと横たえる。

そして俺は、

胸のホルスターから拳銃を抜き、
銃の撃鉄《ハンマー》を親指で起こし、
立ち上がり、
駆け出し、
まるで一匹の獣《けだもの》のように、
大声で吠《ほ》えながら、
目の前の男たちに銃口を向け、
銃爪《ひきがね》に掛けた人差指を、
何度も、
何度も、
何度も、
何度も——。

気が付くと、蛍光灯が見えた。
取り付けてから二十年は経過しているであろう、白く長い管がむき出しの照明器具。埃《ほこり》をかぶった蛍光管はもう寿命らしく、時折ちらちらと瞬《またた》いている。両端の内部が黒く煤《すす》けている。その蛍光灯の向こうには、雨染み跡がついた合板の天井がある。

鉄パイプ製のベッドだけでほぼ一杯の、狭い部屋。足の向こうに、まるで牢獄《ろうごく》のような小さな窓。そのベッドの上、湿った黴《かび》臭い布団の中で、神西明《じんざいあきら》は目を覚ました。下着の上に薄い浴衣《ゆかた》を着ているが、そのどちらもがぐっしょりと濡れていた。神西は一瞬、本当に今まで雨の中にいたのかと思った。だが、そうではなかった。寝汗だった。

もう何回、いや何十回何百回見たかわからない夢。何回、いや何十回何百回思い出したかわからない忌《い》まわしい記憶。その一方で、夢から覚めた神西は、もう二度と会えない女に会えたという喜びも感じていた。その甘い感情は神西をわずかに喜ばせ、そしてさらに苦しめた。

九年前、神西明と桧原祥子は、警視庁高井戸《たかいど》署の刑事だった。現在四十四歳の神西はその時三十五歳、祥子は二十五歳だった。

ある夜、管内にある私鉄の線路の上に架けられた陸橋から、年配の弁護士夫婦が転落して死んだ。すぐに事故死と判断されたが、神西だけが現場の状況から、事故ではなく「事件」であることを疑った。何者かがこの夫婦を、事故を装《よそお》って殺害したのではないかと思ったのだ。

捜査は打ち切りを宣言されたが、神西は手を引くつもりはなかった。相棒である桧原祥子も神西に協力したいと申し出た。そして二人は、二人だけで捜査を継続した。

夫婦を殺す動機を持った人間は、一向に見つからなかった。そもそもこの夫婦は数年前にアメリカから帰国したばかりで、交友関係のある者すらごくわずかだった。

唯一の手掛かりは、夫が毎日愛用していたらしい高級腕時計が、遺体の手首から消えていたことだった。誰かが持ち去った可能性は高かった。誰かとは弁護士夫婦が転落死した現場にいた者、つまり夫婦を殺害した犯人だ。

事件の数週間後、ある情報屋が、ブランド品買取業者に盗品らしき高級腕時計が持ち込まれたと神西に連絡してきた。持ち去られた弁護士の腕時計という可能性があった。時計を持ち込んだ者の電話と住所も控えてあるという。神西と祥子は、業者が指定した場所へと向かった。

そして神西は、あまりにも迂闊《うかつ》なことに、それが殺人犯グループの罠《わな》である可能性を全く想像もしていなかった。

二人を待ち伏せしていた五人の男たちに、桧原祥子は狙撃されて死んだ。

神西はその五人全員を撃ち殺し、全てを上司に報告して、そのまま逃亡した。

神西が逃亡した理由は、事件を追い続けるためだった。わざわざ一介《いっかい》の刑事を罠にはめて口を塞《ふさ》ごうとした以上、弁護士夫婦の死は間違いなく殺人事件であり、その陰には何かさらに大きな犯罪が隠れているはずだった。

だが、五人を殺害した自分が署に戻ったとしても、捜査を継続させてもらえるとは思えなかった。警察は世間の非難をかわすため、神西の行為を正当防衛として処理しただろう。その場合、神西は間違いなく配置換えになり刑事部を追い出されただろう。最悪の場合、殺人か過剰防衛で裁判にかけられ、有罪判決を受けたかもしれない。いずれにせよ、夫婦の転落死の陰に存在する事件を追う者は誰もいなくなっただろう。

それに神西は自覚していた。自分の行為は正当防衛ではなく、過剰防衛でもなく、ただの「殺人」だった。あの時、自分に強い殺意があったことは、自分自身が一番よく知っていた。殺意を呼び起こしたのは、目の前で祥子を殺された怒り、つまり私怨《しえん》だった。私怨で人を殺した自分には、もう警察官の資格はない。そう思った神西は、警察バッジと手帳も現場に捨ててきた。

弁護士夫婦の転落死事故は実は殺人事件であること。そしてその陰には、もっと大きな犯罪が存在していること。この二つを証明するまでは、そして夫婦と祥子を殺害し、自分を殺害しようとした真犯人《ホンボシ》を見つけるまでは、自分が警察に逮捕される訳にはいかない。

「マシュー」

神西は無意識に呟いた。真犯人に関するただ一つの手掛かりだった。桧原祥子を殺した男たちが呼んでいた、雇い主の名前だ。

——そうさ、あんたが想像してた通りさ。あの弁護士夫婦は俺たちが殺《や》ったんだ。マシューに言われてな——。

——マシューを捜したって無駄だぜ？　奴はこの世にはいねえんだ——。

そもそもマシューという名前が、果たして本名なのかもわからない。どの国の人間なのかもわからない。だが、マシューという男を必ず見つけ出してやる。絶対に、隠れている闇の中から引きずり出してやる。これが神西が逃亡を続けている理由だった。

——いや。

神西が逃亡を続けているのは、真相に辿《たど》り着きたいからではなく、マシューなる人物を見つけたいからでもなく、桧原祥子の仇《かたき》を討ちたいからでもなく、自分を苦しめている悔《かい》悟《ご》の念から逃れたい、ただそれだけなのかもしれなかった。

警察の発表では、神西と祥子は捜査中に暴力団の襲撃を受け、祥子は殉職《じゅんしょく》、神西は五人を正当防衛で射殺して、自らも重傷を負い退職したことになっていた。そして神西が逃亡を続ける一方で、警察は神西を本気で捜しているようには見えなかった。できれば神西にはこのまま現れないでほしい、そう願っているようだった。

その理由は神西にもよくわかった。五人もの人間を殺害した刑事が出頭してきたら、あるいは逮捕されたら、たちまち警察はマスコミの餌食《えじき》となる。警察官による不祥事が続く中、もう過去の忌まわしい醜聞《しゅうぶん》はほじくり返されたくない。警察幹部がそう考えていることは明らかだった。

そして二年前、失踪から七年を経過したところで、警察は神西の両親と相談したのだろう、神西に対する失踪宣告が行われた。それを神西は、図書館で情報収集のため官報を閲覧している時に知った。

そして神西は法律上、死亡者扱いとなった。つまり「死人」になったのだ。

神西は気だるげに布団から上半身を起こすと、左手首に着けっ放しの自動巻き腕時計を見た。午前五時十五分。そろそろ宿の共同シャワーを浴びなければ。顔の無精髭《ぶしょうひげ》はまだ剃《そ》らなくてもいいだろうが、現場《げんば》に向かう身支度《みじたく》をしなければならない。

事件の現場《げんじょう》ではない。工事現場だ。

十月九日、東京都中央区月島《つきしま》——。

勝《かち》どき、晴海、豊洲《とよす》、お台場《だいば》などの周辺湾岸地域で都市開発が進む中、月島は今も下町の風情《ふぜい》を色濃く残している街だ。

一八八七年、元号で言えば明治二十年に始まった「東京湾澪浚計画《みおさらいけいかく》」という東京湾浚渫《しゅんせつ》事業で、大量の海底の土砂が陸に上げられた。それを使って築地沖の浅瀬を埋め立てたのが月島で、元々は「築島《つきしま》」と書いたのがいつの間にか月の島になったという。夜の東京湾に浮かぶ月が綺麗に見える場所だから、という説もある。

神西が住んでいるのは、その月島にある安ホテル「エコノミーホテル月島」だ。宿帳には山本一郎《やまもといちろう》という偽名を記入し、仕事場でもその名前で通している。東京湾の埋立地には工場が多く、以前からこのような季節労働者向けの宿、通称ドヤが見られるが、近年はそれに加え、外国人向けの安価なゲストハウスが急増している。

二〇一〇年、観光大国化を宣言した日本政府は、まず中国に対する個人観光ビザの解禁を行った。さらに二〇一三年になって、二〇二〇年オリンピックの東京での開催が決定すると、マレーシア・タイ・ベトナム・フィリピンなど東南アジア諸国に対するビザの大幅緩和も断行した。

これにより、日本へのアジア圏からの渡航者は飛躍的に増加し、外国人観光客向けの宿泊施設が不足し始めた。その結果、都内でもアジアの観光客にとって親しみやすく、江戸情緒《じょうちょ》も残った下町エリアに、彼らを目当てにした小規模な宿泊施設が次々と開業した。月島はまさにそんな街だった。

逃亡生活を送る神西にとって、この月島は格好《かっこう》の隠《かく》れ処《が》だった。東京オリンピックの開催予定地である有明《ありあけ》・辰巳《たつみ》・夢《ゆめ》の島《しま》に近いため、日本全国から集まった大勢の季節労働者が寝泊まりしているし、またアジア諸国から来た観光客も大勢闊歩《かっぽ》している。神西のようなどこの誰かわからない人間がいても、怪しむ者は誰もいなかった。

「もう、首でも括《くく》るしかねえや！」

丼飯がお代わり自由の定食屋。日替わりの朝定食を食べている神西明の耳に、老人客のしわがれた嘆《なげ》き声が聞こえてきた。

「昨日だってお客は一人も来やしねえ、どうせみんなスーパーでしか買わねえんだよ。店開けてたら電気代やら何やらはかかるしよ、信用金庫に借金が増えるばっかりだ」

そこで老人はふう、と溜め息をついた。

「でも店を畳《たた》んじまっちゃあ、それこそ人生お終《しめ》えだしなあ」

どうやらこのあたりで個人商店を営《いとな》む老人のようだ。同じテーブルに同業者と思《おぼ》しき老人が四人、朝食後の渋茶を飲みながら煙草《たばこ》をふかしている。

「年金だって、どんどん減らされるしなあ」

「そうだよ。何のために今まで無理して払ってきたのか、ってんだよ」

別の老人が小声で言った。

「俺、夜の道路工事の仕事始めたんだ」

「ええ？　おめえ腰悪いんじゃねえのか？　大丈夫《でえじょうぶ》かよ」

「工事っつっても、ツルハシ振り回す訳じゃねえよ、交通整理だ」

「そいでも一晩中道に立ってんだろ？　冷えんだろ？　腰もよ」

「だって、食えねえんだからしゃんめえよ。バアさんも脚悪くて動けねえしさ」

その後、道路工事の老人はぽつりと呟いた。

「まさか七十超えて、こんなことするなんてなあ。若い頃にゃあ想像もしなかった」

日替わり朝定食をかき込みながら、神西は老人たちの話を黙って聞く。

「国や東京都にゃあ、金がたんまりあるんだよなあ。三年後の東京オリンピックってよ、何だかんだで三兆円も使うらしいじゃねえか」

「兆なんて単位の金、もう全然想像つかねえや」

「例の代々木《よよぎ》の運動場もさ、結局二五〇〇万かかるんだってな」

「馬鹿、マンションじゃねえんだぞ。新国立競技場の予算なら、二五〇〇億だよ」

「二五〇〇億ってえと、二五〇〇万のマンションが何軒買えんだ？　ええっと、十、百、千——ええ？　一万件も買えんのか！」

「マンション一万世帯分かよ！　何万人も住めるぜ？　市が一つできるじゃねえか」

「そんなにじゃかじゃか税金使って、その金は一体《いってえ》誰に入《へえ》ってんだ？」

天井の隅に吊り下げられたテレビでは、ニュース番組が流れていた。話題はアメリカとEUの経済凋落《ちょうらく》、円高と株安、それに貿易赤字。個人消費は低迷を続け、平均年収も伸び悩んでいると、アナウンサーが淡々と告《つ》げた。

「もう終わったんだよ。いい時代はさ」

テレビにちらりと目をやって、老人の一人が諦めたように呟いた。

「明日が今日よりよくなる時代は、終わったんだよ。これからは、明日は今日より悪くなる一方さ」

ニュースでは、経済政策に関する総理大臣の記者会見が流れ始めた。

——政府の経済政策は失敗ではありません。景気には確実に上昇の兆《きざ》しが見えております。もう一度、この国を豊かな強い国にするために、我々もあらゆる手を尽くして、国民の皆様のご期待に応《こた》える所存であります——。

そう言えば、と神西は思い出した。

超党派から提出されたIR推進法案、つまり「カジノ解禁法案」がたった数時間の論議で衆議院を通過したのは、昨年末のことだった。金に困ったこの国は、消費税を上げるだけでは足りず、どこかに巨大なカジノを、早い話が馬鹿でかい賭博《とばく》場を造って、国民や観光客に博打《ばくち》をさせて、金を巻き上げることにしたのだ。「あらゆる手を尽くして」という政府の言葉に、嘘《うそ》はないようだった。

十月二十五日、夜十時少し前——。

その夜も熟柿《じゆくし》のような酒臭い息を吐きながら、覚束《おぼつか》ない足取りで、神西明はねぐらの安ホテルに向かって歩いていた。

月島駅近くの集合所からワンボックス車で有明の建設現場まで運ばれ、朝礼を終えて作業を始めたのが朝の九時。途中一時間の休憩《きゆうけい》を挟んで、作業が終わったのが夜の七時。自動車免許は失効し、当然重機の免許もなく、測量士や溶接技能者などの資格も持たない神西の時給は、最低ランクの千三百円。九時間くたくたになるまで働いて、一万千七百円が今日の稼《かせ》ぎだった。

このうち二千五百円が一泊の宿代。シャワー代と浴衣代がそれぞれ百円。一階にはコインランドリーもあり、特に生活上の不便はなかった。何より神西の部屋は喫煙可だ。最近はどんなに低ランクのホテルだろうと、建物内禁煙の施設が多い。あとの出費は食費、歯磨きなどの消耗品《しょうもうひん》、煙草代、それに仕事を終えてから宿に帰る前に飲む酒代だ。

毎日夜七時に仕事が終わると、神西は酒を飲まずにはいられなかった。そのまま安宿に帰っても何もやることがない。素面《しらふ》でベッドに入っても眠れるはずがない。どうしようもないことを思い出して、神経を苛《さいな》まれているうちに朝を迎えてしまう。睡眠を取って明日の仕事の体力を回復するには、酒を飲んで脳みそが麻痺《まひ》しているうちに寝るしかなかった。夜中に独りでいろいろ考え続けていると、頭がおかしくなりそうだった。

そして神西は今夜も、店名も覚えていない赤提灯《あかちょうちん》で酒を食らって泥酔《でいすい》していた。何を何杯飲んだかも覚えていない。たぶん安焼酎《しょうちゅう》をコップで七～八杯だろう。

桧原祥子の仇を取るなどと格好の良いことを言いながら、事件の真相に近付く材料は何一つ見つかっていなかった。つまり神西は、この九年間を全く無駄に過ごしてきた。

建設現場の仕事が休みの日には、中古宝飾店を梯子《はしご》して持ち去られた腕時計が売られていないか探したり、街のチンピラにそれとなく話しかけて、自分が撃ち殺した五人の身元について探ったりしていたが、何も新しい情報を得ることはできなかった。

逃亡後の報道でわかったことだが、神西が射殺した五人は、広域暴力団・山匡組傘下《やまさぐみさんか》の暴力団「紋田会《もんでんかい》」の構成員だった。紋田会は当時、西麻布《にしあざぶ》から六本木《ろっぽんぎ》あたりを縄張りにしていた。この紋田会に何らかの手掛かりがあるはずだった。

しかし、神西が逃亡した三ヵ月後、紋田会代表の紋田大徳《まさのり》が何者かに狙撃されて死亡した。おそらく対立する組織のヒットマンだろう。以後、紋田会は解散同然の状態になり、現在に至っては、当時の構成員を探すのも絶望的だった。

つまり神西は、全く手詰まりの状態にあった。


千鳥足《ちどりあし》で歩きながら、神西は作業服のズボンのポケットを探って、ショートホープの箱を取り出した。中央区は全域が路上禁煙だが、自分はもう警察官じゃない。法律も条例も知ったことじゃない。箱には一本だけ煙草が残っていた。それを咥《くわ》え、ピンク色の使い捨てライターで何度も火を点《つ》けようとしたが、火が出なかった。ガス切れだ。

神西は舌打ちした。確かそのへんに煙草を売っているコンビニがあった。そこで煙草とライターを買うことにしよう。金はまだそこそこあるはずだ。作業ズボンのポケットから小銭を出すと、数十円しかなかった。次に神西は、いつもむき出しで札《さつ》を入れている胸ポケットに指を突っ込んで、中を探った。

しかし、指先は何も見つけることができなかった。ポケットの中で虚《むな》しく空回りするだけだった。今日の稼ぎを入れたはずの胸ポケットには、何も入っていなかったのだ。

金が、無い――？

すうっと寒気がして、一気に酔いが醒《さ》めた。

金がなければ、ホテルを追い出されてしまう。毎朝仕事に出かける前に、その日の宿泊費を前払いするシステムなのだ。ポケットに入っていた数万円ちょっとの現金が、神西の全財産だった。他には一円もないのだ。安ホテルの部屋には物騒だから現金など置いていないし、銀行口座など逃亡中の身で使えるはずもなかった。

神西は慌《あわ》てて振り向くと背後の路上を見回した。帰る途中にどこかで落としたのではないか。歩いてきた道を急いで戻ろうとした時、ぴたりと神西の足が止まった。

神西は思い出した。今夜も目についた赤提灯でしたたか飲んだあと、帰ろうと勘定《かんじょう》をして、残った札を胸ポケットに突っ込んだ時、酔いで脚がもつれて床にへたり込んだ。その時、店にいた誰かに抱き起こされた。「あんた飲みすぎだよ。さあ、しっかりしな」。神西は回らない口で礼を言って、その男の手を振りほどき、よろけながら店を出た――。

間違いない、あいつだ。

あの時、ポケットから金を抜き取られたのだ。

神西はいきなり大声で嗤《わら》い出した。咥えていた煙草が口から落ちたが、神西は構わずに嗤い続けた。可笑《おか》しくて可笑しくてしょうがなかった。

この俺が、金を掏《す》られるなんて。この刑事だった俺が、抱きつき掏摸《すり》などという古典的な手口にやられるなんて。そしてポケットに入れていた全財産を抜かれても、そのことに全く気が付かなかったなんて。

なんて間抜けな男なんだ、俺は。全財産を盗られたことには気付かずに、ガス切れの使い捨てライターは後生大事に持っていたなんて。なんて情けない男なんだ、俺は。金が無くなったことに泡を食って、明日の寝場所を心配して、道端でオロオロしているなんて。

あまりにも馬鹿馬鹿しすぎて、嗤いが止まらなかった。嗤いすぎて腹筋が痛くなってきた。それでも神西は路上に突っ立ったまま、身体を前後に折り曲げながら嗤い続けた。嗤って嗤って、嗤い続けた。

そして突然、神西の嗤いが止まった。

「もう、ダメだ――」

深夜の路上で、神西は小さく呟いた。

神西の中で、今、何かがぷつりと音をたてて切れた。このまま人目を忍んで逃亡生活を続けていても、何も手に入らないし何もできない。こんなことを何年何十年続けても、桧原祥子の仇を討つことなどできる訳がない。これから一生を費《つい》やしても、自分の犯した罪を贖《あがな》うことなどできるとは思えない――。

気が付くと神西は、宿泊している安ホテルの前にいた。脚が勝手に、この数ヵ月通った道を歩いてきたのだ。ここはただの仮住まいでしかないし、どうせ部屋に戻っても、歯ブラシとタオル、替えの下着、それに安物の革ジャンパーくらいしか置いてないのに。

入り口の磨《す》りガラスでできた引き戸の向こうは、ぼんやりと照明が灯っている。その前で神西は立ったまま迷い続けた。

とりあえず部屋に戻って寝て、翌朝宿の主人に事情を話し、夜になったら金を持って帰るからといって荷物を預かっておいてもらおうか。しかし俺の荷物なんて質草にもならない。運転免許証も保険証も持ってない人間に、そんなことをしてくれるだろうか。

明日の朝になったら、俺はホテルを追い出され、荷物を紙袋に詰めて、またどこか別の安宿を探すことになるのだろうか。

——でも、何のために？

神西はふと、疑問に思った。

何で俺は、明日のねぐらの心配なんかをしているんだ？

何のために、俺はまだ生きようとしているんだ？

「神西君」

後ろから男の声が聞こえた。

じんざい、くん――？

じんざいって、誰だろう？　神西はぼんやりと考えた。そして、それが九年ぶりに呼ばれる自分の本名であることに、ようやく気が付いた。

「神西君、捜しましたよ、生きていたんですね」

ほっとしたような響きの、温かい声だった。その声には確かに聞き覚えがあった。しかしどこで聞いたのかすぐには思い出せなかった。神西はゆっくりと後ろを振り向いた。

ベージュのステンカラーコートを着た、小柄な壮年の男が、電柱に付いた街灯の光の中に立っていた。嬉しそうに微笑む顔が、こっちを見ていた。

「木崎、さん――？」

神西の目の前に立っているのは、神西明が高井戸署の刑事だった時の係長、五人を撃ち殺したこと、そして逃亡することを最後に電話で報告した上司、木崎平助だった。

「神西君、本当によかった、生きてて。それに元気そうで」

木崎は再会できた喜びを噛《か》み締めるように言った。九年振りに会った木崎は、神西の記憶よりも白髪《しらが》が増えているように思えた。あの時四十二歳だったから、今年で五十一歳のはずだ。

高井戸署の刑事だった時、木崎は神西の直属の上司だった。血気盛んな年齢だった神西は、特に仕事熱心にも見えず、いつも飄々《ひょうひょう》とした木崎をもどかしく思うこともあったが、なぜか嫌いではなかった。むしろ好感を持っていたと言ってもよかった。

虚勢を張って怒鳴《どな》り散らす上役たちの中で、木崎はいつも穏やかな笑みを浮かべ、なぜか部下に対しても敬語で喋った。そして無関心を装い、神西を好きなように行動させてくれていた。組織というものに馴染《なじ》めない神西を、陰でこっそり庇《かば》ってくれている気配もあった。だから自分は逃亡する時、木崎に報告の電話を入れたのかもしれない、と神西はあらためて思った。

しかし、今の木崎と神西は、高井戸署の上司と部下ではない。現職の警察官と、五人を殺害して逃亡中の犯罪者だ。

神西はじわりと一歩下がり、退路を探るために左右を素早く見回した。

「ああ！　心配しないで。君を逮捕しに来た訳じゃありません。ほら」

神西の動きを見ると、木崎は慌てて両手を突き出して両掌を見せた。銃などは持っていないと言いたいようだ。そう言えば高井戸署時代にも、木崎は普段から銃を携行していなかったことを神西は思い出した。

「放っておいてくれませんか、木崎さん」

神西は用心深く言葉を返した。

「俺はもう死んだことになってるんだ。その死人を墓から掘り出して、逮捕したって仕方ないでしょう。警察だって、今さら俺に現れてほしくないはずだ。刑事が人を五人も殺したなんて事件を蒸し返されたくないだろうから」

木崎は無邪気にも見える笑みを浮かべた。

「ええ。どうやらそのようですね。だから私も、君を逮捕したり、出頭をお願いしたりしなくても済む訳です」

「じゃあ、何しに来たんです？」

神西は探るように尋ねた。

「このホテルに俺がいることが偶然わかったとは思えない。あんたは何か目的があって、わざわざ俺の居所を探して、俺がここにいることを探り当てて、そしてやって来た。その目的は何です？　俺をどうしようというんです？」

「相変わらず頭の切れる人ですね。勘は鈍《にぶ》ってないようだ」

満足そうに一人で頷いたあと、急に木崎は真面目《まじめ》な顔になった。

「実は、君に会いたいという人がいましてね」

「俺に？」

神西は訝《いぶか》しんだ。そいつが誰かはわからないが、五人を殺した男に会ってどうするつもりだろう。まさか、殺し屋に雇いたい訳ではないだろうが。

「はい。そして私も、是非その人に会ってほしいと思ってます。だからわざわざ君を捜し出しました。見つけ出すのは結構大変でしたけどね」

あれから異動になって、現在私は築地署の生安の係長です、と木崎は言い、万年係長というやつですね、と笑った。そして、どうやって神西の居所を発見したかについて説明を始めた。

「『Fシステム』を使ったんですよ」

「Fシステム？」

初めて聞く言葉だった。木崎は大きく頷いた。

「Nシステムはご存じですね？　自動車ナンバー自動読取装置を使った捜査支援システムで、ナンバーのNを取ってNシステム。全国の道路に設置されたカメラで走行中の自動車のナンバーを読み取り、画像解析によって特定のナンバーの車の位置を割り出すシステムです」

Nシステムなら神西も知っている。全都道府県警察で運用されているが、名称は車両捜査支援システムや緊急配備支援システムなど、地域によってバラバラだ。

「Ｆシステムも原理は同じです。違うのは、ナンバーではなくてフェイス、つまり人間の顔を検索するシステムだというところです。フェイスのＦで、Ｆシステムです」

Ｆシステムは、警察庁がひそかに導入を計画中の「顔認証による捜査支援システム」なのだ、と木崎は説明した。ある人物の顔写真を画像入力すると、全国に四〇〇万台以上設置されている街頭防犯カメラのライブ映像を解析し、その人物が映った瞬間に、どこにいるかをピンポイントで特定できるという。

顔認証システムは、すでに二〇一六年のリオデジャネイロ・オリンピックでテロ防止のため入場者チェックに利用され、東京オリンピックでも採用が決定している。そして警察庁は、オリンピックをはじめとするイベントのみならず、全国の街頭防犯カメラにもＦシステムを導入しようとしているのだ。

そんなものができたのか——。神西は露骨《ろこつ》に顔をしかめた。

確かに犯罪者の追跡には絶大な効果を発揮するだろうが、誰でも家から一歩外に出れば、二十四時間警察に見張られていることになる。調べようと思えば、ある人物がどの日に誰とどこにいたか、全部警察にわかってしまう。プライバシーもへったくれもあったもんじゃない。

「そして、Ｆシステムの導入実験には、警視庁以下複数の省庁が参加しています。今回は、別のところに作業をお願いしましたので、私が君の顔を検索したことを、警視庁は把握《はあく》していません。ですから、ご心配はご無用――」

「木崎さん」

神西はじれたように、木崎の言葉を遮《さえぎ》った。

「誰かが俺に会いたがっていて、その誰かのために木崎さんが俺を捜し出したことはわかりました。でも、俺は誰にも会いたくないんだ」

「そんなこと言わないで下さい」

木崎の表情は真剣だった。

「神西君、これは君のためでもあるんです」

神西はじっと考えた。少なくとも木崎は、警察に引っ張っていこうというのではなさそうだ。そして、「君のためでもある」という言葉にも引っ掛かりを覚えた。一体どういう意味なのだろうか。

「その人って、一体誰なんです？」

「会ってくれれば、その時にちゃんとご紹介します。だから会ってくれませんか？　それともこれから何か大事な用事でもありますか？　もしないんだったら、ちょっとだけ時間をもらえませんか？」

木崎は食い下がった。実験中のFシステムとやらまで使ったことからも、木崎はどうしてもその誰かに神西を会わせたいと思っているようだった。それに、神西にしてもこれから用事などなかった。安宿に帰ったところで何もすることがない。一文無しで寝酒を買う金もないのだ。

「会うだけでいいんですね？」

神西は観念したという態度で頷いた。

「そうですか！　よかった、ありがとう！」

木崎の顔がぱっと輝いた。

「じゃあ神西君。お願いついでに、もう一つ二つ」

木崎はいそいそと喋り始めた。

「君はそこのホテルに投宿《とうしゆく》しているんですよね？　一旦部屋に戻って、シャワーを浴びて下さい」

「シャワー、ですか？」

「そうです。それから歯を磨いて、髭《ひげ》を剃って下さい」

なぜか浮き浮きと、木崎は神西に指示した。

「それから、それが済んだら」

「まだあるんですか？」

うんざりした顔の神西に構わず、木崎は続けた。

「できれば、今着ている作業着じゃなくて、もうちょっとこざっぱりした服に着替えたほうがいいですね。じゃあ、よろしくお願いします。私はここで待ってますから」

「服も着替えるんですか？　どうしてです？」

戸惑う神西に、木崎はこう答えた。

「だって、若い女性と会うのに、その格好じゃあ——」

02　招集《よ》ばれし時

午後十一時三十分――。

タクシーで神西が連れてこられたのは、新橋《しんばし》の雑居ビルの地下にあるバーだった。ビルの壁面には「BY CHANCE」と店名を書いた看板が出ていたが、照明は消えていた。休業日なのを忘れて連れて来たのかと思ったら、木崎はドアノブの上にあるテンキーを何度か押して解錠し、ドアを開けて神西を中へと促した。

「ここのマスターは古くからの友人でしてね。今は気が向いた時しか店を開けないので、たまに内緒の打ち合わせに使わせてもらってるんです」

それでたまたま《バイ・チャンス》か。神西は納得して店の中に入った。

煉瓦張りの、落ち着いた雰囲気の店だった。天井にダウンライトの照明が数個。右側に低いカウンターと革の一人掛けソファーが五つ。左側には木製の四人掛けテーブルセットが二つ。カウンターの奥は、壁一面が酒瓶の並ぶ棚だ。

木崎はベージュのコートをソファーの背に掛けると、こっちに座りましょうかと言って、奥のテーブルに向かった。神西は、古着屋で買った黒い革ジャンパーを着たまま後に続いた。そして神西と木崎は、奥のテーブルの、入り口が見える位置に並んで座った。

木崎は一旦立ち上がると、カウンターの中に入ってしゃがみこみ、ビール瓶とグラス三個を持って戻ってきた。そして、また思い出したように立ち上がると、今度は壁の棚からピスタチオの入ったガラス容器と小皿を一枚持ってきた。

「まさか、見合いじゃないですよね？」

神西が皮肉混じりの冗談を言うと、木崎は通路側の椅子に掛けながら、不思議そうな顔をした。

「お見合い？　どうしてです？」

「俺を若い女性に会わせたいんでしょう？」

「お見合いなんて、そんなこと考えてもいません。だって」

真面目な顔で答えたあと、木崎は口をつぐんだ。

木崎はわかっているようだった。神西が逃亡したのは相棒の桧原祥子を殺された仇《かたき》を討つためだということも、神西が祥子に対して特別な感情を持っていたことも。飄々としているようで、実は観察力の鋭《するど》い人間なのかもしれないと、あらためて神西は思った。

その木崎が会わせたい若い女性とは、一体誰なのだろうか。いや、その若い女性が神西に会いたがっているのだと木崎は言った。こんなどうしようもない人間に、その女性は一体何の用があるというのだろうか。

その時、入り口のドアの向こうから、こつこつという足音が聞こえてきた。階段を下りてくるヒールの音だ。

「いらっしゃったようです」

木崎が囁《ささや》いた。

靴音が止《や》み、ドアがゆっくりと開いた。

店に入ってきたのは、黒いウールのハーフコートを着た若い女性だった。左手に黒い書類鞄を提げている。女性は神西と木崎の姿を認めると軽く会釈し、コートを脱《ぬ》いで二つに折り、また硬いヒールの音とともに、二人の座っているテーブルにやって来た。

「木崎さん、どうもありがとうございます」

背筋を伸ばしたまま、女性が木崎に言った。女性にしては低い声だった。そしてその女性は神西に視線を移した。

「神西明さん？」

三十歳前後だろうか。背中にかかるほどの長さの、ストレートの栗色の髪。透《す》き通るような白い肌。濃いグレーのスーツのスカートからすらりとした脚が伸びている。綺麗に化《け》粧《しょう》された顔は、目鼻立ちもはっきりとして整っているのだが、なぜか印象に残りにくい。そして能面のような表情で、神西をじっと見下ろしている。

愛想というものが全くない女性だった。初対面なのに、初めましてとも言わないし、店に入ってから今までにこりともしない。そして今後も笑う予定は一切ない、と言わんばかりの態度だった。

何なんだ、この女は――。

神西は目の前に立っている女に苛立《いらだ》った。この女が会いたがっているというから、夜中にわざわざ新橋までやって来たというのに――。

女性は無表情のまま、頭も下げず、名刺を出すこともなく、低い声で名乗った。

「厚生労働省の、みづき、しょうこです」

女性はテーブルの椅子を引くと、神西の正面に腰掛けた。そして神西の顔を真正面から見据えた。その無表情な顔を、神西はじっと凝視《ぎょうし》した。

しょう、こ――。

神西はわずかに動揺していた。俺に会いに来た女が、俺が死なせてしまった女と、桧原祥子と同じ音《おん》の名前だとは。勿論ただの偶然なことはわかっている。しかしこの女といる間、神西は死んだ祥子のことを思い出さずにはいられないだろう。この名前もまた神西を苛立たせた。何から何まで癇《かん》に障《さわ》る女だった。

神西は気持ちを落ち着かせながら、あらためて目の前の女性を観察した。きちんと調《ととの》えられた化粧、シルクらしき白いシャツ、仕立ての良さそうなスーツ、外国製と思《おぼ》しき腕時計。脇の椅子に置いたバッグも高そうな革製だ。しかし宝飾品はピアスもリングも身に着けていない。厚生労働省と言ったが、間違いなくキャリア官僚だ。

神西の左側に座った木崎が、女性を紹介した。

「水に月と書いて水月《みづき》さん。下の名前はタケカンムリに生きる――ええと、そう、雅楽《ががく》で使う管楽器の笙《しょう》、の笙子《しょうこ》さんです」

漢字では水月笙子と書くらしい。不遜《ふそん》な態度に似合わず、清楚《せいそ》な印象の名前だ。

「――それで」

神西は顔を上げ、水月笙子を睨んだ。

「厚労省のお役人が、俺に何の用だ？　保険証でも発行してくれるってのか？」

半《なか》ば喧嘩腰《けんかごし》の軽口を無視して、水月笙子は隣の椅子に置いた鞄に手を伸ばすと、鞄の中から小さくて白いものを取り出した。

それはミント・タブレットのケースだった。よくコンビニや駅売店で売っている清涼菓子の入ったプラスチック製の薄い容器だ。

笙子はテーブルの小皿に手を伸ばし、自分と神西の間に置いた。そしてその上でプラスチックのケースを軽く振り、いくつかの白い粒を小皿に落とした。

酒臭いから食え、ということか——。神西はさらに気分を害した。

木崎に言われた通りシャワーを浴びて歯を磨いてはきたが、つい一時間半前まではべろべろに泥酔していた。きっと熟柿のような臭い息を吐いているのだろう。神西は忌々《いまいま》しく思いながらも右手を伸ばして、小皿の上の白い粒を二〜三個つまみ上げた。

その手首を、いきなり水月笙子がぐいと摑んだ。

神西の右手は、白い粒をつまんだまま小皿の上で止まった。

「合成ドラッグです」

笙子が抑揚のない声で言った。

そこで神西は、ようやくこれまでの女の態度に納得した。

「そうか。あんた、マトリか」

マトリとは、厚生労働省・地方厚生局・麻薬取締部に所属する「麻薬取締官」の通称だ。

麻薬取締官は、その名の通り麻薬の取り締まりを専門に行う捜査官だ。麻薬とはもともと、モルヒネやヘロインなどケシを原材料とした麻酔性鎮痛薬を指すが、現在は精神作用を持つ違法な薬物全般を指すことが多く、麻薬取締官も覚醒剤《かくせいざい》、大麻、向精神薬、合成ドラッグなどあらゆる規制薬物全般の取り締まりを行っている。

神西は手首を摑まれたまま、白い粒を指から放して小皿に戻した。それを見て神西の手首を離すと、笙子は事務的な口調で喋り始めた。

「先月、銀座の歩行者天国で、暴走車が十八人を轢き殺し、十二人に怪我《けが》を負わせる事件が発生しました。その運転者は凶器を手にして車を降り、最寄《もよ》りの百貨店に侵入、さらに四人を殺害、七人を負傷させたのちに、九階のテラスから飛び下りて死亡しました。ご存じですね？」

勿論知っていた。白昼に起きたこの陰惨《いんさん》な事件は、その後何度もテレビのニュースや新聞を賑《にぎ》わせていた。

合計四十一人を殺傷した加害者の男は、覚醒剤や大麻、危険ドラッグの常用者で、薬物で錯乱《さくらん》した結果の凶行だった。挙《あ》げ句《く》の果《は》てに加害者は勝手に自殺してしまった。命を奪われた被害者とその家族は、憎むべき対象すらもいなくなってしまった今、一体どうやってこの理不尽《りふじん》な現実を受け止めればいいのだろうか。

　近年、規制薬物及び禁止薬物が原因の犯罪が頻発《ひんぱつ》しているのだ、と水月笙子は言った。そして、昨年あたりから現在までに起きたいくつかの事件については、奇妙な共通点があるのだという。

「最後に加害者、つまり薬物常用者が、高所から飛び下りて死ぬのです」

「飛び下りて、死ぬ？」

　神西が思わず繰り返すと、隣で木崎が頷いた。

「私も銀座の現場に臨場し、落下死体を見ました」

　木崎が居合わせた築地署の署員に聞いたところ、犯人は凶器を持って百貨店に駆け込んだあと、九階のテラスにやってくるとフェンスによじ登り、追いかけてきた店員たちと警備員の目の前で、下の道路に向かって飛び下りたのだそうだ。

「そんな薬物なんてあるのか？　聞いたことがない」

　神西の疑わしげな声に、笙子は説明を始めた。

「ここ一年ほどの間に確認されるようになった現象で、私もこんな事例は初めてです。しかし、十数年前にも別の薬物で同じ現象が確認され、社会問題になったことがありました。私が入省する前のことですが」

「別の薬物とは？」

「リン酸オセルタミビルというインフルエンザ治療薬です。二〇〇四年から二〇〇七年にかけて、この薬を飲んで高所から転落した事故が、少なくとも五件確認され、関連が疑われるものを含めると十五件が報告されています」

神西も思い出した。確か商品名はタミフル。アメリカで開発されスイスで製造されたインフルエンザ治療の輸入薬だ。当時、この薬を服用した患者が異常行動を起こして死亡する事故が続発した。その中に、小児や未成年者が突然高所から飛び下りて死亡するという奇妙な現象が何例も報告されていた。

有名な事例はこうだ。ある十四歳の少年がインフルエンザと診断され、医師にこの薬を処方されて通常量を服用した。その日の夕方、自宅のある集合住宅前で全身を打撲《だぼく》して倒れている少年が発見された。九階の手すりに少年の指紋が残っており、手すりにぶら下がったあと墜落《ついらく》して死亡した、と警察は発表した——。

「当時、転落事故と薬との因果関係は証明されませんでした。インフルエンザによる脳症でも、こういった異常行動は起こるからです。——ですが」

水月笙子は慎重に言葉を選びながら続けた。

「二〇〇五年、アメリカ食品医薬品局は、タミフルを服用した日本の小児患者十三人が死亡したと公表しました。さらに幻覚、異常行動などの精神神経病的な症状が世界中で三十二件報告され、そのほとんどが日本であると発表しました。これは当時、タミフルの七〇から八〇%が日本で使用されていた事実とも合致しています」

厚生労働省もこの発表を受け、二〇〇七年に、同薬に異常行動発現の恐《おそ》れがあることを認めた。そして医師に対して「異常行動の発現の恐れについて説明すること」「少なくとも二日間は小児・未成年者が一人にならないよう配慮《はいりょ》することを患者や家族に説明すること」と注意を喚起《かんき》する事態となった――。

「二〇一七年二月にも、リレンザという別のインフルエンザ治療薬を服用中だった男子中学生が、マンション四階の自宅から転落死するという事件が起きました。こちらも因果関係は不明ですが」

そう水月笙子は付け加えた。

神西は頷かざるを得なかった。人間に飛び下り衝動を喚起する薬物は、確かに存在するようだ。

勿論、どういう作用でそうなるのかは全くわからない。危険な場所にいることを認識できなくなるのだろうか。それとも、何か高所から飛び下りたくなるような、特別な幻覚を見るのだろうか。異常行動が小児と未成年者に多かったのは、夢と現実の区別が付きにくい年齢だからかもしれない。

「天使様、と言ったそうです」

木崎が吐息混じりに言葉を漏らした。

「銀座の事件で死んだ薬物中毒者は、飛び下りる直前、フェンスの上で『天使様』と叫んだそうです。天使が現れて、その男を死に誘《いざな》われたなんて、私としては認めたくはありませんが」

天使などこの世に存在するはずもない。もし薬物中毒の男が死ぬ前に天使を見たのだとしたら、それはどう考えても薬物が見せた幻覚だ。そして、この「天使」という言葉に、神西はなぜか禍々《まがまが》しい響きを感じた。

あらためて神西は、小皿の上に転がる白い粒に目をやった。

「その男が、この合成ドラッグを持っていたんだな？」

水月笙子は頷いた。

「大破した車の近くで私が発見し、採取しました。先ほどお見せした市販のミント菓子のケースに、錠菓《じょうか》を模して入れられていたのです。これまでの類似の事件では、このような錠菓を模したドラッグは発見されていません。今回が初めてです」

「あんたが発見したってことは、あんたも現場に行ったのか？」

神西が聞くと、木崎が代わりに答えた。

「私が現場に到着したあと、水月さんもすぐに臨場されたんです。お会いした時はビックリしましたよ。普段教会で顔を合わせている、お若くてお綺麗で物静かな女性が、泣く子も黙るマトリだったんですからね」

木崎によると水月笙子は、木崎と同じ吉祥寺《きちじようじ》のカトリック教会に通うキリスト教信者だった。笙子は最近武蔵野《むさしの》市に転居してきて、たまたま教会があることを知り、顔を出すようになったのだという。普段はご挨拶をする程度なので、銀座の現場で顔を合わせた時には自分の目を疑いました、と木崎は笑った。

「お忙しい中、熱心に通われていますよね。私はヒマだからいいんですが」

木崎の言葉に、笙子は曖昧《あいまい》に頷いた。

「自宅の近くに教会があることがわかり、ふと、聖書をちゃんと勉強したくなりまして。――それはともかく」

水月笙子は現場で発見したミント菓子のケースを持ち帰り、中に入っていた錠菓の成分を分析《ぶんせき》した。すると未知の化学物質が含まれていることがわかった。まだ分析中だが、これまでに発見されたどの精神作用物質とも異なる構造の化学物質だった。そして麻薬取締部は、この化学物質が未確認の合成ドラッグだという結論に達した――。

「しかし、我々警察がこんなものを見落とすとはね。大失態です」

白い錠剤を見ながら木崎が溜め息をつくと、笙子は首を横に振った。

「警察の皆さんには、あの時他にやるべきことが沢山《たくさん》ありましたから。被害者の生死確認、負傷者の保護と病院搬送、避難者の誘導、現場の保存。加害者の足跡や現場の血液などの採取も急がねばなりませんでした。私が発見したのはたまたまです」

「またまたご謙遜《けんそん》を。麻薬取締官としての経験があってこそ見つけられたんでしょう」

水月笙子は神西に視線を移した。

「もう一度、その白い錠剤をよく見て下さい。表面です」

神西は小皿の上の白い粒に目を落とした。すると、さっきは気が付かなかったが、何か単純な模様が浅く彫《ほ》られていることに気が付いた。二等辺三角形の、裾《すそ》の広がった服を着た人物のような形。その両側には、横に広がる扇状の羽根のようなもの。

「恐らく、天使の姿を図案化したものだと思われます」

また天使か――。顔をしかめる神西に、水月笙子は説明を続けた。

「この図案ですが、雪国の子供たちが、積もった雪の上に寝転がって作る雪の天使の形によく似ています。よって我々は、この合成ドラッグを『スノウ・エンジェル』と呼ぶことにしました」

スノウ・エンジェル――。

それは、異常行動を引き起こす危険極まりない合成ドラッグにしては、あまりに美しい名前だった。もっとも、スノウとは元来、粉末や結晶状の白い麻薬やドラッグを指す俗称だ。天使の模様が彫られている白い薬物となれば、言葉の響きは別にして、スノウ・エンジェルはごく自然な命名だとも思えた。

「いいだろう。新種の合成ドラッグが発見された。それは未知の化学物質で、使用した者に飛び下り衝動を起こさせる、非常に危険なドラッグだった。そこまではわかった」

水月笙子の顔を見ながら、神西は話を整理した。

「――で、もう一度聞くが、俺に何の用だ？　ヤクの捜査は警察とマトリの仕事だろう。俺は確かに九年前までは刑事だったが、今はただの日雇い労働者だ。その俺にこんな話を聞かせて、一体どうしようというんだ？」

「勿論、我々の捜査に協力してもらいたいのです」

水月笙子は当然のように答えた。

「あなたの経歴と過去は全て調査しました。その結果、私の求める条件を全てクリアしていることがわかりました。合格です」

「合格だ？」

上から発せられた言葉に、また神西は怒りを露《あら》わにした。

「俺は、あんたの試験を受けた憶《おぼ》えはないが？」

「まあまあ、神西君」

木崎がたまらず割って入った。

「私が水月さんに君を推薦《すいせん》したんです。どうか悪く思わないで下さい」

「木崎さんが？」

はい、と木崎は申し訳なさそうに頷いた。

「マトリとも警察とも一切接点がなく、優れた捜査能力を持っていて、信用できる人物を知らないか——そんな無茶な人探しを、水月さんに相談されたんです」

つまり水月笙子は、現在マトリや警察が使っている協力者ではなく、全く新しい協力者を必要としているということだ。

「そして私は、すぐに君のことを思い出しました」

木崎は神西の顔をじっと見た。

「君はとても優秀な刑事でした。でも九年前の事件で、警察とは一切の関係を断ち切られてしまいました。いえ、二年前には失踪宣告がなされましたので、今や社会との接点さえも断ち切られた人です。水月さんの条件を満たす人物は、私が知る限り、君以外にはいませんでした」

神西はそっけなく肩をすくめた。

「何の捜査か知りませんが、マトリの事情なんて俺には関係ないことです。他をあたってくれませんか」

すると水月笙子が口を開いた。

「あなたは、私の依頼を断れる立場ではないはずです」

その高圧的な口調に、神西は低い声を出した。

「どういう意味だ？」

動じる様子もなく、水月笙子は喋り続けた。

「当時の発表では正当防衛となっていますが、実際にはあなたはその事件で、同僚の女性刑事を殺されたことに逆上し、私憤によって五人の賊《ぞく》を殺害しました。私があなたとお会いしたことを警視庁に連絡すれば、警察は失踪宣告を取り消さざるを得ず、あなたを拘束することになるでしょう。そうしてもいいのですが、私に協力して下さるならば、話は別です」

「俺を恐喝《きょうかつ》するつもりか？」

神西が水月笙子を睨みつけた。

「取引です」

水月笙子が訂正した。

「ま、まあまあ！　水月さん。神西君も落ち着いて」

木崎が慌てて割って入ると、神西の顔を見た。

「神西君、どうかこのご依頼を引き受けてはくれないでしょうか。水月さんが君にどういう仕事を頼まれる予定かはわかりません。ですが、少なくとも薬物犯罪の捜査であることは間違いないはずです。つまり世の中のためになる仕事です。――そうですよね？」

当然だ、という顔で水月笙子は無言だった。木崎は神西に視線を戻した。

「水月さんには優秀な協力者が必要です。そして失礼ですが、人目を忍ぶ生活を続けている君には、お金が必要でしょう。そうじゃありませんか？」

残念ながら図星だった。しかも神西はついさっき全財産を失ったばかりだ。

「それに神西君。君には、その――」

躊躇《ためら》いながらも、木崎は続けた。

「今の君には何よりも、生き甲斐《がい》が――生きている証《あかし》が必要なんじゃないですか？　刑事は君の天職でした。そのかけがえのない仕事を心ならずも失ってしまった君は、今、とても生き辛いと思うんです」

木崎の言葉に、神西は何も言い返すことができなかった。

刑事という立場を捨て、社会との関わりを絶ち、失踪宣告によって戸籍を失い、偽名を使って、日銭仕事で糊口《ここう》をしのぐ生活。家族親族とも友人知人とも一切の連絡を絶ち、見つかるかどうかもわからない、いや、存在するのかどうかも定かではない、九年前の事件に隠されているはずの真相を追い続ける毎日。五人を殺害した罪への呵責《かしゃく》に苦しみながら、愛する女を死なせた己の愚《おろ》かさを呪《のろ》い、毎晩毎晩、酒を浴びては自分を責め続ける日々。もう無理だ、堪えられない、生きている意味がない──。神西はそこまで追い込まれていた。木崎が神西の前に現れたのは、まさにそんな時だったのだ。

「お願いです、神西君。この通り」

木崎がテーブルに両手を突いて頭を下げた。薄くなった頭頂部が見えた。

とうに警察を辞めてしまった元部下のことを、しかも犯罪者になってしまった赤の他人のことを、この人はまるで実の父親のように心配してくれている──。その姿を見て、神西はこれ以上虚勢を張り続けることができなかった。

「何をやればいいんです？」

神西の口から、そんな言葉がこぼれた。

同時に神西は、諦めのような、安堵《あんど》のような、不思議な緩解《かんかい》を覚えた。出口のない真っ暗闇のトンネルから、しばらくの間でも抜け出せる——。喩《たと》えて言えば、そんな解放感があった。

「ありがとう、神西君。恩に着ます」

木崎がまた深々と頭を下げた。

「いいんです。仰《おつしや》るとおり俺には金がないし、どうせヒマですから」

頭を下げて礼を言うべきは神西のほうだった。しかし神西は、そんな憎まれ口を返した。おそらくは精一杯の虚勢であり、そして甘えだ。

二人のやり取りを黙って聞いていた水月笙子が、待ちかねたように口を開いた。

「それでは神西さん、あなたの任務についてご説明します。木崎さん、もう少しこの場所を使用してもいいでしょうか？」

どこまでも事務的な言葉だった。

「ええ、勿論です」

頷いた木崎に、水月笙子は続けた。

「では、ここから先は捜査上の秘密に触れますので、申し訳ありませんが」

「ああ！　わかりました。そうですよね」

木崎は慌てて立ち上がった。

「それでは私はここで失礼します。このお店のドアはオートロックですから、お話が終わったらドアを閉めてそのままお帰りになれば結構です」

木崎はそれでは失礼します、と言って水月笙子に軽く会釈し、ベージュのステンカラーコートを羽織《はお》った。そして店のドアに向かって歩こうとして、急に神西を振り返った。

「神西君、くれぐれも気を付けて」

木崎は真面目な表情で神西に声をかけた。

「何かあったら、いつでも連絡して下さいよ。どうか無茶をしないように」

そして木崎平助はドアを開け、外の闇の中に消えていった。

03 受諾《ひきう》けし時

「身分証を見せてくれ」

二人きりになると、神西は向かいに座る女性に言った。水月笙子は上着の内ポケットから、黒いパスケースのようなものを取り出して神西に渡した。

縦二つ折りの、黒い革製の身分証だった。開いて上に水月笙子の顔写真と「厚生労働省司法警察員　麻薬取締官　水月笙子」という文字。赤い厚労省の印が押してある。下には金と銀の金属製プレート。八芒星《はちぼうせい》の中に、警察と同じ五角形の旭日章《きよくじつしよう》というデザイン。そのプレートの上部には英語でNARCOTICS AGENT、つまり麻薬取締官と彫ってある。

「合格だ」

神西は身分証とともに、さっき笙子に言われた言葉を返した。

「元上司の連れてきた人間が、信用できないんですか？」

受け取りながら聞いた水月笙子に、神西は頷いて見せた。

「誰も信用しないことにしてるんでね」

「いい心掛けです」

　ポケットに身分証を戻しながら、笙子も無表情に頷いた。

「本来は名刺をお渡しするべきなのでしょうが、我々と繋がっている証拠となるものは、一切所持して頂きたくありません。連絡方法については、後ほどご説明します」

　さっき木崎も言っていた。水月笙子には、マトリとも警察とも一切の接点がない人間が必要なのだと。

「じゃあ、さっさと仕事の内容を教えてもらおうか」

　神西は切り出した。

「あんたは、スノウ・エンジェルとかいう新種のドラッグを流している奴を挙げたい。そこでそいつを捜し出すために、新しく協力者《エス》を雇うことにした。それが俺だ。あんたは俺に何をさせるつもりなんだ？」

　すると水月笙子は首を横に振った。

「スノウ・エンジェルを流通させようとしている人物なら、捜すまでもありません。我々はすでに把握しています」

「何だって？」

　神西は眉を寄せた。

「じゃあ、さっさとパクればいいじゃないか」

「証拠がないのです」

笙子は無表情に、首を左右に振った。

「あなたの任務は、その人物に接触し、逮捕状を請求できるだけの証拠を掴むことです」

水月笙子は、ターゲットである人物について説明を始めた。

銀座の現場で発見された白いプラスチックのケースは、ある輸入雑貨のチェーン店だけで販売されているアメリカ製ミント菓子のものだった。そのミント菓子は、ＷＤインダストリアルという会社がアメリカから輸入して卸《おろ》していることが判明した。

「このＷＤインダストリアルという会社を調査したところ、我々にとって既知の人物が事実上のオーナーであることがわかりました。白竜昇《はくりゅうのぼる》、四十五歳。かつては白竜興産という会社を経営していた人物です」

「その白竜って男を、なんであんた方マトリは知ってた？」

「白竜興産が、かつて我々が覚醒剤の密輸入容疑で内偵していた会社だったからです。当時、日本最大の暴力団・山匡組の傘下にある複数の組織に、密輸入した覚醒剤を卸していると噂《うわさ》されていました」

覚醒剤の密輸入業者《シャブバイヤー》──。神西は納得した。暴力団にとって最大の収入源は覚醒剤だ。毎年の警察白書によると、暴力団の収入の三割から四割が覚醒剤の密売によるものとされている。これは暴力団が誕生した終戦直後から現在に至るまで、揺るがぬ事実だ。

いや、正確には「覚醒剤が暴力団を生み、育てた」と言うべきかもしれない。

覚醒剤──メタンフェタミンは、日本人の薬学者によって合成された有機化合物だ。麻《ま》黄《おう》という漢方薬から抽出したエフェドリンの誘導体として発見された。当初はエフェドリン同様、喘息《ぜんそく》や咳《せき》の薬だったが、やがてメタンフェタミンには強烈な覚醒作用があることがわかり、抑鬱症《よくうつしょう》や睡眠発作《ナルコレプシー》の薬として期待されることになった。

一九三八年、ドイツでメタンフェタミンの製造が始まり、ドイツ軍も長時間の過酷な作業を可能にし、士気も高めるとの理由で導入を始めた。これを見た日本も「除倦《じょけん》覚醒剤」として市販を始め、軍への導入も開始した。この時もまだ、中毒性や精神障害の副作用があることはわかっていなかったという。

日本軍でメタンフェタミンは、夜間の戦闘でも眠気を感じず、集中力が持続するため「暗視ホルモン」という呼び名で使用されていた。この頃になってようやく中毒性が発覚していたが、明日の命もわからない兵士には、そんなことを気にする余裕もなかった。恐怖心をなくすために、特攻隊に支給されたという話も伝わっている。

そして戦争が終わると、軍のメタンフェタミンが大量に市場に流れ出すことになる。敗戦の無力感を背景に、煙草や酒など嗜好品《しこうひん》の欠乏《けつぼう》もあって、覚醒剤は一気に広がっていった。製薬会社も「ヒロポン」「ホスピタン」等の商品名で発売を始めた。これが第一次覚醒剤乱用期だ。作家の坂口安吾《さかぐちあんご》や織田作之助《おださくのすけ》が「ポン中」であったことも知られているが、この頃には覚醒剤中毒者が百万人に達していたという。

一九四九年、国はようやく覚醒剤を「劇薬」に指定、一九五一年には覚せい剤取締法が施行され、国内での覚醒剤製造は途絶えた。覚醒剤は日本社会から一掃されるはずだった。だが、覚醒剤の強い中毒性と精神作用が大きな商売になることに目を付けた者がいた。それが暴力団だ。

一九七〇年代に入ると、韓国や台湾など周辺諸国が覚醒剤の製造技術を身に付ける。そこで暴力団は密輸と闇での流通販売を開始し、再び覚醒剤の被害が国内に拡大し始める。これが第二次覚醒剤乱用期だ。そして覚醒剤で得た巨額の資金で暴力団は経営基盤を確立し、さらに勢力を伸ばしていった。

そして現在は第三次覚醒剤乱用期と呼ばれている。暴力団は覚醒剤の他にも、建設工事の仕切り、債権回収、不動産トラブルの処理、会社整理、風俗店や飲食店からの収奪、ノミ行為、ショービジネスの興行などで収入を得てきた。だが、近年は「浄化運動」が進み、それらのシノギから徐々に締め出されるようになってきた。そのため覚醒剤がもたらす資金は、ますます暴力団にとってウエートが大きくなっているのだ。

また、中国という巨大な覚醒剤製造国が新たに誕生し、仕入れが容易になったことも暴力団の覚醒剤ビジネスに拍車をかけていた。

現在、覚醒剤事犯による検挙者の過半数が暴力団の構成員だ。検挙者には末端の客や雇われ売人《ばいにん》が含まれることを考えると、覚醒剤の流通は、その大部分が暴力団によって行われていると言っていい――。

水月笙子は、淡々と説明を続けた。

「山匡組は二年前に分裂するまで、『覚醒剤をシノギとすることは禁止している』と公言していました。ですが、傘下の組織が覚醒剤を売ることは黙認していました。山匡組は、傘下の中小暴力団が覚醒剤で稼いだ金を吸い上げることで維持されていたのです」

そして笙子によれば、輸入商の傍《かたわ》ら大量の覚醒剤を密輸入し、山匡組傘下の組織に卸していたのが、白竜昇の会社・白竜興産だった。

山匡組にとって、白竜興産の存在はメリットが大きかった。白竜興産には傘下の組織を斡旋《あっせん》して口利《くちき》き料を取り、その組織が覚醒剤で得た金を上納金として吸い上げる――。山匡組は、直接覚醒剤取引に手を染めることなく、覚醒剤によって二重の利益を上げていたのだ。

山匡組傘下の組織にとっても、白竜興産は歓迎すべき存在だった。海外組織との覚醒剤取引はトラブルが絶えず、密輸現場を押さえられて逮捕される危険も常につきまとう。多少仕入れ値が高くなろうと、誰かが面倒で危険な密輸入を代わりにやってくれて、安全かつ確実に商品を入手できるほうがいいのだ。

二年半ほど前、アメリカの麻薬取締局から「アメリカ国内の覚醒剤密造業者が、ハクリユウという日本人と接触した記録がある」との内部情報がマトリに寄せられた。この会社が白竜興産という輸入業者であることはすぐに特定され、ひそかに輸入品の検査を行ったが、なぜか覚醒剤が発見されることはなかった。

そして半年後、つまり約二年前、巨大暴力団だった山匡組が幹部同士の金銭トラブルによって二つに分裂すると、その直後に白竜昇は会社を整理し、姿を消してしまった。おそらく、分裂後のどちらに付くのも危険と判断したのだろう。

二〇一六年二月、元山匡組系の暴力団幹部が「セドリ」と呼ばれる洋上取引で逮捕され、覚醒剤百キロ、末端価格にして約七十億円分が押収されるという事件があった。過去にはこのような暴力団による覚醒剤密輸入が頻繁《ひんぱん》に行われていたが、ここ十数年は姿を消していた。再び暴力団自身による大規模な密輸が行われるようになったのは、覚醒剤の密輸入を代行していた白竜興産が消滅したからだ――そう笙子は考えていた。

「山匡組が分裂して後ろ盾を失った白竜昇は、会社を解散して薬物密輸ビジネスから手を引いた。我々はそう思っていました。しかし、そうではありませんでした。会社の名前を白竜興産からＷＤインダストリアルへと変え、今度は単独で違法薬物ビジネスを開始したのです」

　神西は首を横に振った。

「容《い》れ物《もの》だけじゃ、白竜がスノウ・エンジェルとやらを流している証拠にはならない。誰かがたまたまそのケースを使っただけかもしれない」

「だから、あなたに確たる証拠を掴んでほしいのです」

　水月笙子は続けた。

「前回、白竜興産を内偵した時に痛感しましたが、白竜昇は非常に用心深い男です。我々は関東甲信越以外の地方局からも取締官を招集し、二十四時間交代制で周辺を洗いましたが、とうとう何の証拠も得ることができないまま逃げられてしまいました。このことから当時は、麻薬取締官全員の顔を知られている可能性すら検討しました」

警察官が全国で約二十五万人いるのに対し、麻薬取締官は全地方厚生局を足してもおよそ二百六十人。〇・一％にすぎない。しかも厚生局の所在地や情報は全てウェブサイトで公開されている。全国の麻薬取締官全員を調査し、顔写真や個人情報を入手するのも、その気になれば不可能ではない。

「組対《そたい》五課はどうなんだ？　応援を要請したりしなかったのか？」

「警察では無理です。捜査方法に制限がありますので。その制限ゆえに、我々麻薬取締官が存在するのです」

水月笙子はあっさりと切り捨てた。

麻薬取締官が組対五課を始めとする警察官と根本的に異なるのは、「おとり捜査」の可否だ。薬物捜査に限ってのことだが、常習者のふりをして売人から薬物を購入するなど、必要とあれば違法行為を伴う捜査が許されているのだ。それは逆に言えば、いかに薬物犯罪の捜査が困難であるかを物語っている。

「もし、我々麻薬取締官の個人情報が白竜に漏れているとしたら、今回もまた接触することさえ叶《かな》わず、何の証拠も摑めないまま逃げられてしまう可能性が大です」

水月笙子は神西を見据えたまま言葉を続けた。

「白竜の用心深さ、狡猾《こうかつ》さ、それに調査能力を侮《あなど》ることはできません。日本最大の広域暴力団・山匡組を籠絡《ろうらく》し、多くの傘下の組織にも取り入り、覚醒剤の密輸入から販売までのルートをたった一人で作り上げた人物です。そして私は」

ここで笙子は、声の音量を下げた。

「白竜が我々の中に、協力者を持っていることも疑っています」

その言葉に神西は啞然《あぜん》とした。協力者とは要するにスパイだ。この女性は、自分たち麻薬取締官の中に白竜のスパイが存在すると考えているのだ。

「そりゃあ、いくらなんでも考え過ぎじゃないのか？」

「そうかもしれません。しかし前回、白竜興産の輸入品に対する抜き打ち検査でも覚醒剤が発見できず、白竜に逃げられてしまったのは事実です」

麻薬取締官の中に、薬物犯罪グループのスパイがいて、捜査情報を被疑者に流している——。にわかには信じがたい言葉だった。しかし、水月笙子が神西を起用した理由は、どうやらここにあるようだ。

マトリとも警察とも全く接点がなく、捜査能力があり、信用できる人物。水月笙子が求めているのは、この全ての条件を満たす人物だと木崎は言った。過去にマトリや警察のエス、つまり協力者だった人物であれば、白竜にその事実を突き止められる可能性があると笙子は判断したのだ。

一方、神西は九年前まで警察の協力者どころか刑事だった。しかし二年前に失踪宣告が行われて戸籍上は死亡したことになっている。つまり、「この世に存在しない人間」なのだ。勿論警視庁の籍は現在抹消《まっしょう》されているし、過去の記録を調べたとしても、死亡により除籍されたことが証明されるだけだ。

「繰り返しますが」

水月笙子は神西の目を見据えた。

「スノウ・エンジェルは、これまでに確認された合成ドラッグの中でも、最も危険な薬物の一つです。この薬物がわが国に蔓延《まんえん》する事態は、何としても食い止めねばなりません。さもないと、錯乱した使用者による無差別大量殺人事件が、全国の至る所で次々と発生することになります。これを防ぐためには、それを密輸または製造している人物——おそらくは白竜昇を、何としても逮捕せねばなりません」

神西の顔に視線を止めたまま、笙子は喋り続けた。

「そのためには、我々がスノウ・エンジェルの存在に気付いたことも、そして白竜昇を疑っていることも、白竜には絶対に気付かれてはなりません。だから白竜の捜査は、我々とも警察とも無関係に進行しなければならないのです。あなたに協力を求める理由が、これでおわかりでしょうか？」

神西は降参したように、軽く両手を上げた。

「よくわかった。だが、あんたらマトリでも尻尾を掴めないような男に、どうやったら俺が接触できるというんだ？」

「白竜と繋がりがあると思われる人物が、一人だけいます」

「その人物というのは？」

「プッシャーです」

プッシャーとは、流通の末端で違法薬物を客に売る売人《ばいにん》のことだ。

「先日、ある合成ドラッグ所持者の取調中のことです。その男がドラッグを買った売人に『初めて仕入れた、全く新しいタマがあるが、どうか』と誘われたことを証言しました。効果がわからなかったので、断ったそうですが」

タマとは錠剤を指す隠語だ、と水月笙子は補足した。

「この、初めて仕入れた錠剤というのが、スノウ・エンジェルだという可能性がありま す。もしそうだとすれば、その売人は白竜昇と繋がっているのです」

全てが推測か仮定だった。神西には、あまりにも頼りない情報に思えた。

「『思われる』に『可能性がある』に『もしそうだとすれば』、か――。さすがマトリだな。大した情報を摑んでるじゃないか」

「確実な情報があれば、すでに白竜を逮捕しています」

神西の皮肉にも、水月笙子は動じなかった。

「この証言をもとに、その売人を薬事法違反容疑で逮捕しましたが、薬物を発見して押収することができず、嫌疑不十分で不起訴となりました。来週には釈放されます。この売人に接近し、信頼関係を結ぶことができれば、白竜の情報を入手できるかもしれません。この任務をあなたにお願いしたいのです」

「ヤクの売人とコネを作れ、ってことは」

神西は確認した。

「当然、あんたたちと同じく、法に触れることをやれってことだよな?」

水月笙子の返事は、否定でも肯定《こうてい》でもなかった。

「何をやっても、我々があなたを告発することはありません。殺人以外なら」

殺人以外は何でも《Anything other than murder》、映画でしか聞いたことのない台詞《せりふ》だった。

「なるほどね」

神西はわざとらしく何度も頷いて見せた。

「俺はもう警察官じゃないし、厚労省の公務員でもない。捜査の上で禁止事項がある訳じゃない。それに、もし俺が捕まったとしても、あんたたちとの接点は一切見つからない。俺がターゲットに正体を見抜かれて、コンクリート詰めで東京湾に沈められたとしても、あんたたちが責任を取らされることはない」

「そうならないよう祈っています」

水月笙子は無表情に言葉を返し、さらに指示を続けた。

「プッシャーに接触するにあたっては、中国人の偽名を使って下さい。どういう名前にするかはお任せします」

架空の日本人を演じるとなると、出身地や履歴を詳細に設定しておく必要があるし、同時に虚偽が発覚する危険も高くなる。外国人ならば、過去を詮索《せんさく》される可能性は格段に低くなる。日本で生まれた在日四世という設定にしておけば、中国語が喋れなくても怪しまれない――そう笙子は説明した。

「わかった。適当な中国人名を考えておく」

笙子は頷くと、脇の椅子に置いたバッグから厚い封筒を取り出して神西に差し出した。神西が中を覗くと、帯封《おびふう》の付いた札束と、A4サイズの書類の分厚い束が入っていた。

「報酬の半額です。任務が終了したら、もう一度同額をお渡しします」

百万円。無一文の神西には何よりも有難《ありがた》かった。そんな気持ちを悟られないよう、札束を無造作に革ジャンパーのポケットに突っ込みながら、神西は質問した。

「こっちの、札《さつ》じゃないほうの束は？」

「合成ドラッグを中心に、違法薬物売買の実態をまとめた資料です。早急に目を通して記憶し、そのあとは焼却処分して下さい。お荷物でしょうが、あなたはPCはお持ちではないと思いますし、仮にお持ちだとしても、デジタルデータは必ず漏洩《ろうえい》しますので」

この歳になって、お勉強か――。神西は深々と溜め息をついた。

さらに水月笙子は、新品のスマートフォンと充電用コードを鞄から取り出した。

「連絡用にお持ち下さい。登録された所有者は架空の人物です。なお、音声通話以外のアプリの使用は禁止です。メールはサーバーに記録が残りますし、SNSでの通信内容は必ず漏洩しますし、その他のアプリの中にも位置情報を発信するものが多数あります。――それから、言うまでもありませんが」

「まだあるのか？」

うんざりする神西に、水月笙子は念を押した。

「あなたが動いていることは、相手が誰であろうと極秘です。たとえ相手が元上司の木崎さんであろうと、捜査については一切口外しないで下さい」

何かあったらいつでも連絡して下さいよ、そう木崎が言ったことを指しているのだ。

「わかった」

その言葉に水月笙子は頷くと、また書類鞄に手を伸ばし、紙包みを取り出してテーブルの上に置いた。ごつり、と重い音がした。

「最後に、これはお守りです」

紙包みを解《ほど》き、中に入っているものを見た途端、神西の身体に緊張が走った。拳銃が入っていた。イタリアのピエトロ・ベレッタ社製自動拳銃、M85だ。

麻薬取締官は二挺《ちょう》の拳銃を所持している。一挺は警察官と同じ三十八口径のニューナンブM60回転式拳銃。だがこれは大型のため人知れず携行するのは難しい。そのためもう一挺、二十二口径小型拳銃の所持が許可されている。このM85は弾倉が八発のシングルコラムでグリップが薄く、隠し持つのに適している。潜入捜査用の銃だ。

じゃきり、と音を立てて、神西は拳銃の安全装置を外した。それを右手に持つと、左手をグリップの下部に添えてゆっくりと上げ、水月笙子の顔に向けてぴたりと止めた。

「いいのか？　こんなもん持たせて。俺は人殺しだぜ？」

水月笙子は、顔色一つ変えずに答えた。

「我々はあなたとの関係を公《おおやけ》にできません。よって、あなたに危険が及んでも、我々はあなたを助けることができません。さっきあなたが仰った通りです。ですから、自分の身は自分で守って下さい」

神西は薄笑いを浮かべて銃口を下げた。

一瞬でも笙子の動揺する顔が見られるかと思ったが、その能面のような表情が崩れることはなかった。勿論、神西の右手の人差指は、伸ばしてトリガーガードに当てただけで、銃爪《ひきがね》に掛けてはいなかった。暴発を防ぐために警察学校で叩き込まれる拳銃操法の、イロハのイだ。

神西はあらためて、拳銃を右手の中で弄《もてあそ》びながら、いろんな角度から眺めた。初めて持つ、掌《てのひら》に収まるほどの小型拳銃だが、その重さを右手に感じているうちに、いつ以来だろうか、身体の中を熱い血が巡り始める感覚を憶えた。それはおそらく、長い間忘れていた刑事の血だった。

その時、水月笙子が事務的な口調で神西に告げた。

「今度は、迂闊《うかつ》に使用しないように」

04 赦免《はな》たれし時

十月三十一日、午前十時。東京都江東区《こうとう》青海《あおみ》、東京湾岸警察署——。

地上九階、地下一階。船《ふね》の科学館《かがくかん》駅から徒歩五分の海沿いに建つ、東京二十三区内では最も面積が広い警察署だ。警視庁管轄《かんかつ》の警察署の中では最大の、百九十二人を収容できる留置場を所有し、通常は一室しかない留置保護室も六室ある。女子専用留置場も備え、二〇〇九年には覚せい剤取締法違反で逮捕された有名女性タレントが留置されていた。

正面入り口前は、頭上に東京臨海新交通臨海線、つまり「ゆりかもめ」の高架が走る片側二車線の広い通り。その通りの向かい側、休憩のために停車する大型トラックの陰に、革ジャンパーに黒いデニムパンツの一人の男がひっそりと立っていた。

神西明だ。今日、湾岸署の留置場から解放される予定の男を、もう一時間以上もじっとここで待っていた。

その男とは伊佐友彦《いさともひこ》、三十四歳。表向きは英会話教師、実はドラッグの売人《プッシャー》だ。

神西は水月笙子にもらった資料を頭の中で反芻《はんすう》した。伊佐は都内の私立大学文学部を卒業したあと渡米。いくつかの職業を転々としたのちに帰国、英会話能力を活《い》かして英語塾チェーンの教師となった。ドラッグを憶えたのはおそらくアメリカ滞在中。白竜との接点はわからないが、あるとすればやはりアメリカで知り合ったと笙子は考えていた。

さらに約三十分が経過した頃、一人の男が湾岸署の正面玄関から出てきた。グレーのジャケット、白いシャツにノーネクタイ、黒いパンツ。神西は記憶している写真の顔と、その男の顔を頭のなかで照合した。間違いない、伊佐友彦だ。出迎えは誰もいないようだ。

署内に留置されていたというのに、伊佐は落とし物でも届けて出てきたかのような、鼻歌でも歌いそうな表情だった。両手をパンツのポケットに突っ込み、歩道を左へ出てそのまま歩いていく。ゆりかもめの駅へと向かっているようだ。神西は通りの反対側の歩道を、伊佐の背中を横目で見ながら歩き始めた。

伊佐は船の科学館駅から新橋行きのゆりかもめに乗った。神西も同じ車両に乗り、伊佐から目を離さないよう注意しながら、それとなく車両内を観察した。

嫌疑不十分で不起訴にはなったものの、薬物犯罪の容疑者だった男だ。もしかすると警察官が尾行に付いているかとも思ったが、それらしい人物はいなかった。暴力団とは無関係な、ドラッグの個人販売による小遣い稼ぎだ。泳がせても収穫はないと警察は判断したのだろう。

伊佐は終点の新橋でゆりかもめを降りると、地下鉄銀座線に乗り換えた。そして溜池山《ためいけさん》王《のう》で地下鉄南北《なんぼく》線に乗り換え、麻布十番《あざぶじゅうばん》で降りて、地上へと出た。

麻布十番商店街の人混みの中を、伊佐はぶらぶらと歩いていく。神西も十メートルほどの距離を置いて後を歩く。童謡『赤い靴』のモデルになったという少女像の脇を通り、伊佐は大黒坂《だいこくざか》を登っていく。徐々に人通りが少なくなってくる。このあたりは大使館や神社仏閣が多く、都心であるにも拘《かかわ》らず閑静《かんせい》な一角だ。神西は伊佐との距離を空けて歩いていく。

やがて伊佐は坂の上の交差点に出た。右に下りれば暗闇坂《くらやみざか》、左が一本松坂《いっぽんまつざか》、そして正面が狸坂《たぬきざか》。伊佐は真っ直ぐに狸坂を下りていく。神西も後に続く。

そして伊佐友彦は、狸坂の左側に建つ古いマンションに入っていった。

神西はマンションの入り口で建物名を確認した。「コリン元麻布狸坂」。脇に立つ電柱に書いてある住所は、元麻布二丁目××－×。資料に書かれていた伊佐の自宅のマンションとは別の名称だ。

そこまで確認すると神西はマンション前を離れ、再び麻布十番方向へと歩き始めた。このあたりには外国大使館が点在し、警察官も巡回している。路上に長い間立っていては怪しまれる。神西は麻布十番商店街まで戻ると、道端に立ち止まり、スマートフォンを取り出して水月笙子に電話をかけた。

「マルタイのヤサがわかった。どうすればいい？」

マルタイとは尾行または警護の対象者を指す警察の隠語で、今回は尾行中のターゲットである伊佐を指す。ヤサとは家探《やさが》しが語源だろう、被疑者の居住場所のことだ。

「やはり、調書に記入した住所ではありませんね。しばらくは動かないでしょう。伊佐を監視するための場所を用意します。月島のホテルで待機して下さい」

笙子はそれだけ言って電話を切った。

三日後、神西がねぐらにしているエコノミーホテル月島にゆうパックが届いた。中には鍵が一本。「コーポ元麻布二〇三号　元麻布二丁目一二－×」と書いた紙が添えられていた。

月島から麻布十番までは、地下鉄大江戸《おおえど》線でわずか十三分。神西は再び麻布十番商店街を歩いて、坂の上から狸坂を下った。コーポ元麻布は築四十年ほどと思われる古いアパートだった。二〇三号の郵便受けには名前は書いてない。神西は階段で二階に上がり、二〇三号のドアノブに鍵を挿《さ》して回し、部屋の中に入った。

若い夫婦向けと思われる1DKだった。広さは三十平米前後か。照明は点《つ》けず、カーテンも閉めたまま、神西はその隙間《すきま》から窓の外を見た。狸坂を挟んだ向こう側、視界のぎりぎり左端に伊佐のマンションのエントランスが見えた。これくらいの角度のほうがターゲットには気付かれにくい。よく短期間に見つけて押さえることができたものだ。

神西はここに泊まり込んで伊佐の外出を待った。毛布以外、持ち物は何も置かないようにした。食事も顔を覚えられないように近所の飲食店は使わず、駅前のいくつかの店で弁当や惣菜パンを買い、ゴミは毎回異なるコンビニのゴミ箱に捨てた。風呂は使ったが、洗《せん》濯物《たくもの》は月島のホテルに持ち帰った。

それらは全て、伊佐が寝ていると思われる早朝に済ませた。通常、張り込みは複数で行うが、今回は自分一人でやるしかないからだ。そしてカーテンの隙間から見張りを続け、伊佐が出かけると部屋を出て尾行した。

伊佐友彦は、最初の一週間ほどは昼間に商店街で買い物をしてぶらつくだけで、夜は全く外出しなかった。昼間も誰かと会うことはなかったし、仕事もしていないようだった。多少は貯金もあるのだろうか。だが、そのうち生活費も底を突いてくるだろう。そうなれば稼ぐしかない。神西はその時を辛抱《しんぼう》強く待ち続けた。

神西が張り込みを始めてから三日目の夜。十一月六日、午後十一時――。

伊佐が初めて、夜中にマンションのエントランスから出てきた。神西は被《かぶ》っていた毛布をはねのけ、急いで階段を下りて道路の反対側に出ると、伊佐の後を追った。伊佐友彦はストライプの入ったダークグレーのスーツに白いシャツ、黒い革靴。ネクタイはしていない。荷物も持っていない。

伊佐はゆっくりとした足取りで麻布十番の駅へ向かう。伊佐は地下鉄南北線に乗り、溜池山王駅で銀座線に乗り換えると、虎ノ門《とらのもん》駅で降りた。地上に出て歩き始めた伊佐の前方に、巨大なビルがそびえ立っていた。

葵坂《あおいざか》タワー。二〇一四年に開業した超高層ビルだ。地上五十二階、地下五階、高さ二四七メートル。一階から四階が商業施設、五階と六階には国際会議場、その上は三十五階までがオフィス・フロア、三十七階から四十六階が分譲マンション、そして四十七階から最上階の五十二階にはアメリカ資本の超高級ホテル、ファウンダース東京が入っている。

そのビルの、巨大な帽子のつばのような庇《ひさし》が付いたエントランスへと、伊佐は歩いて入っていった。神西は道路を挟んだ反対側の歩道で立ち止まると、エントランスの中へ消えていく伊佐の後ろ姿を見送った。

さて——。神西は考えた。

伊佐は一体、この超高層ビルのどこに、何の用があるのか。

現在十一時三十分、商業施設はすでに営業を終了している。向かう先はテナントのオフィスか、その上のマンションか、あるいはホテルの一室か。それらのどこかに薬物のディーラー、即ち《すなわ》卸屋がいて、売人の伊佐が商品を仕入れに来たという可能性もある。

──しかし。もし薬物の仕入れで来たのであれば、仕入れた商売物を運ぶ鞄《ブツ》が必要だろう。それにディーラーと会うのなら、今夜のように小洒落《こじゃれ》たスーツを着る必要はない。何より、ディーラーがこんな金のかかる場所で商売をしているとは考えにくい。

道路の向こう側にそびえ立つ五十二階建てのビルを、神西はゆっくりと見上げた。そして神西の視線は、首が痛くなるほどの高さにある、ビルの最上階で止まった。

エレベーターのドアが開いた途端、ドラムとベースの重低音が耳に飛び込んできた。同時に、満天の星と東京の夜景が目の前に広がった。規則正しいリズムに合わせて電子楽器が単調なリフを繰り返す。男性ヴォーカルが早口で喋るように歌う。流行のクラブ・ミュージックという奴だろうか。壁が震えるような大音量だ。

葵坂タワーの最上階、五十二階に位置するファウンダース東京のバー、ジ・アティックに神西は来ていた。

「いらっしゃいませ」

背の高い金髪の白人ウェイターがすっと近付いてきて、流暢《りゅうちょう》な日本語でにこやかに話しかけた。

「お一人様ですか？　ご予約は？」

一人で予約はしていないと言うと、ウェイターは申し訳ないという顔で、あいにく本日ソファー席はご宿泊のお客様で満席でして、と頭を下げた。どこでも構わないと言うと、こちらへ、と神西を誘導した。

夜景の光がなければほとんど何も見えないほどの、がらんとした暗いフロアだった。入って左側と正面は都心を見下ろす、天井から床までのガラス窓。右側がソファー席のあるスペースのようだ。フロアには背の高い丸テーブルが一定の間隔で置いてあり、それぞれの前で二～三人ずつが立ったまま酒を飲んでいる。

空いている丸テーブルの前に神西を案内し、ウェイターは紙マッチでキャンドル照明に火を灯《とも》した。そして黒いガラス製の灰皿と、細かな字がぎっしりと書かれた二つ折りのメニューをテーブルに置いた。神西はオールドグランダッド114のストレートをダブルで頼んだ。アルコール度数一一四プルーフ、つまり五十七度のバーボンだ。

五分ほどでウェイターがトレイにグラスを載せて現れ、二千円でございますと言った。アメリカ流の前払い方式だ。カードを持っていない神西が現金で払うと、ウェイターはレシートを渡し、どうぞごゆっくり、と言って立ち去った。

ようやく暗さに目が慣れてきて、神西はあたりをさりげなく見回した。

店内はほぼ満員。それぞれのテーブルの前に二〜三人の客が立っている。半分以上は欧米人のようだ。日本人は男女のカップルが多い。ホテルのレストランか六本木あたりで食事をした後なのか、女性客は着飾り、男性客もいい身なりをしている。

そして、入り口から見て左奥に目を走らせた時、神西は心の中で思わず頷いた。

——ビンゴだ。

角の奥まったテーブルの前に、伊佐友彦が一人で佇《たたず》んでいた。

暗いバーの中でも特に目立たない一角で、伊佐は特に退屈そうな様子も見せず、無表情に煙草を吸っている。テーブルにはキャンドルと灰皿、モルトウイスキー用のテイスティンググラス、それにチェイサーのグラスが置いてある。

やがて大柄な白人の男が、グラスを持って伊佐に近寄ってきた。伊佐の背中を叩き、笑いながら話しかける。大音量の音楽で声が聞こえにくいのか、二人は交互に耳を差し出しながら少し会話すると、白人の男は立ち去った。一見、知り合いが挨拶に来たように見えたが、丸テーブルの下で二人が何かをやりとりし、それぞれそっとポケットに仕舞ったのを神西は見逃さなかった。

神西が思った通り、このバーはドラッグの売人・伊佐友彦の仕事場だった。

売物はヘロインかコカインか、LSDかMDMAか、それとも大麻か、あるいはその全部か。おそらく固定客と電話やメールで連絡し、ドラッグの種類、量、金額、待ち合わせ場所、時刻を決めて受け渡しするのだ。このバーは、テーブルで先に会計するシステムだ。客同士で現金をやりとりしていても、誰も不思議に思わない。

神西は水月笙子に貰った資料を思い出した。ドラッグの売人は数百人の固定客を持っていて、それぞれの客に月に一度くらいのペースでドラッグを売っているという。一回の売買で二〜三万円が入れば、一ヵ月の売り上げは数百万から時には数千万に上る。仕入れ値はその半分だからかなりの利益だ。

問題は、伊佐がどこからネタを仕入れているかだった。白竜昇なのか、それとも全く別の人物なのか。それを探らなければならないが、今日のところは、伊佐の仕事場を発見しただけで充分だった。焦っては失敗する。

神西は引き上げることにして、グラスを口に運ぶと、最後に残った一口分を飲み干した。とろりとしたぬるい液体が、じわりと喉を焼きながら通って、胃の底に沈んでいった。いいバーボンを飲むのは何年ぶりだろうか。酒一杯に二千円は高すぎると思ったが、神西はすぐにその考えを振り払った。構うもんか、どうせ必要な経費はマトリ持ちだ。

バーを出ようとした時、神西はふと誰かの視線を背中に感じた。その方向には伊佐のいるテーブルがあるはずだった。神西がさりげなく振り返ると、伊佐友彦は窓の外に広がる夜景を眺めながら、人待ち顔で煙草をふかしていた。

「奴の仕事場の一つがわかった。葵坂タワー最上階のバーだ」

暗闇の中、神西はスマートフォンを左耳に当てて小声で喋った。

「その店で、欧米人を中心にヤクをさばいている。日本人の客もいるようだが、みんな金を持ってそうな奴ばかりだった」

午前二時四十五分――。

伊佐友彦のマンション入り口が見える狸坂の賃貸アパート。部屋の照明は点けていない。真っ暗だ。

神西はアパートに戻ると、すぐに進捗《しんちょく》状況を報告するため水月笙子に電話した。深夜にも拘らず、笙子はすぐに電話に出た。

「アメリカ帰りの英会話力を活かして、主に外国人を客にしているようですね。資料にも書きましたが、最近は飲食店を使った売買が増えているようです」

確かに、笙子に与えられた資料にはこう書いてあった。

ドラッグや麻薬、覚醒剤の末端での取引は、一時期、ネットの裏掲示板で売人と客とが連絡を取り、銀行口座に代金を振り込ませ、ゆうパックなどで発送するというインターネットを使用する形が主流になった。

しかし、警察がサイバー犯罪の摘発に力を入れるようになってから、足のつきやすいネット取引から、昔のような路上や飲食店での直接取引に再び戻りつつある。いくら警察や麻薬取締部でも、全国の道路や飲食店全てを見張る訳にはいかないからだ。

「今日のところはそれでよしとします。これからどういう段階で伊佐と接触するのか、あなたの計画を教えて下さい」

お疲れ様の一言もない。相変わらずどこまでも事務的だ。

「まず、奴からヤクを買う。俺をヤク中の上客として認識させるためだ。そうやって何度か伊佐から買い物をして、伊佐の常連客になる。次の段階に移るのはそれからだ」

水月笙子が冷ややかに聞いた。

「次の段階とは？」

「まだ決めてない」

神西は慎重に答えた。

「伊佐の性格にもよる。奴と話した感触をもとに、手探りで行くしかない。まずはヤクを買って――」

「時間をかけすぎです」

水月笙子は冷ややかな声で神西の話を遮った。

「幸い、現在のところスノウ・エンジェルはまだほとんど市場に流れていないようです。しかし過去の薬物の事例を見ても、蔓延するのは時間の問題です。一刻も早く白竜を逮捕しなければなりません。悠長に構えていると、いつまた銀座の事件のような、罪のない大勢の人が犠牲になる惨事が起きるか」

「いいか？　水月さん」

神西の声が低くなった。

「スノウ・エンジェルってヤクを、白竜とやらが密輸入していることも、伊佐が白竜の下でさばいていることも、全部あんたの推測にすぎない。証拠は何もないんだ」

笙子は動じなかった。

「その通りです。しかし我々の調査では、白竜以上に疑わしい人物は確認されていません。そして白竜に接触できそうなルートも、伊佐以外には発見されていません。もし伊佐がスノウ・エンジェルの販売に関与していないとわかったら、すぐに次の可能性を当たらねばなりません。一つずつ潰《つぶ》していくしかないのです。だから」

「わかった」

神西はついに折れた。笙子の言葉にも一理あった。犯罪の捜査では、あらゆる可能性を疑い、リストアップして、それらを一つずつあたって潰していくしかない。神西も刑事だった時にはそうしていた。

「できるだけ早く伊佐と接触し、白竜との関係を探る。それでいいか」

「そうして下さい。くれぐれも正体を見破られないように」

言わずもがなのことを言われ、神西は気分を害した。

「水月さん、あんたのほうこそくれぐれも気を付けるんだな。あんたらマトリの内部に白竜の仲間がいるかもしれないんだろう？　俺が情報《ネタ》を上げたって、そいつに知られたら水の泡だぜ？」

「スパイがいると決まった訳ではありませんが、対策はしています」

「へえ。どんな対策だ」

「あなたが動いていることを知っているのは私と上長の二人だけで、他の取締官は一切知らされていません。そして、あなたの個人情報を知っているのは私だけです。これでよろしいでしょうか？」

「結構だ」

神西はそう答えるしかなかった。

「他に報告事項は？　なければこれで」

どこまでも事務的な対応に、神西は茶々を入れたくなった。

「バーでバーボンを一杯だけ飲んだが、二千円も取られた。経費で落とせるよな？」

「あなたが捜査に必要だと判断したのでしたら、それは経費です」

笙子は意外にあっさりと承諾した。

「じゃあ、せいぜい高い酒を飲ませてもらおう」

「ただし、あなたが捜査で使う費用は税金です。そのことを忘れないように」

そして水月笙子は、電話を切った。


「水月君」

東京・九段南《くだん》、九段第三合同庁舎の十七階、関東信越厚生局・麻薬取締部――。照明もまばらな深夜のオフィスで、スマートフォンを切ったばかりの水月笙子の背中に、一人の男が声をかけた。

「見つかったようだね？」

笙子はゆっくりと振り返った。

いつの間にか背後に、課長の大沼真司《おおぬましんじ》が立っていた。

「こんな時間に、残業ですか？　課長」

大沼の顔を見上げながら、笙子が無表情に聞いた。

「君もな。ああ、もう三時か。連日深夜までご苦労様だね」

大沼は微笑むと、背後から笙子の左肩に右手を置き、顔を覗き込んだ。

「それで、新しい協力者はどうだね？　使えそうかね？」

笙子は前を向いたまま無表情に答えた。

「すでに対象の仕事場を突き止めました」

「ほう、そうか」

大沼は驚いたように目を見開いた。

「なかなか優秀な人物のようだな。紹介者は築地署の木崎係長だそうだが、どういう経歴の人だね？　元警察官かな？」

「その話は、どちらで？」

笙子は質問には答えず、左肩越しに大沼の顔を見上げながら質問を返した。

大沼は笙子の肩から手を離すと、肩をすくめて笑った。

「いや、ちょっと小耳に挟んだだけだ。気にしないでくれ。今回の捜査に関しては全て君に一任している。君の考え通りに進めてくれればいい」

「私が面接しました。有用な人物です」

笙子はそれだけを答えた。結構、と大沼は頷いて、さらに言葉を続けた。

「水月君。念のために言っておくが、今回の捜査内容は極秘だ。他の取締官にも一切――」

「言うまでもありません」

笙子は大沼の言葉を遮った。大沼は苦笑しながら肩をすくめた。

「余計なことを言ったようだな。さすがスノウ・クイーンだ」

雪の女王《スノウ・クイーン》――。それは、卓越した薬物の知識とクールな性格から付けられた、麻薬取締官の間で流布《るふ》している水月笙子のあだ名だった。

「じゃあ、お先に。成果を期待しているよ」

笙子に軽く右手を上げると、大沼真司は踵《きびす》を返し、そして出入り口のドアに向かって、ゆっくりと歩き始めた。

水月笙子は、ドアを出ていく大沼の背中をじっと凝視していた。

「まさか——」

囁くような小さな声で、笙子が呟いた。

05
接触《ちかづ》きし時

それから三日の間、伊佐友彦は外出しなかった。そして四日目の夜、伊佐はやはり夜の十一時にスーツ姿でマンションを出てきた。神西は監視部屋を出て、尾行を開始した。

行き先はやはり、葵坂タワーだった。伊佐がビルに入ったのを見届けると、神西はビルの周囲を歩いて時間を潰し、伊佐に三十分遅れて最上階のバーに上がった。ウェイターは神西の顔を覚えていたらしく、スタンディング・エリアへと案内すると、お好きなテーブルへどうぞ、と言って戻っていった。

クラブ・ミュージックが大音量で流れる中、伊佐は薄暗いスタンディング・エリアの奥で、腰ほどの高さの丸いテーブルに向かって、立ったまま煙草をくゆらせていた。

伊佐の右隣のテーブルが空いていた。神西は何気なくそのテーブルに立つと、ウェイターに酒を注文した。今日もまた、オールドグランダッド１１４のストレート、ダブル。

ニット姿の黒人の若い男が隣のテーブルに歩いてきて、伊佐に声をかけた。男は喋りながらテーブルの下で何かを伊佐に渡した。折り畳んだ札のように見えた。伊佐も受け答えしながら、やはりテーブルの下で何かを男に渡した。それを受け取ると、黒人の男はすぐに立ち去った。その間十秒ほど。あっという間の出来事だった。

黒人の若い男がいなくなったおよそ三十分後、今度はスーツを着た日本人の中年男がやってきて、またちょっとだけ立ち話をして立ち去った。同じく伊佐と、テーブルの下で何かをやりとりするのが見えた。この男もやはり、薬物を買いにきた客だった。

刑事だった頃なら、今すぐ違法薬物取引の現行犯で逮捕するだろう。だが今は、神西は刑事ではないし、伊佐を逮捕するために尾行している訳でもなかった。ドラッグを求める客を装って伊佐に接触し、関係を築くのが目的だ。

さて――。神西は考えた。

伊佐はとっくに、隣のテーブルにいる神西の存在に気が付いているだろう。いや、神西は四日前にも伊佐を尾行してこのバーにきたので、その時すでに顔を見られていたかもしれない。だが、それはそれで構わなかった。

もし、自分がドラッグの常用者で、売人がいるという噂を聞いてこのバーに来たとしたら、どう行動するだろうか――？　客の誰が売人なのかはわからない。だからと言って、自分から手当たり次第《しだい》に声をかける訳にもいかない。よって、売人のほうから声をかけやすい状況を作り、接触してくるのを気長に待つしかない。

野生動物を撮影するカメラマンは、足繁《あししげ》く彼らの縄張りに通い、自らの姿をわざと見せ続けるという。相手が徐々に自分を覚え、危険な存在ではないことを理解するように。そしていつか、固い警戒を解いて、自分に対して興味を持ち、あっちから自分に近づいてくるように——。


「待ち人来《きた》らず、ってヤツですか？」

突然、左隣のテーブルから声がかかった。神西は声の主を見た。

伊佐友彦が微笑みながらこっちを見ていた。

伊佐が神西の誘いに乗ってきたのだ。しかし、まだ伊佐が売人の正体を現すかどうかはわからない。怪しまれたら、このまま世間話だけで終わる可能性もある。

「まあ、そんなところだ」

まさか待ち人はお前だとも言えないので、神西は曖昧に頷いてみせた。すると伊佐は右手の指に煙草を挟み、左手にグラスを持って、神西のテーブルに移ってきた。

「いつかもここで、誰かにすっぽかされてましたよね？」

いつかというのは、四日前、伊佐を尾行してこのバーに来た時のことだろう。やはり伊佐は、神西の顔を覚えていた。商売物が何であれ、客商売の人間は、人の顔を記憶する能力に長《た》けている。

「そう言えば、そんな気もするな」

神西は頷いて、伊佐の顔を見た。写真ではない伊佐の顔を、至近距離で見るのは初めてだった。よく見ると伊佐は整った目鼻立ちの、二枚目と言っていい男だった。表情も穏やかで、ずっと柔和《にゆうわ》な微笑みを浮かべている。この風貌《ふうぼう》なら女性客にも警戒《けいかい》されないだろう、神西はそういう感想を持った。

神西も刑事時代、ドラッグの売人には何人も会ったことがあった。だが、伊佐にはそいつらに共通の荒《すさ》んだ印象がなかった。大学の文学部を出て渡米経験があるというが、どこか知的な雰囲気があって、正体を知らなければ何かの自由業、例えばアート関係の仕事をしているようにも見える。もっともそうでなければ、外国人やめかし込んだ連中が集まるこのバーで、商売ができないのかもしれない。

伊佐が顔に含み笑いを浮かべた。

「あなたを悩ませている人は、女性でしょう?」

神西はちょっと考えて、こう答えた。

「よくわかったな」

ある意味で、これは神西の本音だった。この九年間神西を苦しめ続けている相手は、神西の前から永遠に消えてしまった女、桧原祥子だった。そして目下、この捜査で神西を閉口させているのも女、麻薬取締官の水月笙子だ。

「女性というのは男にとって、いつでも悩みの種ですからね」

伊佐は同情の顔で頷くと、さりげなく小声で続けた。

「この世の憂《う》さを忘れたいなら、いいものがありますよ」

来た――。

神西は緊張した。ついに伊佐が、売人の正体を現したのだ。

いいものとは何だと聞こうとして、神西はその言葉を飲み込んだ。これ以上とぼけて見せる必要はない。下手《へた》に鈍いふりをすれば、そのまま伊佐は立ち去ってしまうかもしれない。向こうはすでに商談に入ろうとしている。自分がヤクを買いに来たヤク中なら、この言葉を待っていたはずだ。

「何があるんだ?」

神西は伊佐から視線を外してよそ見をしながら、さりげなく聞いた。

「今日のネタは、グラス、エックス、それにチャイナホワイトですね」

まるで寿司屋の板前のように伊佐が答えた。

これらの隠語の意味は、水月笙子の資料に頼るまでもなかった。グラスは植物、つまり大麻草のマリファナ。エックスはＭＤＭＡ。別名であるＸＴＣ《エクスタシー》の頭文字だ。チャイナホワイトはヘロイン。阿片から作る白い粉末状の麻薬で、戦前の中国で大流行したことに由来する。

アメリカ帰りのせいか、それとも外国人客を相手にすることが多いせいか、伊佐はいずれもアメリカ流の俗称を使った。日本ではマリファナはクサやハッパ、ＭＤＭＡはバツ、ヘロインはチャーリーと呼ぶことが多い。

「エックスはいくらだ？」

神西が聞くと、伊佐もよそを向いて答えた。

「一個五千。二個単位」

「高いな」

神西は一度渋ってみせた。ＭＤＭＡの相場は一錠三千円ほどだという。購入経験のある者なら高いと思うはずだ。

するとと伊佐が、済まなそうに肩をすくめた。

「ええ。でも僕の扱ってるネタは、そのへんで売ってるものより遥かに純度が高いんですよ。ヘンな混ぜ物も入ってませんから、安全を買うと思ってもらえれば。とってもハッピーになりますよ。抜け際もヨレたりしませんしね」

そう言ったあとで伊佐は周囲を見回し、小声で付け加えた。

「それにここ、飲み代が高いでしょう？　立ち飲みのバーのくせに。いくら高級ホテルのバーだからって、ボッタクリですよね」

場所代も入っていると言いたいのだろう。さらに伊佐は店のウェイターにも、見て見ぬふりをしてくれるよう毎回チップを弾《はず》んでいるのかもしれない。あるいは、ウェイターたちもまた伊佐の客なのかもしれない。

神西は仕方ないという顔をして、テーブルの下で伊佐に折り畳んだ一万円札を渡した。すると伊佐は、スラックスのポケットからビニールの小袋を取り出し、テーブルの下で神西の手に握らせた。硬い錠剤のようなものが二個入っていた。ＭＤＭＡ二錠だ。

違法薬物を買うのが違法行為である以上、警察官には絶対に不可能な行為だ。警察官はたとえ捜査目的であろうと、一切の違法行為が禁じられている。だが、神西はとうに警察官ではない。

神西はバーボンを飲み干すと、テーブルに空のグラスを置き、伊佐に聞いた。

「また欲しくなったら、ここに来ればいいか？」

神西が聞くと、伊佐は頷きながらこう言った。

「求めよ、さらば与えられん――」

ここでいつでも手に入る、という意味なのだろう。初回から連絡方法を教えてくれるはずもない。今日のところはこれで充分だ。神西は引き上げることにした。

歩き出そうとして、ふと神西は伊佐を振り返った。

「その言葉」

「はい？」

聞き返す伊佐に、神西は躊躇いがちに言った。

「今の言葉、どこかで聞いたことがある」

「ああ」

伊佐は神西を見て微笑んだ。

「そうでしょうね、有名な聖書の言葉ですから。新約聖書の『マタイによる福音書』、七章七節に出てきます」

流暢な英語で伊佐が暗誦《あんしょう》した。

「Ask, and it will be given to you; Seek, and you will find; Knock, and it will be opened to you」

求めなさい、そうすれば与えられるだろう。

探しなさい、そうすれば見つかるだろう。

門を叩きなさい、そうすれば開かれるだろう――。

おそらくそういう意味の言葉だ。

だが、聖書に書かれたこの言葉は、神西の胸には虚しさしか残さなかった。求めても、探しても、叩いても、どう足掻《あが》いてもたどり着けないものがあることが、この九年間で身に沁《し》みてわかっていた。

思わず神西は、ぽつりと呟いた。

「手に入らないものは、どうやっても手に入らないさ」

すると伊佐は、微笑みながら神西に言った。

「そうですよね。マタイさんに、言っておきますよ」

06 馴染《うちと》けし時

「また会えましたね」

伊佐友彦が笑みを見せながら、神西明に向かって左手のグラスを持ち上げた。右手の指には煙草を挟んでいる。

神西が伊佐のテーブルに歩み寄ると、ウェイターが近づいてきた。神西はメニューを断っていつもの酒を頼んだ。オールドグランダッド114、ストレートのダブル。すぐにウエイターはチェイサーと一緒に持ってきた。神西は現金で支払った。

十一月二十四日、深夜十一時三十分――。

前回伊佐と接触してから二週間後。葵坂タワー最上階のスタンディング・バーに、神西は再び来ていた。

「バーボン、好きなんですか?」

伊佐が神西のグラスを見ながら聞いた。

「いや。酔っ払えるなら何でもいいんだ」

神西はグラスを揺らしながら答えた。

「普通のウイスキーは四十二度だが、こいつは五十七度だ。だから手っ取り早く酔っ払える。それにバーボンは、スコッチみたいに飲み方にうるさくない」

伊佐も賛同するように頷いた。

「確かにスコッチ党は、いろいろと面倒なことを言いますからね。地域がどうの、水がどうの、モルトがどうの、泥炭《ピート》がどうの、樽《カスク》がどうのって。中にはグラスの形やチェイサーにまで注文を付ける人もいますしね」

そう言いながらも伊佐は、今夜もシングルモルトのスコッチを飲んでいた。丸テーブルの上にチューリップ形のテイスティンググラス。その中に、琥珀《こはく》色の液体が二センチほど入っている。

「あんたもどうやら、面倒な人らしいな」

神西が、グラスを見ながら伊佐に言った。

「僕も酒なら何でもいいんですけどね。飲みに来てる訳じゃないし」

伊佐は苦笑を返した。

「ただ、どうせ何か注文しないといけないんだったら、いろんなウイスキーを試してみようかと思って。今はスコッチ&アイリッシュがマイブームという訳です。ボウモアやラフロイグといった有名所から始めて、こないだお会いした時に飲んでいたのがカネマラで、今日飲んでるのはアードベッグです」

スコッチウイスキーとアイリッシュウイスキーとは、どうやら別のウイスキーのようだった。勿論神西には区別がつかない。

「バーボンがお好きなら、グレンファークラスってスコッチを飲んでみませんか？　アメリカン・ホワイトオークやヨーロピアン・オークの樽を一次熟成に使っていて、風味がバーボンに似てるんです。二次熟成はバーボン樽じゃなくてシェリー樽ですけどね」

伊佐の話によるとイギリスのウイスキーも、アメリカでバーボンを造った樽やスペインでシェリーを造った樽を熟成に使用しているのだそうだ。

神西はウェイターを呼び止めて、グレンファークラスのロックを頼んだ。やってきた酒は、確かに、焦《こ》げたような甘い風味がバーボンによく似ていた。

伊佐は、なおもスコッチの知識を披露した。

「ウイスキーって、伝説によると一世紀の半ば、アイルランドにキリスト教を布教しにきた聖パトリックという聖人が、中近東から錬金術と蒸留器を持ち帰ったのが始まりだそうです。現在も世界各地にセイント・パトリックス・デーという祭日があります」

神西が伊佐に聞いた。

「キリスト教の聖人が、錬金術と酒造法を？」

神西にはこのプッシャーと親密になる必要があった。だからなるべく会話を続かせて、距離を縮めようと考えていた。だが同時に、伊佐の話に興味を持ったのも事実だった。聖人というからには、信者から尊敬され崇拝《すうはい》される宗教者のはずだ。その聖人がわざわざ遠方から、怪しげな科学や享楽《きょうらく》のための道具を持ち込んだというのだ。

「ええ、そうなんです」

伊佐は微笑んで、話を続けた。

「宗教は、その成り立ちからして神秘主義と深く関わっています。ウイスキーは、十世紀頃、アイルランドの修道院でビールを蒸留して造っていたセルボワーズという密造酒が起源だと言います。一一七〇年、アイルランドに侵攻してきたイングランド王・ヘンリー二世が修道院から押収して、ウイスキーは世に知られることとなりました」

すらすらと伊佐の口からマニアックな知識が流れた。アメリカ留学するだけあって、どうやら相当なインテリのようだ。

「修道院が酒を密造していたのか。修道院ってのは禁欲的な場所じゃないのか？」

神西が疑問をぶつけると、伊佐はまた微笑を見せた。

「寒い地方の石造りの修道院ですから、アルコールで血行を良くして身体を温める必要もあったでしょうね。もともと聖書では酒を禁じていませんしね。――しかし、それより何より」

そこでスコッチを口に含むと、伊佐は続けた。

「僕は、宗教者が高濃度のアルコール飲料を生み出した理由は、酩酊《めいてい》によって神秘体験を得るためだったと思うんです」

「神秘体験？」

「宗教体験と言ってもいいでしょう。アルコールを摂取《せっしゅ》すると、脳からドーパミンという快楽物質が過剰に分泌《ぶんぴつ》され、同時にそれを代謝する機能が低下します。アルコールは酩酊を呼び、酩酊は通常は決して味わえない感覚を体験させてくれます」

スコッチのグラスを揺らしながら、伊佐は喋り続けた。

「まるで魂が肉体の呪縛《じゅばく》を離れたような浮遊感。この世ではないどこかにいるかのような非現実感。神や御使《みつか》いを見たかのような幻覚、長く辛い修行を続けた者しか到達できない崇高な境地に、あたかも到達できたかのような至福――」

そして伊佐はスコッチのグラスを掲《かか》げ、独りで乾杯のポーズをした。

「おそらく当時の修道者たちは、蒸留酒に含まれる高濃度のアルコールがもたらす酩酊によって、修行してもなかなか到達することのできない、彼岸《ひがん》の境地を体験しようとしたんじゃないでしょうか」

　神西は納得した。

「つまり、インチキって訳だな」

「インチキ？」

　伊佐が不思議そうな顔を見せたので、神西は説明を加えた。

「本来なら長くて苦しい修行をしなければ到達できない境地に、ただ酒を飲むだけで、お手軽に達しようとしたんだろう？　つまりインチキ行為ってことだ」

「そうでしょうか？」

　伊佐は真面目な顔で小首を傾げた。

「宗教者が厳しい修行によって到達する境地、例えば仏教で言う『悟《さと》り』の境地って、脳から快楽物質が出ている状態のことだと思うんですよ。苦しい修行体験を重ねると、そのストレスを和《やわ》らげるために、脳がドーパミンなんかの快楽物質を出してくれるんですね。多分この快楽物質こそが、悟りや彼岸ってヤツの正体なんです」

　伊佐はまたスコッチを一口飲んで、言葉を続けた。

「快楽物質を得る方法は、宗教行為だけじゃありません。ランナーズ・ハイやクライマーズ・ハイという言葉があるように、長時間の肉体への負荷によっても、脳は快楽物質を出してくれます」

この場合はドーパミンではなく、β《ベータ》エンドルフィンという快楽物質ですが、と伊佐は補足した。

「要は、どうやって脳に快楽物質を出させるか、なんですよ。厳しい修行に身を投じるのも、肉体に負荷をかけ続けるのも、こうやって強い酒を飲んで酔っ払うのも、どれも脳から快楽物質を絞り出す手段という意味では全く同じなんです。だから酒は、快楽物質を手に入れる近道ではあっても、インチキではないんですよ。――そして」

伊佐は神西を見ると、悪戯っぽく微笑んだ。

「快楽物質を得るのに最も近道なのは、勿論クスリです」

そこで神西は我に返った。そうだった。こいつはヤクの売人なのだ。

「じゃあ、そろそろ本題に入りますか」

伊佐はグラスをテーブルに置いて、声の音量を落とした。

「今日は極上の大麻《グラス》が入ってるんですけど、どうですか？　カリフォルニア産のハイブリッド、ブルードリームのトップバッズです。世間ではシンセミアを有難《ありがた》がりますけど、こっちのほうがいいキマり方をします」

まるでバーテンダーのように、伊佐が商品を説明した。

ハイブリッドとは複数の種類をかけ合わせた大麻草の品種で、ブルードリームとはその中の一つだ。トップバッズとは穂先、シンセミアとは開花前の未受粉の雌花《めばな》。どちらも麻薬成分を多く含有するため、特に珍重される部位だ。

「へえ。よく手に入ったな」

神西が感心してみせると、伊佐はさらに得意げな表情になった。

「ええ。僕、あるルートでアメリカから直接仕入れてますんでね。ネタの質には自信があります。バッドトリップするものはありません。それに、僕が扱ってるのはあったかい地方の露地栽培ものですから、お日様のような香りと味がしますし、エフェクトが強いんです。そのへんで売ってるスカスカのアグリなんかとは、比べ物になりませんよ」

あるルート、という言葉に、神西は密かに反応した。

日本にマリファナを持ち込む場合、樹脂やキャンディーに練り込んだものを、手荷物に隠して密輸入するケースもある。だが大麻の末端価格は、同じ重量の覚醒剤より一桁《ひとけた》安い。空港で捕まるリスクを考えると、大麻の密輸入は割に合うビジネスではない。

従って現在は、ハワイやインドネシアから持ち込まれた大麻の種《ヘンプ》を国内で購入、発芽させて栽培したものが主流となっている。ＬＥＤ照明を使った室内での水耕栽培で、大麻草は簡単に育てられるのだ。この行為や室内栽培された大麻をアグリ、栽培している者をグロアーという。

伊佐が仕入れているという、あるルート。それこそが、アメリカから菓子や雑貨を輸入している会社、ＷＤインダストリアルを使った密輸入ルートではないだろうか？　神西はそう推測した。だとすれば、伊佐が白竜と繋がっているという水月笙子の推測は正しかったことになる。勿論、まだ確証はない。

「あ、そうそう。上物のコークも入ったんです」

伊佐はポケットから別の煙草の箱を取り出すと、一本抜いて差し出した。

「これ、お薦《すす》めですよ。サンプルを差し上げますから、気に入ったら今度買って下さい。グラスもそうですけど、こいつも独特の臭いがあるから、やる時は気を付けて」

コーク、つまりコカインを染み込ませてある煙草だ。

貰うべきか、否か――。神西は迷った。

コカインはＭＤＭＡのような遊びでやるドラッグではない。完全な麻薬だ。できれば自分は、興味本位で時々ドラッグをやっている人物、というくらいの設定にしておいたほうがいい。しかし、ドラッグ愛好者がコカインに全く興味を示さないというのも不自然に思える。どうすればいいのか――。

「いや、俺は」

言葉を濁《にご》しながら考えた挙げ句、神西はこう返事をした。

「煙草はやめたんだ」

伊佐は不思議そうな顔になった。

「そうなんですか？　クスリはやるのに？」

「煙草は健康に悪いからな」

神西が答えると、伊佐は一瞬の間を置いて、それからぷっと噴き出した。

「じゃあ、今日も商談成立ということで、乾杯！」

伊佐が、届いたばかりのグラスを目の高さに上げた。神西にも、二杯目のいつものバーボンが来ていた。二人は軽くグラスをぶつけた。

結局神西は、前回と同じくＭＤＭＡ二錠を一万円、それにマリファナ二ｇを一万円で買った。計二万円。勿論これは、のちに伊佐を逮捕する時の証拠品となる。

「あなた、面白い人ですね」

伊佐が煙草を咥えたまま、いかにも楽しそうに神西に笑いかけた。

「そうかな？」

「そうですよ。それに、他のお客さんとはどっか違うなあ。普通は買うものを買ったらすぐに帰っちゃって、僕と話なんてしませんからね」

この言葉に、神西はまた緊張した。少々喋りすぎたようだ。たしかに本当のドラッグ常用者なら、買い物が終わったらさっさと引き上げるだろう。なにしろ違法な薬物を所持している状態なのだ。いつまでも呑気《のんき》に売人と喋っている場合じゃない。

しかし、伊佐は特に神西を警戒したという訳でもないようで、逆に興味津々《しんしん》という顔で神西に質問してきた。

「普段は何をやってる人なんですか？　サラリーマンじゃなさそうだしなあ。かと言って自由業って感じでもないし。正体不明だなあ」

「今は無職だ。名前は、周浩然《しゅうこうぜん》」

それは、水月笙子の指示で適当に付けた神西の偽名だった。日本で生まれた在日中国人四世で、中国語は喋れないという設定だ。ただし無職というのは事実だ。

「へえ、周さんかあ。中国の人だったんだ。道理で他の人と雰囲気が違うと思った」

さっきから伊佐は、徐々に喋り方がフランクになっていた。酒のせいだろうか、それとも、神西に気を許し始めたのだろうか。

「でも周さん。無職なのに、どうやってクスリ代を工面《くめん》してるんです？」

伊佐は次々と質問をぶつけてくる。好奇心の強い男なのか、それとも猜疑心《さいぎしん》が強い男なのか。神西にはどちらとも判断がつかなかった。

「働いてた時の貯《たくわ》えが、少しあるんだ」

そう言って神西は誤魔化《ごまか》した。

「そろそろ貯金も底を突きそうなんだが、こればっかりはやめられなくてな。何か、楽に稼げる仕事があればいいんだが」

「無職になる前は、何してたんです？」

「ちょっと言えない仕事だ」

伊佐と同じく法律に触れることをしていた、という含みを持たせた言葉だった。勿論、本当の前職を言えるはずもなかった。

「ふうん――」

伊佐は小さく何回も頷くと、何か考えているのか、しばらく黙り込んだ。

今夜はここで引き上げよう――。神西は決断した。

このまま伊佐と長話しているのは危険だった。無邪気に質問を重ねてくる伊佐に突っ込まれているうちに、いつかボロを出してしまいそうだった。

神西は、グラスの中に残った液体を一気に飲み干すと、伊佐を見た。

「じゃあ――」

今日はこれで、と続けようとした時、伊佐が同じ言葉を重ねてきた。

「じゃあ、手伝いませんか？」

神西は思わず伊佐の顔を見た。伊佐は真面目な表情をしていた。

「手伝うって、何をだ？」

「僕の仕事ですよ。コンビになりませんか？」

神西は戸惑《とまど》った。予想しなかった言葉だった。

「僕、こないだまでコンビでプッシャーやってたんです。僕が売る役で、相方がブツを持ち運ぶ役。そうすれば、僕がサツやマトリに職質受けた時、ブツを見つけられることもないですから。でも、こないだ僕がパクられた時に、相方がビビってやめちゃいましてね。今は僕一人で売ってるんで、どうにも危なっかしくて」

そう言えば水月笙子も、伊佐は検挙された時に薬物を所持していなかったため、嫌疑不十分で釈放されたと言っていた。どうやら相棒に売り物を持たせていたお陰で、伊佐は逮捕された時に証拠を押さえられずに済んだようだ。

神西は迷った。売人のコンビにならないかという伊佐の申し出は、伊佐と関係を深めるには願ってもない話だった。しかし、まだ数回しか会ったことのない相手を犯罪の共犯に誘うとは、にわかには信じがたい行動だった。このまま伊佐の話に乗っていいものか、判断ができなかった。

「こう見えても僕、人を見る目には自信があるんですよ」

神西の逡巡《しゆんじゆん》を見透かしたように、伊佐が言った。

「きっと、こういう場所で出会う人が、クスリを欲しがってるかどうか見極めたり、ヤクザや半グレどもと付き合ったりしているうちに、自然と目が養われたんでしょうね。周さんとはいいコンビになれると思うなあ」

伊佐は身体を寄せ、神西の顔を覗き込んだ。

「あなたは今まで、危ない仕事ばっかりやってきた。それなのに正直で嘘がつけない人だ。義理堅くて、仲間を裏切ったこともない。そうでしょう？」

「まあ、そうかもな」

神西は曖昧《あいまい》に頷いた。危ない仕事をやっていたのは事実だ。刑事ほど危険と隣り合わせの商売はない。

「うん、思った通りだ」

伊佐は満足そうな顔になった。

「いいのか？　俺を信用しても」

神西は念を押した。

「そのうちいつか、あんたのことをサツにタレ込むかもしれないぜ?」

すると伊佐は、ふふっ、と可笑しそうに笑った。

「やりませんよ。だって周さん、あなた」

そこで言葉を切ったあと、伊佐が神西に顔を近づけ、ぼそりと囁いた。

「人を殺したことがあるでしょう?」

どくり、と神西の心臓が揺れた。

唐突な指摘に、わずかに神西の目が泳いだ。

「ほうら。やっぱりあなたは正直な人だ」

伊佐は神西の一瞬の動揺を見逃さず、勝ち誇ったように頷いた。

「人を殺したことがある人って、僕、わかるんですよ。これまで何人も見てきましたからね。何ていうかなあ、目が虚ろっていうか、背中に真っ黒い陰があるっていうか、僕の目にはそんな風に見えるんですよ」

「大した特技だな」

神西は内心の動揺を抑え付け、ゆっくりと首を左右に振った。

「だが、あんたにその話をする気はないんだ」

　なぜわかるのか。――いや。おそらくはただのハッタリだ。しかし、それが神西に気を許した理由なら、あえて隠す必要はなかった。

「ええ、僕も聞く気はありませんから！」

　伊佐は慌てて、神西に向かって両掌を立てた。

「でも、だから僕、あなたは信用できると判断したんです。あなたも僕も、一生サツとは仲良くできない人間だ。この世のルールを踏み外してしまって、世間の人とは別の階層《レイヤー》に生きている人種ですからね。だから、警察にタレ込むなんてするはずがない」

　別に難しいことはしなくてもいいんですよ、と伊佐は説明を始めた。客と会う時に、ブツを隠し持って、少し離れた場所で周囲を警戒してくれればいい。客との交渉は自分がやるから、商談がまとまったらブツを渡してほしい。もし、サツやマトリらしき人間を見つけたら、自分は放っといていいから、ブツを持ったまますぐに消えてほしい――。

「それに周さん、クスリは買う側より売る側のほうが断然いいって！　どうしても欲しけりゃ、卸値で手に入るしね」

　伊佐は熱心に掻き口説《くど》いたあと、また質問した。

「それとも、何か他に仕事の当てでも？」

　これ以上渋ればかえって疑われる、神西はそう判断した。

「いいだろう。俺の取り分は？」

「仕入れ値を引いた儲《もう》けの三割でどうですか？　ブツの仕入れと保管、それに客との連絡は僕が全部やります。いい条件でしょう？」

「折半だ」

伊佐の提案に、神西はわざと逆らってみせた。

「ブツを持ってる俺のほうが危険だからな。パクられた時に言い逃れができない」

強欲だなあ、と呆《あき》れながらも、じゃあ間《あいだ》を取って儲けの四割でどうですか、と伊佐が譲歩した。神西はそこで手を打つことにした。

「決まりですね。じゃあ、電話番号教えて下さい」

伊佐はパンツのポケットからスマートフォンを取り出すと、神西が教えた番号をタップした。神西のスマートフォンが振動したのを確認して、伊佐は電話を切った。これで伊佐の電話番号が履歴に残った。

「取引が決まったら、電話で連絡します。じゃあ、よろしく」

伊佐は神西に向かってにっこりと笑い、軽やかな足取りでバーを出ていった。

深夜――。

伊佐を監視するための、狸坂のアパート。神西は照明も灯さないまま、真っ暗な部屋の床に、背中を壁に預けた姿勢で座っていた。

神西の目の前の床には、ビニールの小袋が三つ置いてあった。ＭＤＭＡ二錠が入った袋が二つ、それに乾燥大麻二ｇの入った袋が一つ。神西はその三つの小袋を見下ろしながらずっと考えていた。

急がなければならない――。神西の中に、徐々に焦りが生じ始めていた。

心ならずも警察官の職を失ってしまっても、神西は今も警察官であることを捨てていなかった。いや、捨てられていなかった。木崎係長が言った通り、それだけが神西の生きている理由だと言ってもよかった。だからこそ神西は、再び犯罪捜査ができるという誘惑に逆らえず、水月笙子の依頼を受けたのだ。

それなのに、捜査のためとはいえ、売人の片棒を担《かつ》いでこんなものを売ることになってしまった。法を破る側の人間に回ってしまったのだ。

伊佐友彦という売人は、本当にＷＤインダストリアルの白竜昇と繋がっているのか。そして白竜は、本当にスノウ・エンジェルという危険極まりないドラッグを密輸している張本人なのか。できる限り早く、それを確認しなければならない。そうでなければ、今の俺はただのヤクの売人だ。

神西は床からビニールの小袋を拾い上げると、革ジャンパーのポケットに仕舞った。そしてパンツのポケットからスマートフォンを取り出した。とりあえず、伊佐とコンビになったことを水月笙子に報告しておかねばならなかった。

07　商売《あきな》いし時

十一月二十五日、午後二時丁度《ちょうど》、中央区勝どき――。

窓から燦々《さんさん》と日が差し込む、隅田川《すみだがわ》沿いのファミリーレストラン。その隅にある合皮ソファーの四人掛けボックスに、周浩然こと神西明は一人で座っていた。テーブルの上には、ドリンクバーから持ってきたコーヒー、それに、書店の紙カバーが掛けられた文庫本が一冊載っている。

斜め前のボックスには、売人の伊佐友彦がこちらに顔を見せて座っていた。テーブルの上にはやはりコーヒー。手に持ったスマートフォンを所在なげに弄《もてあそ》んでいる。いかにも一人で暇を潰しているように見えるが、勿論そうではない。薬物を買いにくる客と待ち合わせしているのだ。

――ちょっと前は、住宅地の路上で客と待ち合わせして取引していたんですがね。最近はこのあたりの道路にも防犯カメラが増えてきまして。そこで、これから行くようなファミレスを使うようになったんです。

この店に向かって歩く途中、伊佐友彦はそう言っていた。

――ファミレスの店内にもカメラはありますけど、食い逃げ客を記録するためにレジ横に設置してあるか、あとは店員が備品や食材をちょろまかさないように、厨房《ちゅうぼう》を監視しているくらいです。つまり、席に座っている分には安全って訳です。


入り口から、三十代前半と思《おぼ》しき女性が一人で入ってきた。ベージュのダウンコートに白いコットンパンツ、踵《かかと》の低いショートブーツ。生成《きな》りのトートバッグを持っている。近所のスーパーに買い物に行く途中といった服装。このあたりに住む主婦のようだ。

女性は声をかけてきた店員に短く返事をしながら、店内を見回した。そして伊佐の姿を認めると、真っ直ぐに歩いてきて、向かい側のシートに座った。店員がメニューを持ってやってきた。女はドリンクバーを頼み、すぐにメニューを返した。

「アイスだよね？」

店員が立ち去ると、伊佐が女に明るく聞いた。

アイスとは、シャブやコオリと同じく覚醒剤を指す隠語だ。この普通の主婦に見える女は、覚醒剤の常習者なのだ。

「ええ。〇・二五《ニーゴー》」

女も普通の声で答えた。覚醒剤〇・二五gを買うつもりだ。落ち着いている。一度や二度ではなく、何度も伊佐から買い物をした常連客のようだ。

「〇・五《ゴ》にしとけば？」

伊佐の口調は馴れ馴れしかった。

「どうせまた欲しくなるんだからさ。こうやって何度も引きにくるの、旦那への言い訳に困るでしょ？」

引くとは、覚醒剤などの薬物を買うという意味だ。

女はちょっとだけ考え、すぐに頷いた。

「そうね。じゃあ、〇・五《ゴ》頂戴《ちょうだい》」

「大丈夫？」

伊佐が女に聞いた。金は足りるのか、という意味だろう。

女は伊佐の言葉に頷くと、布製のバッグを持って立ち上がり、そのまま店内のトイレに向かった。そしてすぐに戻ってくると、伊佐の前にポケットティッシュの袋を置いた。この中に折り畳んだ紙幣が入っているのだ。

現在、覚醒剤の末端価格は一gあたり約七万円だという。〇・五gなら、伊佐は三～四万円を取っているはずだ。この女の旦那は、妻の金の使い道を知っているのだろうか。勿論知らないだろう。

伊佐は何食わぬ顔でそれを受け取ると、テーブルの下で入っている金を確認した。そして伝票を持って席を立ち、レジで勘定を済ませ、そのまま店を出ていった。

神西も伝票を持って立ち上がった。レジへ向かう途中、女の座っているボックスの脇で神西は立ち止まった。

「落ちてましたよ」

神西は女に声をかけると、紙のブックカバーが掛かった文庫本をテーブルに置いた。

女は神西をちらりと見ると、会釈もせずにそそくさと文庫本をトートバッグに入れた。

それを確認すると、神西はレジに行き、勘定を済ませて店を出た。

置いてきた文庫本には、最初から覚醒剤〇・五gの入った小袋が挟んであった。伊佐は会う前から、あの女に〇・五gを売り付けるつもりだったようだ。

客が来るのを待っている間、神西は渡された文庫本のブックカバーを外して表紙を盗み見ていた。ゴーリキーの有名な戯曲『どん底』だった。伊佐が買ってきた古本だ。

もし、わざわざあの本を選んだのだとしたら、伊佐も相当悪趣味な男だ。

「さっきの女——」

勝鬨橋《かちどきばし》から続く晴海通りを伊佐と並んで歩きながら、ぽつりと神西が呟いた。

「普通の主婦のように見えたな」

「ええ。普通の主婦ですよ？」

伊佐がこともなげに答えた。

「もう一年くらいになりますかね。結構頻繁に買ってくれるお得意さんです。買うのはもっぱらシャブですね。人の耳のあるところじゃ、アイスって呼んでますけど」

普通の主婦が、覚醒剤を常用しているのか——。

知識として知ってはいたが、実際に素人《しろうと》の女性が覚醒剤を買う現場を見て、神西は少なからずショックを受けた。しかも、売ったのが自分だからなおさらだ。

「シャブやドラッグをやるのは、芸能人や、ミュージシャンや、スポーツ選手や、水商売の女性や、金持ちの特殊な職業の人だと思ってるでしょう？　そういう人たちには大体取巻きのヤクザが付いてますから、なかなか割り込めません。だから僕が相手にしているのは、サラリーマンや学生や家庭の主婦、つまり普通の人たちです」

伊佐はこともなげに説明した。

「最初は友達にもらったりして興味本位でやるんでしょうが、シャブは一回やったら抜けられなくなりますからね。僕の連絡先を誰かに聞いて電話してきた時は、もう立派なシャブ中ですよ。あんまりお金が自由にならない人たちだから、一回に買うのはたかだか数万ですけど、この商売の秘訣《ひけつ》は『細く長く』ですから。まあ、商売は何でもそうですけどね」

伊佐は旧式の二つ折り携帯電話を取り出すと、これにああいったお客の電話番号が二百以上入ってます、と説明した。

プッシャーを始める時、伊佐は「客付き携帯」と呼ばれる電話番号入りの端末を、外国人のプッシャーから五百万円で買ったのだという。外国人のプッシャーは、日本滞在中に覚醒剤販売で荒稼ぎすると、客の連絡先が入った携帯電話を誰かに売って帰国するのだ。連絡先の件数によって、一千万円を超えるものもあるという。

伊佐が客付き携帯を買った相手は、英会話学校に教師として勤めている時、同じ教師仲間のイラン人だった。英会話学校が潰れて失職したら、彼ら外国人の仕事はホストかヤクのプッシャーしかありませんから、と伊佐は笑った。携帯電話の機種が旧式なのは、そうやって何代も使われてきたからなのだろう。

「細く長くとは言っても、毎月何万もシャブを買うなんて、主婦のへそくりじゃ限度があるだろう?」

神西が疑問をぶつけると、伊佐はすぐに答えを返した。

「小遣いがなくなった主婦がやるのは、まずクレジット・カードのキャッシングですね。限度額いっぱい借りたら、また新しいカードを作る。キャッシングできなくなったら、カードで商品券を買って金券屋に売る。買い物も限度額に達したら、持ってるブランド物や貴金属を売る。あの奥さんは、今このあたりかなあ。腕時計が安物になってたから」

歩道を歩きながら、伊佐は世間話でもするように喋り続けた。

「売る物がなくなったら、次はいよいよ旦那の金に手を付けます。最初は銀行のカードでキャッシング。限度額まで借りたら預金を全部引き出して、残高がゼロになったら定期預金や財形を解約。銀行口座が空になったら、旦那の生命保険や家の火災保険を解約。その頃にはカードの返済に追われるようになって、サラ金に駆け込みます」

神西は暗澹《あんたん》たる気分になった。伊佐が話しているのは、どこにでもある普通の家庭が覚醒剤によって崩壊し、借金地獄に堕《お》ちていく過程だった。

「そして、サラ金でも貸してくれなくなったら、とうとう闇金、高利貸しってコースですね。ここまで来たら、もう旦那もろとも自己破産するしかないでしょうね」

「よく、途中で旦那にバレないな」

そう聞いた神西に、伊佐は薄く笑ってみせた。

「世の旦那さんの多くは、奥さんに家計を全部預けてますからね。銀行の通帳も、生命保険の証書も。だから破産するまで気が付かないんです。最後には全部バレて離婚、そして一家離散ですけどね」

「離婚されたあと、シャブ中の奥さんは？　それでもヤクがやめられなかったら？」

伊佐は興味なさそうに肩をすくめた。

「売春か泥棒でもするんじゃないですか？　もっと早い段階からやる人もいますしね。まあ、シャブ代がどっから来たかなんて、僕たちには関係ないことですよ」

神西は嘆息《たんそく》するしかなかった。さっきの主婦も、いずれ犯罪に手を染める可能性は否定できないのだ。そして旦那が何も知らない間に借金はどんどん膨《ふく》らみ、やがて全財産を失って、夫婦もろとも自己破産するしかないのだ。旦那が会社員だとしたら、勤め先にもいられなくなるだろう。

「こういう話を聞くと、旦那が憐《あわ》れだって思うかもしれませんけどね」

神西の考えが聞こえたかのように、伊佐は付け加えた。

「普通の主婦がシャブにはまるのは、大体は旦那に不満があるからですよ。仕事ばっかりでかまってくれないとか、家事も育児も奥さんに任せっぱなしで、何にもやらないし相談にも乗ってくれないとか。だから、旦那も自業自得ってヤツですね」

その日神西は、伊佐のあとについて喫茶店やファミリーレストランをいくつか梯子《はしご》した。そして二人で、待ち合わせた常連客に薬物を――ほとんどは覚醒剤を売って歩いた。伊佐は神西と歩いている途中も、頻繁に誰かに電話をかけたり、かかってきた電話に応答したりしていた。

神西の仕事はいつも同じだった。伊佐が金の入ったポケットティッシュを受け取って先に店を出ると、そのあと神西が商品をバッグから取り出し、こっそり客に渡した。使うのは文庫本だけではなく、煙草や菓子の空き箱も使った。相手によって中身を間違えないようにしているようだった。薬物を渡す場所は、店内の場合もあれば出口のこともあった。

客の性別や年齢、職業は様々だった。主婦は勿論、学生の男女もいれば、外回りのサラリーマンと思える若い男もいた。他にも、自営業と思しき中年男、夜は水商売をやっているに違いない若い女、何をやっているのかわからない遊び人風の男――。

「僕に客付き携帯を売ってくれたイラン人の英会話教師ですけどね、帰国する前に心配してましたよ。こんなに普通の人がシャブをばんばん買うなんて、日本は大丈夫かって。自分だってさんざんシャブを売った癖《くせ》にね」

移動中の路上で、楽しそうに伊佐が神西に語った。

「日本、特に東京はシャブ天国ですよ。だから五百万も一千万もする客付き携帯が売れるんです。腕のいい売人なら、一ヵ月で元が取れますからね。僕はそんなにガツガツしてないんで、二ヵ月はかかりましたけど」

神西は呆れるしかなかった。芸能人やスポーツ選手以外にも、大勢の一般市民が覚醒剤に汚染されていることは勿論知っていた。しかし警視庁への入庁以来、刑事畑一筋で強行犯を追っていた神西は、実際に麻薬取引の現場を見るのは初めてだった。

「全く、この国はどうなってるんだ――」

思わず神西の口から、そんな言葉が漏れた。

「周さん。シャブ売るのに、罪悪感なんか持っちゃダメですよ」

諭《さと》すように、伊佐が神西に言った。

「僕たちは、シャブが欲しいって言われるから売ってるんで、やりたくない人に無理矢理売りつけてる訳じゃありませんからね。それにああいう人たちは、僕たちが売らなくたって、必ず他の誰かから買うんです。どうせどこかで捨てられる金なんだから、僕たちが拾わなきゃ損ですよ」

これは、あくまでもプッシャーの論理にすぎない。覚醒剤を売る人間がいなければ、買うこともできない。当然の理屈だ。しかし、世の中に覚醒剤が存在し、それを欲しがる人間が大勢いる以上、売ろうとする人間がいなくなるはずもない。

伊佐は突然立ち止まると、パンツのポケットに右手を突っ込んだ。

「そうだ周さん、今日のギャラを渡しておきますね」

いつの間に用意したのか、伊佐は神西に、黒っぽい煙草の箱を渡した。伊佐がいつも吸っているアメリカ煙草の、蓋《ふた》の付いたハード・パッケージだ。

神西が中を覗くと、十数枚の一万円札を筒状に丸めて輪ゴムで留めたものが入っていた。神西はその箱をすぐに、革ジャンパーの内ポケットに押し込んだ。

「いいんですか？　金額、確かめないで」

伊佐が聞くと、神西は曖昧に首を振った。

「あんたを信用するよ」

伊佐は肩をすくめ、じゃあまた連絡します、と言って神西に背中を向けた。

「ああ、そうだ！」

立ち去ろうとした伊佐が、思い出したように神西を振り返った。

「周さん。明日、いいところに連れてってあげますよ。そこへ行けば、シャブ中ってどういう人たちなのか、よくわかりますから。あなたの罪悪感も消えてなくなるでしょう」

伊佐は、渋谷《しぶや》から私鉄で三十分ほどかかる駅の名前を挙げ、明日の午後一時に改札口に来るようにと言った。

「そこに何があるんだ?」

「ま、来ればわかりますよ」

伊佐は思わせぶりに微笑んだ。

08　誘《いざな》いし時

――アルコール依存・薬物依存専門病院　医療法人育朋会《いくほう》――。

その建物の看板にはそう書かれていた。駅から十分ほどの住宅街にある、白いコンクリート造り二階建ての病院だった。

「ここですよ」

伊佐はその建物の玄関で、神西を振り返って微笑んだ。神西は建物を見上げると、

「ここは、更生施設じゃないか？」

「ええ。そうですよ。僕、定期的に通院してるんです」

神西は戸惑った。どういうことだろうか。違法薬物の売人である伊佐が、薬物中毒の更生施設に通院しているとは。

「さ、入りましょうか」

伊佐は観音《かんのん》開きのガラス戸を開けて中に入った。神西もそのあとに続いた。

玄関に並んでいる合皮の青いスリッパに履《は》き替えると、伊佐は受付に歩み寄り、中にい

る中年の女性に声をかけた。

「こんにちは。会合、今日の一時からでしたよね？」

「ええ。もう皆さんお集まりですよ。二階へ上がって下さい」

どうやらその女性は、伊佐と顔なじみのようだった。

「そちらは？」

女性が神西を見た。伊佐が答えた。

「友人なんですが、弟さんが麻薬常用者でいい施設を探してるっていうんで、こちらの病院を紹介したんです。今日、会合を見学させてもらってもいいですか？」

ああそうですか、どうぞどうぞ、と女性が笑い、神西に薄い小冊子を差し出した。どうやら薬物に関する教材のようだった。神西はそれを受け取ると会釈を返し、伊佐に続いて受付を離れた。

「会合、って何だ？」

小声で神西が聞くと、伊佐も小声で返した。

「自助グループの会合ですよ」

二階の奥にある会議室のような部屋には、グレーの座面のパイプ椅子がずらりと円形に並んでおり、そこに五、六人の十代から二十代と思しき男女が座っていた。部屋の隅には、おそらく医療担当者だろう、白衣を着た初老の男性が座っていた。伊佐と神西は、入り口に近いパイプ椅子に並んで座った。

「それでは、今日の談話会を始めます」

白衣の男が口を開いた。

「今日は、新しい参加者の方がいらっしゃいます。その方に、ここにいらっしゃった経緯についてお話し頂こうと思います。それでは――さん、お願いします」

名前を呼ばれた若者が、恥ずかしそうにパイプ椅子から立ち上がった。龍の刺繍《ししゅう》の入った、紺色《こんいろ》の薄いスタジアム・ジャンパーを着て、両膝に大きな穴が空いたデニムパンツを穿《は》いている。頭はぼさぼさの長髪で、うっすらと無精髭を伸ばしている。年齢は十七～十八歳のようだが、高校に通っているようには見えない。

「ええと、自分、学校が面白くないんで、高校入ってすぐ不良仲間と遊ぶようになって、その中にプッシャーがいたんで、最初勧められたバツ買いました。酒飲みながらやってたんですけど、そのうちそいつにチャーリー勧められてやるようになって、そのあとシャブの炙《あぶ》り教えてもらって、半年くらいやってました」

白衣の男が、難しい顔で口を挟んだ。

「友人に勧められるというケースが多いですね。友達は選ばないといけませんね」

「はい。そいで、シャブ買うのに家の金持ち出すようになって、そのうち親に疑われたんでハーブに変えたんだけど、自分の部屋で一回心臓止まりかけて、親が救急車呼んで病院に担ぎ込まれました。なんで怖くなってやめようと思って、親が探してここに来ました。ハーブまだやめれてないんで、やめれるようになりたいです」

それだけ喋ると、若者はパイプ椅子にどすんと腰を降ろした。

「それはいい心掛けですね。やめようと思ったのも立派ですし、ちゃんとここに来たのは偉いです。死んでからでは遅いですからね。まだ危険ドラッグはやめていないようですけど、やめられるように、これから一緒に頑張りましょう」

医者が労《いたわ》るように優しく声をかけたあと、他の若い男に声をかけた。

「――さんも、危険ドラッグでしたね？」

その若い男が頷いて発言を始めた。

「僕は、ハーブとバスソルト嵌《はま》って、会社行かなくなってクビになったんで、サラ金で借金して買うようになって、返せなくなって、親にバレて連れてこられました」

「そうでしたね。お仕事を失っては大変ですし、借金して薬物を買うようになったらかなりまずい状況です。皆さんも気を付けましょうね」

医者がもっともらしい顔で頷くと、別の青年が喋り始めた。

「俺、友達《ダチ》に密告《チンコロ》されて二回パクられました。彼女とキメセクするようになって、そいでヤる時になるとシャブほしくなって、彼女もシャブやりたがるんで、なかなかやめられないんだけど、もうパクられたくないんでやめたいです」

白衣の男が、その若者に向かって言った。

「できれば彼女も、ここに連れてきたほうがいいですね。あなたがやめようとしても彼女がやめないんじゃ、結局また戻ってしまいますからね」

すると、若者たちが口々に喋り始めた。

「でもわかる。やっぱシャブはいいんだよね。上手《うま》くキマると最高だから」

「一回やると忘れられないんだよな」

「やっぱシャブが一番だよね。ハーブもいいけど、シャブのほうがいい」

「でも俺、シャブよりハーブとかのほうがやめらんない」

一人が言うと、部屋の中が一気に盛り上がった。

「あ、そうかも。俺もそう！」

「俺もハーブ欲しくなったら我慢できなくて、夜中でも車飛ばして、知り合いに買いに行ったりする」

「俺はクラブ。誰か持ってるから、ラインで確認して」

「アレやったことある？　ほら、よくネットで売ってる、赤い袋の」

「ハートショット？　あるある、十六世代ていうの？　今までで一番強烈。ぶっ飛びすぎて気失うこともある。心臓もばくばくするし」

「あー、俺がやってたヤツも、それ。いつも買ってた店潰れちゃったけど、ネットで買えるし」

「ネットやばくない？　ちゃんと送ってくる？」

「やばくないよ。ちゃんと届く」

「アレやると超やばいよね。ぐわんぐわん来る。クラブみたいに部屋ん中が眩しいくらい光って、気持ちよくて、身体もふわふわして、いろんなもんが見えて、今どこにいるかわかんなくなる」

「そうそう、やばいやばい。一回やると、ガンジャとか馬鹿らしくなる」

「あー！　話してたらやりたくなってきた！」

神西は唖然《あぜん》としながら青年たちの会話を聞いた。会合はいつの間にか、自分たちの薬物歴の自慢話になっていた。思わず隣の伊佐を見ると、伊佐は微笑みながら無言で青年たちの会話を聞いていた。

「はい、じゃあ皆さん」

白衣の医者がぱんぱんと手を叩いた。

「皆さんは経験者ですからよくおわかりと思いますけれども、覚醒剤や麻薬や危険ドラッグは、皆さんの健康を損《そこ》ないますし、社会生活にも大きなダメージを与えます。一日も早くやめられるように、みんなで頑張りましょう。――じゃあ、パンフレットを開いて下さい。今日は第二章の二、『覚醒剤の本当の怖さを知っていますか』というページです」

それから医者がパンフレットを音読し、青年たちはページをめくりながら黙って聞いていた。およそ一時間ほどで談話会は終了し、次回の予定が発表されて解散となった。


「何なんだ？　あの集会は」

病院を出てすぐの路上で、神西は怒りを抑えながら言葉を吐き出した。

「言ったでしょう？　覚醒剤やドラッグをやめるための談話会ですよ」

伊佐は平然と神西に答えた。

「あれでやめられる訳がない」

神西は言葉を吐き出した。

「シャブやドラッグの体験自慢や、情報交換をしているだけじゃないか。これで薬物の更生プログラムと言えるのか？」

「中にはいくつか、ちゃんとした施設もあるみたいですけどね。薬物の更生施設なんて、大体こんなもんですよ」

病院の入り口に目をやりながら、伊佐は薄く笑みを浮かべた。

「薬物依存者に対して、国が行うのは処罰だけです。罰を受けた薬物依存者の治療と更生は全部民間の施設に丸投げ。施設選びも治療費も依存者の家族任せです」

二〇〇六年、厚労省研究班は神奈川県の施設を使用してSMARPP《スマープ》という認知行動療法による更生プログラムを開発し、二〇一五年から全国六十九ヵ所の精神保健福祉センターに導入することを決定したのだ、と伊佐は説明した。

この更生プログラムのもとになったのは、アメリカ・ロサンゼルスのマトリックス研究所が開発した、「マトリックス・モデル」というアルコール依存症の更生プログラムらしい。

「四十年近く前の、一九八〇年代の理論らしいですよ。どういう研究所なのか、今もあるのか、ウェブサイトもないからわかりませんけど」

伊佐はそう言って笑った。

——あなたのやっていることは、身体的にも精神的にも社会的にも、あなた自身を傷付ける問題行動です。そのことをちゃんと理解して、一日も早く問題行動をやめる努力をしましょう——。

簡単に言えば、それが認知行動療法による更生プログラムだという。

薬物依存は、依存症の治療方法で治るんだろうか——？　伊佐の話を聞いて、神西は素《そ》朴《ぼく》な疑問を感じた。

薬物依存は法による処罰では治らない、何らかの治療が必要だ。それはわかる。しかし、精神的な問題が引き起こす他の依存症と違って、薬物依存は「よくないからやめましょう」でやめられるものなのだろうか？

勿論やめなければならないという理解と、やめたいという強い意志は絶対に必要だろう。そして意志が強い人間なら、この方法でも薬物依存を脱することができるのかもしれない。しかし、意志や精神力ではどうにもならないほどの強烈な依存を引き起こすのが、薬物の怖さではないだろうか？

薬物依存には、医学的な治療が必要なのではないだろうか？　何しろ依存者は、化学物質に身体を支配され、抜け出せなくなった状態なのだ。化学物質に依存する身体のメカニズムを突き止め、抜け出すための医学的な処置を施《ほどこ》し、時には強制的に入院させて隔離するなどしなければ、薬物をやめることは難しいのではないだろうか——？

「認知行動療法のいいところは、きっと、金がかからないことなんですよ」

神西の自問自答が聞こえたかのように、伊佐は言い放った。

「外来治療が中心だから、十人ほどが入れる部屋とパイプ椅子、それに教材の本があればいい。薬物依存者を収容する入院施設も要《い》らないし、治療薬の開発も要らないし、設備もスタッフも必要ない。国は薬物依存者に金をかける気はありませんからね。かくて我々のお客さんは減ることがない――」

「それはわかったが」

神西は口を挟んだ。

「何のために、俺をここに連れてきたんだ？」

すると伊佐は、呆れたように答えた。

「やだなあ。商売で来たに決まってるじゃないですか」

伊佐は病院から少し離れた路上で立ち止まり、背後を振り返った。神西もその隣で伊佐の視線を追った。そこには病院の出入り口があった。

「ほら、出てきましたよ」

伊佐が神西に小声で囁いた。病院から出てきたのは、談話会に今日初めて参加したと言っていた、スタジャンにダメージ・ジーンズの若い男だった。

男は外に出るなり早速煙草を取り出し、火を点けて深々と吸い込むと、空いているほうの手をパンツのポケットに突っ込んで、道をぶらぶらと歩き始めた。

伊佐はあとを追うように歩き始めた。神西もその後に続いた。道路の角を曲がってさらにしばらく歩き、充分に病院から離れたところで、伊佐が若者に声をかけた。

「火、貸してくれない？」

若者は怪訝《けげん》な顔で振り向いた。伊佐は微笑みながら煙草を取り出して口に咥え、若者に向かって軽く頭を下げた。若者は仕方なくといった様子でポケットから使い捨てライターを出し、伊佐の煙草に火を点けた。どうも、というと、伊佐は煙を吐き出しながら、いつもの人懐《ひとなつ》っこい顔でさらに若者に話しかけた。

「キミ、——君だっけ。今日、談話会初めて出たんだよね？」

ああ、と若者は頷いた。伊佐がその場にいたのを思い出したようだった。

「親が、行け行けってうるせえから」

若者は伊佐を警戒しているようだったが、伊佐は構わずに喋り続けた。

「ハーブやって心臓止まりかけたんだって？　俺も昔ハーブやったことあるけどさ、あれって怖いんだよね。中国とかの工場で適当に薬品混ぜて造ってるだけだから、何が入ってるかわかんないんだ。まだシャブのほうが、成分がわかってるだけましだよ。何でシャブやめてハーブにしちゃったの？」

伊佐は馴れ馴れしく質問を続けた。次々と聞かれると、若者もつい答えてしまう。

「俺も本当はシャブのほうがいいんだけど。値段も高《たけ》えし、知ってるプッシャーがパクられたから買えないし」

すると伊佐は、ポケットからビニールの小袋を取り出して、若者に差し出した。

「あげるよ」

「え？」

若者は戸惑いの表情を浮かべながら、ビニールの小袋と伊佐の顔を交互に見た。

「シャブやりたいんだろ？　丁度持ってるから、タダであげるよ」

「でも――」

若者は躊躇《ためら》いを見せた。

「談話会でも、医者が『シャブが一番怖い』って言ってるし、やめられなくなって、身体がボロボロになっていって、最後には死んじゃうって」

「そうじゃないんだよねえ」

伊佐は溜め息をつきながら、首を横に振った。

「シャブが身体に悪いって言われるのはね、正しい量を、正しいやり方でやってないからなんだよ。それに悪いけど、君たちが買ってるシャブは混ぜものだらけの危ないヤツなんだ。だから副作用が出て身体を壊したりする。みんなその副作用を効《き》いたと勘違いしてるから、危ないんだよね。——でもね」

伊佐はビニールの小袋を振ってみせた。袋の中で細かい白い粉が、音もなく揺れた。

「こいつなら大丈夫。金持ちや芸能人が使ってるような、純度が高くてすっごくいいネタだからさ。すうっと効いて、すうっと抜けるから」

若者はビニールの小袋をじっと見た。伊佐は若者に顔を近づけて囁いた。

「その代わり、ハーブはもうやめなよ。いつか死ぬよ？」

「そうなんだよな。ハーブはもうやめたい」

溜め息をついた若者に、伊佐は畳み掛けた。

「ハーブやるくらいならシャブのほうが絶対いいよ。いいネタ選んで、問題のない量をやってりゃ安全なんだ。ほら、最近パクられた女のタレントとか、歌手とか、元野球選手とかってさ、何年もシャブやってたっていうのにピンピンしてるじゃない？」

「そう言えばそうだな」

「でしょ？　あいつら金があるから、いいネタが買えるんだ。いいネタなら問題ないっていう証拠だよ。身体に害はないんだ。煙草より安全なくらいさ」

「そうか。いいネタなら大丈夫なんだ」

若者の言葉に、伊佐は大きく頷いた。

「そうなんだよ。だからさ、一回いいネタ試してみたら？　身体に合わなかったらやめりゃいいだけだし。金はいいからさ」

若者は迷っていたが、ついに伊佐の手からビニールの小袋を受け取った。

「いい？　一本、つまり一回に使う量は耳かきの半分くらい。まずCDケースの上で、カードを使って、うんと細かい粉になるまですり潰す。その粉を一センチくらいの線にまとめて、ストローで鼻から少しずつ吸い込むんだ。ストローがなかったら、千円札丸めて筒にしてもいい。これでしっかり効くから、一日一本で大丈夫」

伊佐は覚醒剤の使用法を若者に丁寧《ていねい》に教えた。曰《いわ》く、炙りは無駄が多いからもったいない、注射は跡が残るからやめたほうがいい。酒や飲み物に混ぜるのは最悪で、効きが悪いから量をやりすぎてしまう。やりすぎると身体が慣れて抜けやすくなり、何回もやってしまう――。若者は真剣な表情で何度も頷きながら、伊佐の話を聞いていた。

最後に伊佐はにっこりと笑うと、若者の肩をぽんと叩いた。

「じゃあまたね。いいかい、ハーブだけはやめときなよ？」

立ち去ろうとした伊佐の背中に、若者が声をかけた。

「あんた、談話会また来る？」

その言葉を待っていたかのように、伊佐は上着のポケットから小さな紙片を取り出すと、若者に差し出した。

「次はいつ来るかわからないんだ。だから電話番号教えとくよ。何かあったら電話して？いつでも相談に乗るからさ」

若い男はその紙片をジーンズのポケットに突っ込むと、周囲をきょろきょろと見回しながら、足早にその場を立ち去った。

「常連さん、一丁上がり。一週間以内に必ず買いたいって連絡がきます」

若い男がいなくなると、伊佐は神西に笑いかけた。

「こういう施設に通っている人は、みんなカモです。なんせヤクの常用者ですからね。遠からず、定期的に金を落としてくれる上客になります。僕以外にも、大勢のプッシャーがこういった施設に紛《まぎ》れ込んでるみたいですよ」

「そういうことか」

神西はかろうじてそれだけを言うと、努《つと》めて平静を装いながら頷いた。しかし内面では、激しい怒りを必死に抑え付けていた。

「本当なのか？」

「何が？」

伊佐は不思議そうに、神西に聞き返した。

「さっき、あんたがあの男に言ったことだ。いいシャブなら身体に悪くないって」

「本当ですよ」

伊佐は笑いながら嘯《うそぶ》いた。

「現に戦後しばらくは、メタンフェタミン系がヒロポンやホスピタン、アンフェタミン系がゼドリン、アゴチン、ソビリアンとかいう商品名で、国のれっきとした認可のもとに、ちゃんとした一流の製薬会社が、箱に処方を書いて売ってたじゃないですか」

「それは国が当時、シャブの危険度を理解していなかったからだ」

「いいですか？　周さん」

伊佐は立ち止まって神西の顔を見た。

「僕はさっき、あの子にシャブの使い方を丁寧に教えたでしょう？　シャブは覚醒剤という薬です。薬には必ず処方があります。つまり適切な量と服用方法があって、これを守るように処方箋《しょほうせん》やパッケージに書いてあります。覚醒剤もそうです。処方箋があるんです」

伊佐の口調は、物わかりの悪い生徒に対する教師のようだった。

「薬局で普通に売ってる風邪《かぜ》薬や鎮痛剤や睡眠薬だって、処方を守らなかったらハイになったりダウンになったり、精神作用を起こします。覚醒剤でなくても薬は、いえ、アルコールやカフェインや砂糖さえも、使い方によっては何だってヤクになるんですよ。問題は使う人間のほうなんです。薬じゃないんです」

どう考えても詭弁《きべん》だった。神西は努めて控え目に反論した。

「だが、シャブが高い金で売れるのは、そんなもんとは全然違うからだろう？」

「それでも、危険ドラッグよりはましですよ」

伊佐は真面目な表情で首を横に振った。

「危険ドラッグには、どんな化学物質が入っているかわからない。さらに、身体に入れるために造ってるのに、法律逃れのためにハーブだのバスソルトだのといって売るから、使い方も適量も説明されない。つまり処方箋が付いてない。というか、売ってる業者も造ってる人間も成分が何か知らないから、もともと処方箋なんかない」

それは事実だった。神西は伊佐の話を黙って聞くしかなかった。

「意識が混濁《こんだく》して車を暴走させ、人を轢《ひ》き殺すような事件は、全てと言っていいほど危険ドラッグが原因ですからね。下手をすると死ぬというのも本当だし」

「だから、危険ドラッグをやるくらいなら、シャブをやったほうがいいと？」

感情を抑えながら神西は聞いた。伊佐は大きく頷いた。

「そうです。でも世間じゃシャブも処方箋なしで売られている。だから僕は、ちゃんと商品管理をした副作用のない覚醒剤を、ちゃんとした処方箋と一緒に、適正価格でお客さんに売ってるんです。お客さんにはなるべく安全に、そして末永くシャブを買ってほしいですからね。これが『細く長く』ってことですよ」

そして伊佐は、ふっと笑みを浮かべた。

「——まあ、これは僕の考えじゃなくて、僕にシャブを卸してくれている、ある人からの受け売りですけどね。いわゆる元締《もとじめ》です」

その言葉に神西は、一瞬で冷静さを取り戻した。

伊佐友彦に覚醒剤を卸している人物、それが白竜昇だというのが麻薬取締官・水月笙子の推測だった。そしてそれを確認するのが神西の仕事だ。そのために神西は、覚醒剤やドラッグを売るという犯罪行為を、心ならずも手伝ってきたのだ。

伊佐の口から「元締」の話が出たのは、これが初めてだった。今を逃したら、いつまた元締について会話する機会が生まれるかどうかわからない。

「薬は何でも処方箋が必要、か。なかなか面白い話だ」

神西はさりげなく続けた。

「その、シャブをあんたに卸してる人って、どういう人なんだ？」

伊佐は、急に真面目な表情になった。

「なぜ、そんなことを聞くんです？」

神西の顔を、伊佐は探るようにじっと見た。

「それは――」

自分の背中を、冷たい汗が伝うのを神西は感じた。しかし、もう後には引けなかった。大して興味がある訳ではない、というふりで肩をすくめて見せ、努めて軽い口調で神西は答えた。

「この一日二日で、プッシャーってのが儲かる商売だってよくわかったんだ」

伊佐は無言のまま、じっと神西の話を聞いていた。

「細く長く客を繋ぎ止めていくんなら、俺だって細く長くこの商売を続けたい。だから、これからもずっとこの商売が続けられるのか、つまりその元締は、安定して俺たちにシャブを卸してくれる人なのか、それが気になったのさ」

「――なあんだ」

伊佐は急に、顔をほころばせた。

「周さん、お客に同情してたみたいだから、この商売は気が進まないのかと思った」

やはり勘の鋭い男だ。うっかり感情が表に出ないよう気を付けなければならない。しかし、神西の反省をよそに、伊佐は明るい表情で続けた。

「つまり周さんは、今後、本格的にプッシャーを続けていく気になったから、仕入れについても知っておきたいってことですね？」

「そういうことだ」

神西も笑顔を作って頷いた。

「その元締って、暴力団の人間なんだろう？　頭のいい人物なのか？　サツやマトリに捕まるような下手は打たないだろうな？」

「その人、暴力団じゃないんです。暴力団に、仕入れたシャブを卸している人なんですよ」

つまり伊佐の元締とは、覚醒剤の密輸入業者だ。

「元締から直接買ってるのか？　暴力団を通さなくて大丈夫なのか？」

神西の問いに、伊佐はこう答えた。

「僕が試作品のモニターをやるっていう条件で、シャブとＭＤＭＡは特別に間の暴力団をすっ飛ばして、直接卸してくれることになったんですよ。勿論、僕が味見するわけじゃありませんよ？　お客に試作品を売ってモニターになってもらって、その人にフィードバックする訳です」

「へえ、試作品ね」

平静を装いながら、神西はさらに緊張を高めた。

「薬物ビジネスでは、今はシャブが主力商品ですけど、いつまでもそうかと言うとわかりません。シャブって百パー、海外からの輸入なんです。製造国の摘発が厳しくなったら、輸入が途絶えることだって考えられます。だから今のうちに、シャブ以上の市場になるような、しかも国内で生産できるクスリを持っときたいってのが、その人の計画なんですよ」

「そんなものを――」

思わず神西は呟いた。シャブの後を継ぐ、シャブ以上に売れる薬物に、スノウ・エンジェルを育て上げようというつもりなのか。

「なんだかすごいクスリになる予定らしいんですけどね」

伊佐も興味津々という表情を浮かべた。

「その、試作品ってのは」

神西は用心深く、さり気ない様子で探りを入れた。

「しょっちゅうモニターを頼まれるのか？　だとしたら面倒そうだな」

「そういや最近、なんだかモニターの依頼が増えましたね。でも、別にそう面倒でもないですよ。よくシャブやエックスを買ってくれるお客に、その試作品を勧めて売って、次に会った時に感想を聞くだけだから。渡す数とかも適当でいいし」

「試作品って、まさか危険ドラッグじゃないよな?」

「いえ、そんな。ちゃんとした——ってのもヘンだけど、組成のはっきりわかっている合成ドラッグらしいです」

とんでもない、と言わんばかりに、伊佐は顔の前で手を左右に振った。

「でもね、この手のクスリばっかりは、人体実験が必要なんですよね。動物実験じゃダメなんですよ。モルモットやサルにどうキマったか聞いてもわかんないでしょ? それこそ危険ドラッグなんて、買ってる人みんなが人体実験ですよ。とりあえず売ってみて、反応がよかったら増産する、事故や死人が出たらあっさりやめるって世界だから」

伊佐は笑いながら言った。人体実験か——。薬物常用者は、金だけでなく健康も、下手をすれば命さえも食い物にされているのだ。

「俺もやってみたいな」

「え?」

神西の言葉に、伊佐が目を見開いた。

「その試作品ってヤツさ。持ってるんだろう？　ちょっと回してくれないか」

神西は興味津々という風情で伊佐にねだってみた。勿論、試作品のサンプルを手に入れて、スノウ・エンジェルかどうかを水月笙子に分析させるためだ。

「周さん。あのねえ――」

伊佐は大きく溜め息をついた。

「だから前にも言ったでしょう？　クスリは売る側にいないとダメだって。まだ自分でやろうなんて思ってんですか？　買う側に戻っちゃうつもり？」

「戻る気はないさ。新しいヤクだって言うから、ちょっと味見してみたくなったんだ」

「もう、しょうがないな。いいですか、誰にも言わないでよ？」

伊佐は左右を見回すと、神西に顔を近づけて小声で囁いた。

「今回モニターを頼まれた試作品、どうやら失敗作だったみたいなんです」

「失敗作？　どうしてわかった？」

「ほら、先々月かな。銀座のホコ天で車暴走させて、最終的に何十人も殺した挙げ句、デパートの九階から飛び下りて死んじゃったって事件があったでしょう？　あの人、実は僕が試作品を売った客だったんですよ」

銀座の事件――。神西は興奮を必死に抑え付けた。

間違いない。その失敗作の試作品というのがスノウ・エンジェルなのだ。ということは、プッシャーの伊佐に覚醒剤やMDMAを安く卸し、スノウ・エンジェルのモニター調査を頼んでいる元締の男こそ、白竜昇であるはずだった。

声の調子が変わらないように気を付けながら、神西は確認した。

「その事件は知ってるが、本当に試作品のせいなのか?」

「まあ、あのお客、他の危険ドラッグとかもやってたのかもしれませんけどねえ」

伊佐も首をひねった。

「でも僕、あれが原因だと思うんですよねえ。前の試作品が全然キマらないってお客に言われたんで、それを報告したら、ちょっとだけ組成を変えたみたいなんですよ。今度は逆に、キマりすぎちゃったのかなあ――」

一人で呟いたあと、伊佐は神西を咎《とが》めるように見た。

「だからね周さん、試作品なんてやっちゃダメだって。一通りお客さんで人体実験して、ある程度の安全が確認されて、商品化されたのが回ってきたらあげてもいいけど。でも試作品は絶対ダメです。危なすぎる」

ここまでだ――。神西はサンプルを入手するのを断念した。

できればその試作品を持って帰りたかった。そして水月笙子に渡してマトリで成分を分析し、スノウ・エンジェルであることを確認できれば完璧だった。しかし、これ以上食い下がっては伊佐に怪しまれるだろう。

「じゃあ、やめとくか。そんな危ないもん吸って、飛び下りたくないからな」

神西は残念そうに、肩をすくめてみせた。

「吸う？」

伊佐は、ポケットに手を突っ込んだ。

「その試作品、シャブみたいな粉や結晶じゃないんですよ。だから、あの人のアイディアで、こんなお菓子のパッケージでモニターに渡してるんです。見た目もちょっとお洒落だし、若い人にウケそうでしょ？」

そして伊佐は、ポケットから白いミント菓子のケースを取り出すと、顔の横でちゃらちゃらと音をたてて振った。

09　議論《はな》せし時

「さすがに元刑事ですね。お手柄《てがら》でした」

いつも通り冷静な態度だが、目の前に座っている麻薬取締官・水月笙子の声はわずかに上ずっていた。

「プッシャーの伊佐友彦が、銀座で死んだ男にスノウ・エンジェルを流したことは間違いありません。そして、伊佐にスノウ・エンジェルを渡した元締という男が、白竜昇であることも間違いないでしょう」

「どっちもまだ、証明されていないがな」

神西は断定を避けた。

「確かに、伊佐にヤクを卸している元締が白竜だと考えれば、あんたの推測ともぴったり合う。でも、まだその確証はない」

十一月二十七日、午後十一時十五分――。

神西明と水月笙子は、港区《みなと》の汐留《しおどめ》にあるビジネスホテルのツインルームにいた。

伊佐から興味深い話を聞いた、直接会って伝えたいと言った神西に対して、笙子はこのホテルの一室を指定してきたのだ。神西としては居酒屋の個室などでもよかったのだが、店に出入りするところを見られたり、店内で店員などに立ち聞きされる可能性を挙げて、笙子はホテルを用意すると言った。

角部屋を取り、先に笙子がチェックインして、数時間ののちに神西を呼び入れるという徹底ぶりだった。しかも笙子が言うには、このホテルは安眠のための防音性を売りにしており、ドアに厚いパッキンを入れるなど、室内の声や音が外に漏れない工夫が施してあるのだという。

十五分前、つまり夜の十一時丁度。神西がドアをノックして部屋に入ると、水月笙子は神西を招き入れたあと、部屋の備品の椅子に座った。他に椅子はなく、神西はその正面のベッドに腰掛けた。今日も笙子はまるで制服のように、濃いグレーのパンツスーツに白いシャツ姿。神西も前回と同じ、ブラックジーンズと黒い革のジャンパーだった。

「残念ながら、伊佐の言う試作品ってヤツは手に入らなかった。その試作品がスノウ・エンジェルだと考えてほぼ間違いないとは思うが、完全に証明された訳じゃない」

神西の慎重な態度を、笙子は即座に否定した。

「私が銀座で発見したのと同じ錠菓のケースを、伊佐が持っていたのでしょう？　その試作品がスノウ・エンジェルだという何よりの証拠です。そして、その錠菓を輸入している白竜が、伊佐に薬物を卸している元締であることも、もはや疑いの余地はありません。それに今回」

満足そうに笙子が続けた。

「神西さんのお陰で喜ばしい事実が判明しました。スノウ・エンジェルは密輸されたのではなくて、白竜自身が製造している合成ドラッグだということです。ならば、白竜さえ逮捕することができれば」

「スノウ・エンジェルを永遠に完全に消し去ることができる、か」

「その通りです」

笙子は自信たっぷりに頷いた。

「ここまでは我々の推測通りです。次は」

「どうやったらパクれるか、だな」

神西は息を吐いた。

「はい。まず、伊佐の言う元締が白竜だということを確認し、そして、白竜が薬物を伊佐に卸しているという証拠を摑んで下さい」

簡単に言いやがって、と神西は笙子を睨んだ。多分ここからが大変なのだ。

「一つ、気になることがある」

神西は眉《まゆ》を寄せて笙子を見た。

「伊佐の元締は、スノウ・エンジェルをシャブ以上に売れるヤクにするつもりらしい。いいつまでもシャブが主力商品でいられるとは限らないという理由でな。だが、銀座の事件はひどいもんだった。まるで出来の悪い危険ドラッグだ。あんな危険なものが、覚醒剤以上の市場になるとは思えないんだが――」

しかし笙子は、この話には興味を示さなかった。

「試作品と言っているくらいですから、人体への作用を確認した上で、商品化する時にはもっと効果の穏やかなものを出してくるのではないでしょうか。いずれにせよ、白竜を逮捕し、スノウ・エンジェルを市場に出回る前に根絶すれば、それで終わりです。白竜が何を目論《もくろ》んでいようと関係ありません」

それはそうだが――。わだかまりを残しながらも、神西は曖昧に頷くしかなかった。

「この三日間、伊佐にくっついて覚醒剤やドラッグを売り歩いた。これが伊佐にもらった俺の報酬《ほうしゅう》だ」

神西は話題を変え、革ジャンパーの内ポケットに手を突っ込んだ。そして二つ折りにした一万円札の束を取り出すと、ベッドカバーの上に放り投げた。ベッドカバーの上で広がった札は、二、三十枚はありそうだった。

「普通の主婦やサラリーマンや若者が、次々と伊佐のところに覚醒剤を買いにくる。この金は仕入れ値を引いた儲けの四割だから、単純な売り上げは二百万を下らないだろう。たった三日でだ。一ヵ月休みなしで働けば二千万はいく。とんでもない金額だ」

神西は金に目を落としたあと、笙子を見た。

「この金はあんたが持っててくれ」

「そのまま活動費として使えばよろしいのでは？　私が頂いても、処理のしようがありませんから」

神西は苛立ちを隠さずに、首を横に振った。

「こんな汚《けが》らわしい金を使いたくない。早く仕舞ってくれ」

「領収書は出せませんよ？」

神西はその冗談を無視して金を鷲摑《わしづか》みにすると、無言で笙子に差し出した。笙子も無言のままそれを受け取り、膝の上で綺麗に揃えてショルダーバッグに入れた。

「つまり、こういうことなんだな」

神西は両手を組み合わせて、ふうと溜め息をついた。

「税務署にも絶対気付かれない、正体不明のものすごい額の金が、この国では白昼堂々とやりとりされていて、最後は全部が暴力組織の懐《ふところ》に流れ込むんだ」

「それこそが覚醒剤の、最大の問題なのです」

水月笙子は頷いた。

「二〇一六年に日本で押収された覚醒剤は約一・五トン、末端価格にして一千億円以上に上ります。勿論これは流通している覚醒剤の一部にすぎません。仮に押収量の二十倍が流通しているとすると、年間二兆円以上。日本の国家予算は一般会計でおよそ百兆円ですので、その二%以上にもあたる金額が覚醒剤に消費されているのです」

その数字の規模に、神西は驚いた。

「押収量の二十倍も？　根拠はあるのか？」

笙子は頷いた。

「警察白書によると、検挙した売人への聞き取り調査では、押収量は全体量の二十分の一以下だろうという回答が三十五%を占めて最多数でした。現在では密輸の手口もますます巧妙になり、購入年齢層も拡大しています。外国人の売人も増えています。押収量の五十倍、五兆円が覚醒剤に消費されていてもおかしくありません」

五兆円とは国家予算の五%、ほぼ東京都の税収額と同じ金額です、と水月笙子は付け加えた。

「しかも、その五兆円の買い物は消費税も払われない、か。消費税分だけで、さらに四百億円が脱税されてることになる」

神西は伊佐友彦を思い出した。伊佐は月に二千万円を売り上げるから、たった一人で年間二億四千万を稼いでいることになる。仮に売人が全国で一万人いたとしたら二兆四千億、二万人だと五兆円弱になる。ありえない数字ではない。

笙子はなおも説明を続けた。

「東京都の全税収と同じ金額が、暴力団の資金源となっている。これが暴力団がなくならない最大の理由です。暴力団の資金源の三十五％が覚醒剤、十五％が賭博《とばく》の開帳によるものです。覚醒剤とギャンブルで、暴力団の資金源の半分が賄《まかな》われている訳です」

そういえば――。ギャンブルという言葉を聞いて、神西は思い出した。

二〇一六年末、ついにIR推進法案、つまり「カジノ法案」が衆議院を通過した。正式名称は「特定複合観光施設区域の整備の推進に関する法律案」。カジノ管理委員会の許可を受けた民間事業者に、特定の区域でカジノの設置・運営を許可するというものだ。要するに日本は、法律で禁止されている「賭博」を事業として認めたことになる。

賭博開帳が暴力団の資金源の十五％なら、二兆円とも五兆円とも言われる覚醒剤マネーの半分近い巨額になる。政府はこの金に目を付けたのだ。暴力団に吸い上げられてしまうくらいなら、賭博を正式に事業として認可し、国のお墨《すみ》付きによってさらに巨大な事業へと育て上げよう。そして莫大な売り上げの一部と、そこから発生する税金を国庫に入れよう。そう考えたのだろう。

この国の経済は、そこまで追い込まれているのだろうか？　違法であったものを無理矢理合法化してまで、金が欲しいと言うのだから――。

しかしそれは、今、神西が考えるべき問題ではなかった。

「暴力団の資金源になっている、それが覚醒剤の最大の問題だと？」

神西が聞くと、笙子は躊躇なく肯定した。

「その通りです。仮に、この金額が暴力団に流れずに国庫に入ったとすれば、国は大いに潤《うるお》うことになるでしょう。たとえば、社会の高齢化で年金の原資不足が問題になっていますが、年金に関する国の総予算はおよそ四兆五千万円ですので、日本の年金問題は全て解消する計算になります。それほどの金額なのです」

神西は数字には納得しつつも、笙子の態度には少なからず違和感を覚えた。

覚醒剤の最大の問題とは、金なのだろうか――？

そうではなくて、多くの市民がこの恐ろしい薬物に汚染され、大切な生活費や社会生活、健康、時には生命を奪われているという事実ではないのだろうか？　それなのに、この麻薬取締官の女性は、本来は国に入るはずの金が暴力団に流れている、そのことだけを問題だと考えているように思えた。

「俺は、刑事時代は――」

神西は思わず呟いた。

「殺人や傷害といった強行犯の事件ばかりを追っていた。ヤクがらみの事件もあったが、そういう事件はほとんど本庁の組対《そたい》に回された。だから刑事であっても、薬物流通の実態については何も知っちゃいなかった」

化織カーペットの床に視線を落として、神西は首を振った。

「ひどいもんだ。覚醒剤でも合成ドラッグでも、そのへんの街中や飲み屋で簡単に手に入る。そして、一旦シャブの味を知ったら、どうやっても抜けられないような仕組みになっている。おとり捜査とはいえ、ヤクのプッシャーになって自分で覚醒剤を売ってみて、それがよくわかったよ」

そして神西は顔を上げて笙子を見た。

「もう伊佐を、ふん縛《じば》っていいんじゃないか？」

水月笙子は無言だった。

「俺は五人を殺した人間だが、それでも良心の欠片《かけら》ぐらいは残っている。警察官だった頃の、市民を守るという使命感もな。だからいくら捜査のためとはいえ、毎日普通の人たちに覚醒剤やドラッグを売り続けるのは辛いんだ。良心が耐えられない」

　神西はなおも笙子に迫った。

「俺と一緒にヤクを売っている時に、現行犯で伊佐の身柄《ガラ》を押さえればいい。そしてあいつに、元締の正体が白竜だと自白《ゲロ》させれば、白竜を逮捕できる。それで捜査は終わりだ。そうじゃないか？」

　だが、水月笙子は厳しい表情で首を横に振った。

「売人は逮捕されても、卸している人間のことは絶対に喋りません。喋れば消されますから。覚醒剤の業としての譲渡、即ち麻薬特例法違反は十年以下の懲役《ちようえき》です。末端の売人なら量刑はせいぜい五年、早ければ二～三年で出られます。だから喋るはずがないのです。これまでに何度も煮え湯を飲まされてきました。――それに」

　笙子は神西の顔をじっと見た。

「伊佐は客と接触する時は商品を持っていませんから、運び屋のあなたも一緒に逮捕する必要があります。そして、あなたが逮捕された場合、私はあなたを守ることができません。あなたは九年前に五人を射殺したあと、麻薬の売人に身を落とした犯罪者ということになります」

「あんたにおとり捜査を頼まれたと言って、借りた銃を見せてもか？」

笙子はまた首を横に振った。

「それでも九年前の事件は消えません。あなたの身柄は警察に引き渡され、おそらく殺人容疑で裁判にかけられることになります。それでもいいのですか？　あなたには、逃亡を続けている理由があるのではありませんか？」

ぐっ、と神西は返事に窮《きゅう》した。

「誰に聞いた？　木崎さんか？」

「いいえ。あくまでも調査に基づいた私の想像です」

笙子は悪びれることもなく答えた。

「神西さんは九年前、江田《えだ》という弁護士夫妻の転落死事故が、殺人事件ではないかという疑いを持った。そして、当時ペアを組んでいた桧原祥子さんという女性刑事と二人でひそかに捜査していた。その結果、桧原さんは殺害され、あなたは五人を殺害して逃亡した」

笙子は一切遠慮することなく話し続けた。

「あなたが逃亡したのは、今でも弁護士夫妻の転落死事故が殺人事件であったと確信しているからです。そしてその殺人事件を追い続けるためです。あなたが逮捕されたら、事件の真相は永遠に闇に葬《ほうむ》られてしまう。だからあなたは、刑事の職を捨てて逃亡し、今もたった一人で真相を追っている。そうじゃありませんか？」

図星だった。神西が逃亡を続けている理由、それは水月笙子が言う通り、九年前の事件の真犯人を追うためだった。そのためには、水月笙子の言う通り、決して警察に逮捕される訳にはいかないのだ。

「よろしいですか」

水月笙子が神西の目を見据えた。

「私たちの目的は、スノウ・エンジェルという最悪の合成ドラッグの蔓延《まんえん》を未然に防ぐことです。即《すなわ》ち、スノウ・エンジェルを製造し流通させようとしている、白竜昇を逮捕することです」

「わかっている」

「そのためには、もうしばらく伊佐を泳がせておき、伊佐が白竜と接触する時を待つしかないでしょう。例えば、白竜が伊佐に薬物を渡す現場を押さえることができれば、白竜を逮捕できます」

「伊佐が白竜に接触しなかったら？」

神西は笙子の目を見上げた。

「白竜と伊佐が、商品の受け渡しに第三者を経由していたら？　宅配便やゆうパックを利用して受け渡ししていたら？」

笙子はあっさりと答えを返した。

「その時は、あなたが直接白竜と接触するしかありません。少なくとも顔を見れば、元締が白竜かどうかわかりますから」

「売人とすら接触しない白竜に、どうやったら会えるっていうんだ？」

「考えます」

水月笙子の態度は、どこまでも落ち着いていた。まるで、自分には不可能などないと思っているかのように――。

「それまでは、もうしばらく伊佐と行動を共にして下さい。そして、もし伊佐が白竜と接触する機会があれば、すぐに報告して下さい。成功を祈っています」

水月笙子の言葉に、神西は頷くしかなかった。

なあ祥子、俺は何をやっているんだろう――。

ビジネスホテルを出て、湾岸道路の高架の下を通る暗い道を歩きながら、神西は思わず死んだ桧原祥子に語りかけた。

お前の仇《かたき》を取ると言いながら、お前を殺した犯人の影さえも見ることができないまま、すでに九年が流れた。そして今、俺はおとり捜査という名目で、麻薬の売人の片棒を担ぎ、一般市民に覚醒剤やドラッグを売りさばいている。元警察官だった俺が。市民を犯罪から守ることだけを使命として生きていた俺が。

危険な合成ドラッグを拡散する前に葬り去る。それは勿論必要なことだ。しかしそのために、たとえ黒幕の検挙のためとはいえ、市民に違法な薬物を売る行為が肯定されるのだろうか？　犯罪に手を染めてしまったら、犯罪者を憎む資格はなくなるんじゃないだろうか？　なあ祥子、お前はどう思う——？

「神西さんに、刑事以外の仕事ができる訳ないじゃないですか！」

突然、桧原祥子の声が聞こえたような気がした。

いつだったろうか、こんな汚れ仕事なんかいつでも辞めてやる、そう大見得《おおみえ》を切った神西に対して、祥子が笑いながら言った言葉。

祥子、お前の言った通りだよ——。

神西は夜空を見上げた。薄く曇っているのだろうか、東京湾岸の夜空は真っ暗で、星はごくまばらにしか見えなかった。

水月笙子の思考は、警察官だった自分とは乖離《かいり》しているような気がしてならなかった。警察官にはやはり、自らが犯罪者となるおとり捜査はできないのだ。犯罪を行うことは、警察官の存在理由に反するからだ。それが可能な麻薬取締官は、やはりどこまで行っても厚労省の役人だということだろう。そう神西は結論付けた。

早く終わらせなければ――。

いつの間にか神西の歩みは、早足になっていた。轟々《ごうごう》という高速道路の騒音の中、暗い夜の歩道を歩きながら、神西はひりひりとした焦燥《しょうそう》を感じていた。こんなことは、早く終わらせなければ。

神西にはわかっていた。そのためには、白竜昇という元締の男の尻尾を掴むしかないのだ。

10　呪詛《のろ》いし時

「三十一、三十二、三十三、三十四――」

黒く塗られた木製のテーブルの上に、伊佐が一万円札を数えながら重ねていく。テーブルに置かれたスタンド照明が、積み重なっていく札の山を黄色く照らしている。神西はウイスキーのロックグラスを時折口に運びながら、それを無言のまま眺めている。飲んでいるのは、今日もオールドグランダッド114。

「はい！　今日はぴったり八十本でした。じゃあ、これが周さんの分ね」

伊佐が二つ折りにした札の束を神西に差し出した。神西は頷いて受け取ると、それをそのまま革ジャンパーの胸ポケットに押し込んだ。

売り上げの半分は仕入れに回すので、今日の儲けは四十万円。神西の取り分はその四割だから十六万円だ。伊佐と神西は一日平均八十万円を売り上げる。一ヵ月の売り上げはおよそ二千万円。よって神西には四百万円前後が入ってくる。数えたことはないが、確かにそれくらいの金が神西のアパートにあるバッグに貯まっていた。

つまり、神西が伊佐とコンビを組んで、いつの間にか一ヵ月が経ったのだ。

「今日も数えないんですか？　お金」

伊佐もストレートのウイスキーを一口飲んで、神西に聞いた。今日は珍しく神西と同じバーボンを飲んでいる。

「あんたを信用してる」

神西は今日も、そう答えた。本当の理由は、薬物を売って得た金など触りたくもないからだが、勿論そんなことを言えるはずもない。

十二月二十四日、午前三時過ぎ――。

神西明と伊佐友彦は、西麻布の古い雑居ビルの五階にあるバーに来ていた。

店に入って伊佐が「電話した鈴木《すずき》です」と言うと、二人は店の奥の、夜景の見える個室に通された。そこに収まると伊佐は、今日は僕のおごりですからと言って、神西の好きなオールドグランダッド114のボトルと、氷とミネラルウォーターのセットを注文した。

そして、酒を持ってきた店員が立ち去ると、やおら金の勘定を始めたのだった。

今夜は、そろそろ店仕舞いしようかという午前二時頃になって、伊佐の客付き携帯に急な注文が入った。どうしても今晩中に売ってほしいというので、伊佐と神西は二時半に西麻布の路上で受け渡しすることにした。

伊佐は、このあたりの街頭にある防犯カメラの位置を知り尽くしている。麻布郵便局に近い小さなオフィスビルの前で客と待ち合わせし、金を受け取るとそのまま立ち去った。

そのあと神西が、覚醒剤の小袋の入ったティッシュペーパーを渡した。この客には三個渡したから、○・七五g。伊佐の売値は相場よりも少し高く、七万五千円だ。

普通はそのまま別れて帰るのだが、今日は伊佐が珍しく「周さん、飲みにいこうよ」と誘ってきた。年末だし、今年もよく売れたから慰労の意味でおごるというのだ。

これは神西にとっても、願ってもない誘いだった。伊佐がスノウ・エンジェルを元締から預かって撒《ま》いていることはわかったが、それ以上の情報が摑めないまま一ヵ月が経ってしまった。そろそろ何とかして、伊佐の背後にいる元締が白竜昇であることを確認したかった。そしてできれば、白竜に接触する糸口を摑みたかった。

神西が「それもいいな」と応じると、伊佐はスマートフォンを取り出して電話をかけ、この店の個室を予約して神西を連れてきたのだった。西麻布界隈《かいわい》には、完全会員制で覚醒剤やドラッグ常用者の溜まり場になっている「クスリ箱」と呼ばれる類《たぐい》の店がある。だが、ここは普通のバーのようだった。

個室は三畳ほどの広さで、中央に長方形のテーブル、その左右に黒い革張りのソファーが置いてあった。伊佐と神西はテーブルを挟んで向かい合わせに、それぞれソファーを独り占めして座った。

部屋の奥にある大きな窓からは、オレンジ色にライトアップされた東京タワーと都心のビル群が見えた。東京ならではの溜め息の出るような夜景だが、神西は一ヵ月前とは違って、何か毒々しいものを感じずにはいられなかった。


「いつもの洋モクはやめたのか？」

神西は話題を、金の話から逸《そ》らした。伊佐はいつも黒い箱のアメリカ製メンソール煙草を吸っているが、今日は白いプラスチックのケースをテーブルに置いている。最近流行《はや》っている電子燃焼式煙草だ。

「ああ、これ？」

伊佐はケースの中から煙管《キセル》に似た白いスティックを取り出すと、青い紙箱から短い煙草のようなものを取り出し、慣れない手付きでスティックの一方の端に差し込んで、中央にあるボタンを押した。

「これも一応、メンソール煙草ですよ。煙草を燃やさずに三百度くらいに熱して、ニコチンを含んだ水蒸気を吸うっていう仕組みらしいんで、言わば煙草の炙りですね。最近煙草に対する風当たりが強いから、煙草業界も必死なんですねえ。まあ、旨《うま》いもんじゃないですけどね」

数秒後、点滅していたボタンが点灯状態に変わったのを確認して、伊佐が一口吸い込んだ。そして曖昧な表情で左右に首を振ると、神西に苦笑いを見せた。

去年あたりから、来《きた》るべき東京オリンピックの開幕を目処《めど》に、東京でも飲食店を全面禁煙にすべきとの議論が起きていた。

「そのうちシャブも、こうやって売るようになるのかなあと思って、研究のために買ってみたんですよ。周さん、どう思います?」

馬鹿馬鹿しい、という顔で神西は否定した。

「まさか。シャブが煙草みたいに合法化される訳がない」

「そうとも言い切れませんよ? なんせ博打が合法になる時代ですから」

伊佐は曖昧な笑みを見せた。

「アメリカじゃ一昨年だったかな、『ザ・パシフィック』って政治経済誌の編集長が、大麻や麻薬や覚醒剤は合法化すべきだって発言しました。同じ頃、コロラド州じゃ大麻が合法化されましたしね」

伊佐が言うには、アメリカには年間六兆円を超える違法薬物の市場があって、その全てがブラックマーケットに流れ込んでおり、一方で薬物犯罪や薬物中毒者対策に毎年数千億円が費《つい》やされている事実を、何とかすべきだという声が高まっているのだという。

「薬物を合法化すれば、闇の資金源を失ったマフィアが弱体化して、薬物市場は縮小するだろうって理屈なんです。要するに、現在は違法な薬物を煙草や酒みたいに解禁して、国が管理して税金を取ろうって腹ですが――」

伊佐は不味《まず》そうに吸い込んだ水蒸気を、ふうと吐き出した。

「でも、薬物を合法化したら、今度は税収を増やすために売り上げを伸ばそうとしますから、煙草や酒と同じように社会に定着してしまいますよね。要するに国ってヤツは、どの国でも、国民の健康よりお金のほうが大事なんですよ」

神西は、水月笙子の話を思い出した。この国でも、二兆円とも五兆円とも言われる巨額が、覚醒剤を通して暴力団に流れ込んでいる。そして覚醒剤の最大の問題点は、暴力団の資金源になることだと笙子は言っていた。

「国に本気で薬物を撲滅する気がないんですから、薬物はなくなりませんよね。まあ、お陰でこっちは飯が食えてる訳ですけれども」

神西には承服し難《がた》い言葉だった。日本の警察は犯罪を少しでも減らすために、日夜頑張って働いている。しかし、あからさまに警察の肩を持つ訳にもいかず、神西は努めて穏やかな口調で異議を唱えた。

「まあでも一応、なくす努力はしているんじゃないか？　警察やマトリの連中だって、年々取り締まりを強化しているというし」

するると伊佐は、馬鹿馬鹿しいという顔で肩をすくめた。

「現場はそうでも、国にはありませんね。だって、アメリカの麻薬取締局には職員が一万一千人いるのに、マトリって三百人もいないんでしょう？　まあ、日本は薬物汚染が世界でも格段に少ないけど。種類も覚醒剤以外はあまり出回ってないし。市場規模がアメリカに近いのは、覚醒剤はヘロインやコカインより遥かに値段が高いからだし」

そこまで喋ったところで、伊佐はバーボンのボトルを手に取ると、蓋を捻って開け、どぼどぼと自分のタンブラーに注いだ。神西が気が付かないうちに、もう一杯目を空けていたようだ。そして伊佐は、タンブラーに半分ほども入った琥珀《こはく》色のとろりとした液体を、一気にぐいっと飲み干した。

「大丈夫か？」

思わず神西が聞くと、伊佐はけろりとした顔で神西を見た。

「え？　何が？」

「酒だ。そんなに飲んで大丈夫か？」

「今日は僕のおごりだって言ったでしょう？　金ならここにたんまりあるから大丈夫」

伊佐はソファーの脇に置いたバッグをぱんぱんと叩いてみせた。

「その無茶な飲み方だ。そいつは五十七度だぞ」

たしなめる神西に、伊佐はひらひらと右手を振った。

「アルコールはね、ちゃんとお国が造っていい、売っていい、買っていい、飲んでいいと定めた合法なドラッグなんですから、身体に悪いはずがないですよ。それに、今日は僕、すごく気分がいいんですよ。今月も予定通りの売り上げがあったし、それに何より、周さんっていう信頼できる相棒ができたしね。これからもよろしくお願いしますよ」

そう言って伊佐は、にっこりと笑ってウイスキーのタンブラーを持ち上げると、神西に向かって差し出した。神西も顔に笑みを浮かべて、自分のロックグラスをぶつけた。

ちびりとバーボンを口に含みながら、神西は焦っていた。このまま無駄話をしていてもしょうがない。何とかして伊佐から情報を聞き出さねばならない。プッシャーとしてコンビを組み、何とか伊佐の信用を得ることができたのはよかった。しかし勿論、プッシャーになるのが神西の目的ではない。

どうすれば、薬物をこの男に卸している元締について聞き出せるのか。それがわからなかった。しかし、酔えば伊佐の警戒心も薄まり口も緩むだろう。神西はそれを待つことにした。

突然伊佐は、他に誰もいない個室の中にも拘らず、用心深く周囲を見回した。そして神西に視線を移すと、小声で言った。

「周さん、クスリがなくならない理由って知ってます？」

「え？」

意表を突く言葉に、思わず神西は聞き返した。

「それはもっと言えば、この世から犯罪がなくならない理由です」

この世から、犯罪がなくならない理由――？

神西は思わず伊佐の顔をまじまじと見た。犯罪がなくならない理由を知っているということは、犯罪をなくす方法を知っているということだ。そんな方法があるはずがない。しかし、まだ伊佐はそれほど酔っ払っているようにも見えなかった。

「あんたは知ってるのか？　犯罪がなくならない理由を」

伊佐は小さく頷いた。そして、身体を前に倒して神西に顔を近づけると、無声音でぼそりと囁いた。

「宗教ですよ」

「しゅうきょう？」

意外な言葉に、神西は思わず聞き返した。

「ええ、宗教。特にキリスト教です」

神西はさらに当惑した。神西自身はどの宗教の信者でもない。しかし、人間を正しい道に導くもの、それが宗教だと思っているからだ。

「その顔は、信じてない顔ですね？　じゃあ、シャブなんかの違法薬物犯罪を例にとって話しましょう。プッシャーをやってるとわかるんですが、薬物犯罪を撲滅するために必要なのは三つ。何だと思います？　それは一に教育。二に煙草の禁止。三に薬物使用者に対する厳罰です」

伊佐は神西の返事を待たず、勝手に喋り始めた。

「まず、精神作用物質が違法であって、どれくらい危険かってことを、子供によく教えなきゃね。要するに、絶対に始めさせないこと。今どんだけシャブ中がいたって、始める人間が一人もいなかったら、今シャブをやってる人間はあと数十年で死に絶えるから、その時シャブは絶滅する。簡単な理屈です」

伊佐は肩をすくめ、話を続けた。

「そもそも日本の小中高校は、受験に必要な知識は教えるけど、社会に出て必要なことはほとんど教えてくれない。だって法律も教えないんですよ？　法律を知らなかったら、何をすれば法に触れるかもわからんでしょうに」

　神西も頷いた。神西にしても、大学の法学部に通ってようやく法律を勉強したが、もし他の学部に進んでいたら、法律をほとんど知らずに大人になっただろう。子供は法律を知らないまま世の中に送り出され、法律を破った途端にいきなり逮捕されるのだ。

「第二に煙草の禁止。煙草自体の害は、この際脇に置いときましょう。煙草の煙を吸うより、道を歩いてて車の排気ガスを吸うほうが危険そうですしね。でも、煙草は最強のゲートウェイ・ドラッグです。このことは間違いない」

　ゲートウェイ・ドラッグとは、薬物嗜好《しこう》の入り口となる薬物という意味だ。まず最初に煙草を吸い始めることによって、他のもっと有害な薬物へと進みやすくなるのだ。

「シャブの炙りも、危険ドラッグも、シンナーも、煙草をやったことがない人がいきなり始めるのはハードルが高すぎます。いつも煙草を吸ってるから、他のものを肺に吸い込むことにも抵抗がないんですよ。だから煙草を吸う習慣さえなかったら、薬物を始める人は激減します」

　この話も神西は頷くしかなかった。覚醒剤常用者の約九割が喫煙者だという説を、神西も聞いたことがあった。

　伊佐はタンブラーから、またストレートのウイスキーをぐびりと飲むと、ふう、と息を吐いてタンブラーをテーブルに置いた。

「そして一番重要なのが三つ目。薬物使用者への懲罰が軽すぎる、ってことです」

ここで伊佐は、言葉に力を込めた。

「クスリをやったヤツに対する刑罰って、軽すぎると思いません？　特にシャブをやった者に対する罰が甘々です。だから、気軽にやるヤツがあとを絶たないんですよ」

これも神西は否定できなかった。覚醒剤の使用者は、初犯なら執行猶予《ゆうよ》付きの判決が出て、まず実刑を食らうことはない。薬物で逮捕された芸能人も、しばらくは大人しくしているが、一年も経つといつの間にかまたテレビに出ている。

伊佐は雄弁に喋り続けた。

「薬物だけじゃない。他の犯罪だってそうですよ。人を一人殺したってせいぜい十数年、ムショで大人しくしてれば十年前後で出てこられる。責任能力がなかったなんて理屈が通れば、無罪になることさえある。犯罪に対する量刑の軽さ、これが犯罪を減らせない最大の原因です。やったもん勝ちだから、やらないと損なんです」

伊佐はずい、と神西に顔を近付けた。

「周さん。なんで法律が、こんなに犯罪者に甘いかわかります？」

伊佐の目は据わっていた。酔っ払った伊佐を見るのは初めてだった。

「宗教ですよ。全部、宗教のせいなんです」

伊佐は忌々しげに肩をすくめた。

「宗教の定義じゃ、犯罪者は悪人じゃない。『間違いを犯した可哀相《かわいそう》な人』なんです。だから悔い改めさせよう、正しい道に導こうとはしても、犯罪者を厳しく罰しようという考えがない。罰を与えるのは神様の役目で、人は皆生まれつき罪深い存在、そして全ての罪はいつか神に許される、ってのが宗教ですからね」

薬物を売る者をどんなに厳しく取り締まっても、薬物産業はなくならない、そう伊佐は言い切った。買う者が大勢いる以上、供給量が減れば末端価格が上昇して、薬物産業はより簡単に儲かるだけだ。これは経済の大原則なのだと。

「薬物を撲滅しようと思ったら、買う側に厳罰を科すしかないんです。でも、そうしようとしない。それは薬物使用者を犯罪者と考えずに、薬物の犠牲になった可哀相な人たちだと考えているからです。周さんも更生施設での、あの腫《は》れ物に触るような指導を見たでしょう？　あれが、薬物がなくならない理由です」

神西にも思い当たることがあった。薬物使用での逮捕者に対して、日本では二〇一六年から「刑の一部執行猶予制度」が施行された。刑務所での刑の執行を途中で終了し、残りの刑期を社会での更生にあてる制度だ。つまり国は薬物使用者に対し、さらに懲罰を軽くすることにしたのだ。

伊佐は喋りながら、呆れたように首を左右に振った。

「欧米人は二千年前からキリスト教に洗脳されてる。だから法律も宗教の影響から抜け出せない。犯罪者を厳しく処罰することに抵抗があるんです。日本の法律も欧米法を下敷きにしてるから、根本的に欧米と同じです。まあ、もともと日本に仏教という素地があったせいかもしれない。『悪人正機《あくにんしょうき》』とか言いますからね」

悪人正機とは浄土真宗《じょうどしんしゅう》の言葉だ。全ての人間は悪人であり、悪人であることを自覚した者だけが阿弥陀仏《あみだぶつ》によって救済される。かなりキリスト教に近い考え方だ。

「宗教の影響を受けていない法律はないのか?」

神西は聞いてみた。

「ありますとも!」

伊佐は目を輝かせた。

「キリスト誕生の遥か昔の法律、バビロニアの『ハンムラビ法典』は素晴らしい! あれこそ人類の叡智《えいち》と慈愛が生んだ、歴史上最も優れた法律です!」

伊佐は両手を上げると、陶酔《とうすい》の表情で虚空を見上げた。

ハンムラビ法典とは、紀元前一七〇〇年代にメソポタミアでバビロニア帝国の初代皇帝となったハンムラビ王が制定したと言われる法律だ。今から三千八百年も昔で、楔形《くさびがた》文字で書かれている。

「目には目を、歯には歯を――。有名な『同害復讐《どうがいふくしゅう》の原則』ですが、犯罪に対して等価の罰を与えるという、実に合理的な罰則です。これなら被害者も納得できる。それにこの同害復讐の素晴らしい点は、裏返せば、犯した罪以上の刑罰を禁じてたってことです。残酷さの例として引用されるけど、それどころか実に人道的な法律ですよ」

つまり、他人の目を潰した者は自分の目を潰されたが、それ以上に重い刑罰を与えてはならないと定められていたのだ。

「ハンムラビ法典なら、俺も大学で齧《かじ》ったが」

思わずそう言った神西に、伊佐が目を丸くした。

「へえ！　周さん、大学行ってたんだ」

すぐに中退したがな、と神西は慌てて話をはぐらかし、先を続けた。

「もう一つ特徴があるよな？　身分によって量刑が違う『身分差別的刑罰』だ。同じ罪を犯しても、奴隷《どれい》は自由人より罪が重かったというじゃないか」

「いいですか？　周さん」

伊佐はうんざりした表情で、神西に答えた。

「確かにハンムラビ法典には、『奴隷が自由人の頬を殴ったら、耳を切り取る』という条文があります。一見不公平で残酷です。でもね、今のあなたたちの文明じゃ、つい最近まで、奴隷は裁判なんかかけずに勝手に殺してよかったんですよ？　アメリカじゃあ一八六五年まで奴隷制度があって、奴隷を人間だと認めていなかったんですよ？　日本なんか江戸時代まで、正確には一八七一年まで、武士は町人を斬り捨て御免だったんですよ？」

今のあなたたちの文明じゃ――。

この伊佐の言葉を聞いた途端、神西の中にざわざわとした奇妙な感覚が湧き上がってきた。それはまるで伊佐が、ハンムラビ法典の時代から現在まで、ずっと文明の変遷《へんせん》を眺めてきたかのような言い方だった。歴史の脇で、何千年もの間、ずっと人間の営《いとな》みを眺めてきたかのような――。

「それなのに三千八百年も前のハンムラビ法典では、奴隷にも人権を認めて、ちゃんと裁判にかけて法律で裁いていたんです。今の文明と、どっちが文明的ですか？」

さらにハンムラビ法典には、被害者救済法やPL法をはじめとする、弱者と被害者救済といった概念もすでに導入されていたのだ、と伊佐は力説した。

そして伊佐は、またウイスキーをぐびりと一口飲み、溜め息とともにこう言った。

「この、人間が考えた優れた法律を破壊したのが、あいつです」

「あいつ？」

「神ですよ」

ぼそりと伊佐が言った。囁くような小さな声だった。まるで、どこかで聞き耳を立てている誰かに聞かれまいとするような。

「神って——、聖書に出てくる、あの神様か？」

かろうじて神西は聞き返した。伊佐は静かに頷いた。

「そうです。神です。神が人間に『罪人《つみびと》を赦《ゆる》せ』と言ったからです。この呪いの言葉のせいで、人間は未来永劫《えいごう》、犯罪という悲劇から抜け出せないんです。世の中には、決して許してはいけない罪も、決して許してはいけない人間も、無数に存在するというのに」

伊佐は神西の目をじっと見つめた。いつもより大きく開かれた伊佐の目には、不穏な光が浮かんでいた。

伊佐は、黒い木製のテーブルに突っ伏して、軽くいびきをかいていた。どうやら、慣れないアルコール度数五十七度のバーボンを急ピッチで飲んだせいで、酔い潰れてしまったようだった。

喋るだけ喋って、寝てしまったか——。一人肩をすくめたあと、神西は腕時計を見た。

午前四時を少し回っていた。確かこの店の看板には、営業時間は午前五時までと書いてあった。しばらくこのまま寝かせておいても構わないだろう。

眠っている伊佐の、子供のように無防備な姿を眺めて、神西は思わず苦笑した。違法薬物の売人という犯罪者だが、伊佐という男にはどこか憎めないところがあった。犯罪者、しかも捜査対象である人物に好感を持ってはならない。それはよくわかっているのだが、人懐《ひとなつ》こくて愛嬌《あいきょう》がある伊佐に、ついつい神西は気を許しそうになった。

しかも伊佐は相当な博識で、初めて接触した日から毎日、薬物やその歴史に関する興味深い話を聞かせてくれた。売人にしておくのは勿体ない男だった。もっとも、売人だからこそそれらの知識を仕入れたのだろうし、あの性格だからこそ客にもすんなりと取り入ることができ、また信頼されているのだろう。

しかし、犯罪者は犯罪者だ。必要な情報を得たあとは逮捕しなければならない。そのあとはせめて、持っている知識と性格を活《い》かして別の職に就き、立派に更生してほしい。

神西は、伊佐に声をかけてみた。

「おい、こんなところで寝てると風邪引くぞ?」

伊佐は完全に熟睡しているようで、全く反応しなかった。

そして神西は、今、大変なチャンスが訪れていることに気が付いた。

コンビで仕事をする日、伊佐はまず最初に神西に持ってきた商品を預け、引き上げる時にまた受け取って持って帰る。しかし、元締から依頼されるミント菓子のケースに入った試作品は、決して神西には渡さない。自分の上着の内ポケットに入れているようだ。前回神西にケースを見せた時もそうだった。

そして今も、伊佐の上着の内ポケットにはそれが入っているはずなのだ。スノウ・エンジェルという危険極まりない合成ドラッグが。今なら伊佐のポケットからミント菓子のケースを抜き取って、試作品を持ち帰ることができる。一錠だけなら、あとで気付かれることもないだろう。

神西はゆっくりと立ち上がると、テーブルの向かい側に突っ伏している伊佐に向かって、音を立てないように歩いた。伊佐は相変わらずぐうぐうと寝息を立てて眠っていた。神西は屈《かが》み込み、伊佐の着ている上着をそっとめくると、身体には触らないよう気を付けながら、内ポケットにゆっくりと指を差し入れた。

するとポケットの中で、指先が何か平べったいものに触れた。それを人差指と中指で挟むと、神西は静かに引っ張り出そうとした。

その時だった。

いきなりその手首を、ぎゅっと掴まれた。神西はポケットに右手を差し入れたまま、身体を硬直させた。予想外の出来事に、身動きができなかった。

「周さん、いけませんねえ」

神西の右手を握ったまま、伊佐がとろんとした目を開いて神西を見上げた。

失敗した――。

神西は身体中の血が逆流を始めたような焦燥に襲われた。自分の心臓がどくどくと激しく脈打つ音が聞こえた。同時に心の片隅で、水月笙子と初めて会った夜にも、彼女に右手の手首を摑まれたことを思い出していた。

伊佐は神西の手を離すと身体を起こし、やれやれという表情で上着の両側の裾を引っ張って調えた。

「このバーボン、やっぱり無茶苦茶強いですねえ。迂闊《うかつ》にも一瞬、意識が飛んでしまいましたよ。よくこんな酒飲んでますね？」

頭を振りながらそう言うと、伊佐はグラスに入ったチェイサーの水を一気に飲み干して、ふう、と息を吐いた。

「すまん。つい、その」

意味のない言葉を呟きながら、神西は伊佐の脇に立ったままで、必死に次に取るべき行動を考えていた。

気付かれただろうか――？　俺がマトリの手先でこいつを探っているということを。だとすれば仕方がない。こいつを覚醒剤所持と譲渡の現行犯で逮捕して、水月笙子に引き渡すしかない。現行犯逮捕は警察官でなくてもできるのだ。そうすれば試作品とやらの正体もはっきりする。ただ、そうすれば白竜への細い糸はぷっつりと切れてしまう。任務は失敗だ。

神西は、今度は自分の革ジャンパーの内ポケットへと、ゆっくりと差し入れた。そこには水月笙子から借りた、ベレッタM85が入っていた。

するとと伊佐が、咎《とが》めるような表情で神西を見て、こう言った。

「しょうがないなあ。そんなに欲しかったんですか？　試作品の新しいドラッグ」

神西の手が止まった。

「――そうなんだ」

神西は内ポケットから右手を抜き、反対側の内ポケットに左手を差し込んだ。そしてショートホープの箱を取り出した。神西は箱から一本を取り出すと口に咥《くわ》え、黒いデニムパンツのポケットから使い捨てライターを取り出し、ぼう、と火を点《つ》けた。

「勝手に頂こうとして悪かった。だが、シャブにとって代わるほどのすごいヤクだと聞いたら、どうしてもやってみたくなってな。俺はやっぱり、なかなか買う方から抜けられないみたいだ。この通り、煙草も結局やめられないしな」

白い煙を吐き出しながら、神西は肩をすくめて見せた。そして伊佐の向かい側に戻って、椅子にどっかりと腰を下ろした。

どうやらバレなかったようだ。神西は内心で安堵の息を吐いた。このままうまく誤魔化せれば、捜査を続けることができる。

伊佐はミント菓子の白いパッケージを懐から取り出すと、神西に差し出した。

「あげますよ」

「え？」

神西は自分の耳を疑った。

「だから、少しあげますよ、これ」

白いプラスチックのケースを、伊佐は顔の横で振った。ざらざらと重い音がした。ぎっしりと数十錠が入っているようだ。

「その代わり、どうなっても知りませんよ？　まだ適量もわからないしね。まあ、こないだのとは違う新しいヤツだから、かなり良くなったみたいだけど」

そして伊佐は、ケースの小さな蓋を開けると、神西に向かって差し出した。神西が右手を出すと、伊佐はその上に白くて丸い錠剤を五〜六錠、パラパラと適当に落とした。

白い錠剤の表面には、天使の姿を簡略化した模様が薄く彫ってあった。水月笙子に見せられた錠剤と同じ模様。雪国の子供たちが、積もった雪の上に寝転がって作る、雪の天使によく似た形――。

間違いない。こいつがスノウ・エンジェルなのだ。

「今、ここで飲んで下さい。こないだのお客みたいに車の運転中にやったりしたら、万一ということもあるから」

伊佐が命令口調で言った。

「持って帰って、自分のヤサでゆっくりやってみるさ」

革ジャンパーのポケットに入れようとした神西に、伊佐は顔をしかめて首を横に振った。

「これ、まだ誰も試した人がいないんですよ。一人だと危ないから、やるんなら今やって下さい。どんな風にキマったか、あとでモニターとして感想を聞かせて下さいね」

神西は逡巡《しゅんじゅん》した。

麻薬も覚醒剤も大麻も合成ドラッグも、警察官だった自分は一度もやったことがない。だから薬物に対する耐性は一切ない。そして伊佐が差し出しているのは、改良したとは言っているが、あの銀座で起きた事件――錯乱《さくらん》して四十一人を殺傷した挙げ句、ビルから飛び下りて死んだ男が飲んでいたという、危険極まりないドラッグなのだ。

「どうしたんです？　やらないんですか？」

伊佐が不思議そうに、神西の顔を覗き込んだ。

これ以上抵抗したら、今度こそ完全に疑われる――。神西は覚悟を決めた。

そして神西は、掌に載った白い数錠の錠剤を口に放り込み、チェイサーの水で一気に胃の中に流し込んだ。

11　摂取《ため》せし時

しばらくは何も起きなかった。

テーブルの反対側では、伊佐がじっと神西を凝視していた。スノウ・エンジェルの効果を観察しているのだ。

そのまま五分ほど時間が経った。しかし神西は、特に何も身体の変化を感じなかった。吐き気もないし頭痛もない。幻覚も見えないし幻聴も聞こえない。意味もなく馬鹿笑いしたくなったりも、死にたくなるほど憂鬱《ゆううつ》になることもない。つまり、ドラッグ特有の現象は何も自覚できなかった。

「何も起きないな」

神西は伊佐を見ると、ぎこちなく笑った。

「こいつも失敗作なんじゃないか？　銀座の事件に懲《こ》りて、薄めすぎたとか――」

突然、神西は言葉を止めた。

自分の身体に変調が起きていることに気が付いたのだ。

その変調は、決して不快なものではなかった。

さっきまで何杯も飲んだバーボンによる酔いが、嘘のように綺麗に消えていた。アルコールによる、頭がぼやけたような気だるさと眠気がすっかり消失して、神西の頭は、まるで高原の宿で朝を迎えた時のように、すっきりとどこまでも澄《す》み切っていた。

神西はゆっくりと周囲を見回した。いつの間にか神西のいる個室には、暖かな光が満ち溢れていた。天井の照明が、テーブルに置かれたキャンドルが、何倍も明るさを増したように輝き、狭い個室の中を明るく、そして優しく柔らかく照らし出していた。

神西は窓の外に視線を移した。そこには溜め息が出るほどの素晴らしい夜景が広がっていた。ビルの窓を飾る白い光はシャンデリアのように瞬《またた》き、東京タワーのオレンジ色の光は巨大な蠟燭《ろうそく》のように輝いていた。東京中が、いや世界中が、この世を祝福するクリスマスのライトアップのように光り輝いているのだ。

個室の中には、天井のどこかにスピーカーがあるのだろう、かすかにジャズピアノの音楽が流れていた。そのピアノの音が、音量は変わらないのに、まるでコンサートホールのように生々しい音で神西の身体に降り注いでいた。その荘厳《そうごん》な響きを神西は、耳だけではなく身体全部で浴びていた。

グラスに入ったバーボンの甘い香りが、神西の鼻を心地よくくすぐった。灰皿で燻《くすぶ》っている煙草すらも、芳《かぐわ》しい香木のように感じられた。ドアの向こうにある店の厨房《ちゅうぼう》では、何か料理が作られているのだろうか。ケチャップやバター、バニラやチョコレートの匂いさえ嗅《か》ぎ取ることができた。

視覚、聴覚、嗅覚、触覚――。身体の感覚の全てが繊細《せんさい》になっていた。そして全ての感覚器で受け取る刺激が、どこまでも優しく穏やかに神西を満たしていた。そして、それらは一つの大きな感覚となって、神西の全身を包み込んでいた。

それは「至福」だった。

神西は、かつて感じたことがないほど大きな、そしてあくまで穏やかな、深い深い喜びの中にいた。こんな幸福を感じたのは生まれて初めてだった。

天国があるとすれば、それは、ここだ――。

神西は心の底からそう思った。

全ての悩みと苦しみが消え去っていた。昔、何かとても辛いことがあったような気もしたが、それが何だか思い出せなかった。今の神西には、辛いことなど何もなかった。ただ、静かな幸福感に包まれているだけだった。

そして神西は、体重がなくなったかのような浮遊感を感じ始めていた。

身体が羽根のように軽いのだ。床を足の先でほんのちょっとだけ蹴ったら、そのままふわりと空中に浮き、空に向かって舞い上がっていけそうだった。そしてあの宝石箱のような世界を眼下に眺めながら、どこまでも空高く飛んでいけそうだった。そして神西は、その欲求を抑えられなくなった。

神西は、ふらりと椅子から立ち上がった。そして窓に歩み寄り、ガラスの嵌《はま》ったサッシのかけ金を外すと、がらりと左右に大きく開け放った。目の前には、この世のものとも思えないほど美しい夜景が広がっていた。

神西は至福の表情で、窓枠に右足を掛けると、そのまま一気に、夜景に向かって飛び上がった――。

「――ええ！　そうなんです。ちょっと寝てれば大丈夫だと思うんです」

誰かがどこかで、大声で喋っていた。その声で神西は現実の世界に引き戻された。

「まだ閉店時間じゃないですよね？　ああ、よかった！――そう。調子に乗って飲みすぎちゃって。ここ、本当に雰囲気のいいお店なもんで」

気が付くと神西は、革製のソファーの上で仰向《あおむ》けになっていた。身体の上には赤いチェック柄のブランケットが掛けられていた。

──ここは、どこだ──？

慌てて上半身を起こして周囲を見回し、神西はようやく思い出した。そうだった。俺は今日もプッシャーの伊佐と仕事をした。そのあと伊佐に飲みにいこうと誘われ、伊佐が知っている西麻布のバーに来て、奥の個室に入った。そして伊佐と一緒にいつものバーボンを飲み、伊佐が酔い潰れたので──。

誰かの声は、個室のドアの外から聞こえていた。

「グラス、どうもすみませんでした。弁償──え？　本当？　悪いね！　じゃあ、落ち着いたら──はい、はい」

急に外が静かになり、ぎい、とドアが開いて伊佐が入ってきた。そして神西を見ると、ほっとした顔でこう言った。

「ああ、気が付いたんですね？　よかった！　心配しましたよ」

「俺は、どうしたんだ？」

呆《ほう》けたように神西が聞くと、伊佐は腰に両手をあてて大きく溜め息をついた。そして、そのままテーブルの向かい側に座ると説明を始めた。

「周さん、突然そこの窓を開けて飛び下りようとしたんですよ。覚えてないんですか？」

神西はぽかんと口を開けて、伊佐の話を聞いた。

「慌てて後ろから羽交《はが》い締めにして、無理矢理窓から引きずり下ろしたら、すぐに大人しくなったんで、とりあえずソファーに寝かせたんですけどね。その時、グラスがテーブルから落ちて割れちゃったんで、お店の人に掃除してもらって、今謝ってたところです」

ようやく神西は思い出した。

伊佐が酔い潰れたのをチャンスと思い、スノウ・エンジェルを持ち帰るために抜き取ろうとした。そうしたら伊佐が目を覚ましたので、何とか誤魔化しているうちに、伊佐がスノウ・エンジェルを何錠かくれ、神西はそれを一気に飲んだのだ。

「そうか――」

神西が頷きながら息を吐くと、伊佐が呆れた声を出した。

「そうかじゃありませんよ、全くもう。だから、やめとけって言ったのに。人の話を聞かないんだから。しかも、何錠もいっぺんに」

「すまん」

「すまんじゃありませんよ。――まあ、僕も悪いんですがね。誰もやったことのない試作品を周さんに飲ませちゃったんで。でも、これで気が済んだでしょう？　しばらく休んだら帰りますよ」

伊佐は苦笑したあと、申し訳なさそうに俯《うつむ》いた。

「周さんに謝らなきゃ」

「謝る？　何でだ？」

「実は僕、周さんのことを少し疑ってたんですよ。周さんってグラスもチャーリーもやんないし、煙草もやめるとか言ってたでしょう？　それなのに、試作品にはすごく興味を持ってるみたいだったから、もしかすると本当は警察かマトリのスパイで、僕を探ってるんじゃないかって」

しかし、伊佐はそこでにっこりと笑った。

「でも、完全に僕の思い過ごしでした！　警察やマトリが本当にクスリをやってラリっちゃう訳がありませんからね。疑って本当に悪かったです。許してください」

「あ、いや、いいんだ」

疑われていたことを知って、神西は冷や汗をかいた。そう言えば、伊佐は神西が過去に人を殺したことを言い当てたほど勘のいい男だった。言動にはくれぐれも気を付けなければいけない。神西はあらためて自分を戒《いまし》めた。

「それで、周さん」

伊佐は、興味津々という顔になった。

「試作品どうでした？　一応、元締に報告しなきゃならないんで」

「ああ――」

神西は思い出しながら、喋り始めた。

「しばらくは、何も起きなかったんだ。しかし気が付くと、俺は、今まで体験したことのないような、とても穏やかな気持ちに満たされていた」

ぽつりぽつりと神西は続けた。

「何というか、この世の全てが、美しく輝いて見えたんだ――。でも、決して興奮している訳じゃなかった。あくまでも心は静かに落ち着いていた。とても安らかな、心が癒《いや》されていくような時間だった」

伊佐は急に真面目な顔になった。

そしてしばらくの沈黙ののちに、小声で呟き始めた。

「――その誘いはあくまで優しく、癒しは絶え間なく降り続け、与えても何も奪わない。それはまるで」

詩を暗誦しているのだろうか、伊佐は静かに、不思議な言葉を続けた。

「清純な雪をまとう、天使のよう――」

そこで伊佐は、黙り込んだ。何かをじっと考えているようだった。

「まさに、そんな感じだったよ」

神西はゆっくりと何度も頷いた。

「その言葉は何だ？　まるで、俺よりも前にあのドラッグをやったヤツの言葉みたいだ。でも、あれは俺が初めてやったんだよな？」

「アレキサンダー・シャロノフという人物が、友人の医師に出した手紙に書かれていた言葉です。彼は生涯《しょうがい》を精神作用物質、つまりドラッグの研究に捧げた人物でした。そして」

伊佐は声を潜《ひそ》めた。

「シャロノフはずっと、完全なドラッグを生み出そうと研究を続けていたそうです」

「完全な、ドラッグ？」

「そうです」

伊佐はじっと神西の顔を見た。

「周さん。完全なドラッグってものがあるとしたら、それは一体どんなドラッグだと思います？」

神西は戸惑った。そんなことは考えたこともなかった。神西が絶句したのを見て、伊佐は話を再開した。

「多分それは、人に純粋な平穏だけを与えて、身体への害が一切ないドラッグです。少なくともシャロノフはそう考えていたみたいです」

つまり、精神作用だけがあって、しかも安全なドラッグということか――。ようやく神西は理解した。

違法薬物が違法である理由は、人体に深刻な悪影響を及ぼすからだ。薬物は人間の脳から快楽物質を強制的に分泌させる。これが精神作用と呼ばれる効果だ。この作用を求めて薬物を摂取し続けているうちに、使用者の脳は薬物を摂取しない状態では快楽物質を分泌しなくなる。

これは何を意味するのか。薬物使用者は、薬物を摂取しない状態では、強烈な鬱《うつ》症状や不安や恐怖を覚えるようになるのだ。これが禁断症状、あるいは離脱症状だ。

それゆえに薬物への強い依存が生じ、薬物の摂取をやめることができず、やがて使用者の脳は機能を失っていく。感情のコントロールができなくなり、正常な思考力を失い、幻覚や幻聴が生じ、精神に異常をきたして廃人となる。そして最後には、食事や睡眠、呼吸など生命を維持するのに必要な調整機能さえも失い、死に至るのだ。

その間、使用者は際限なく薬物に金をつぎ込み続けることになり、そして、薬物を販売する違法組織には、無限に金が流れ込む結果となる。

――しかし。

もし、脳に快楽物質を出させる作用があり、しかも安全な、つまり摂取を続けても脳や人体に一切悪影響を与えない精神作用物質があったら――？

一体それはどのような意味を持つというのだろうか？

「当初シャロノフは、三・四‐メチレンジオキシメタンフェタミン、つまりMDMAが理想の精神作用物質だと考えていたみたいです。でも、MDMAが原因と思われる死亡事故が頻発したことから、その危険性が否定できなくなったんで、新たに完全なドラッグの発見を目指したという話です」

伊佐は淡々と喋り続けた。

「そしてどうやら、彼はそれを完成させていたらしいんですよ。それが、シャロノフの『最後のレシピ』と呼ばれるドラッグです。彼は数百種類にも及ぶドラッグを合成し、自らそれを体験したそうですけど、この『最後のレシピ』こそが、彼が最後にたどり着いたドラッグなんでしょう」

神西はごくり、と生唾《なまつば》を飲み込んだ。そして、シャロノフが友人の医師への手紙に書いたという先程の言葉を思い返した。

――その誘いはあくまで優しく、癒しは絶え間なく降り続け、与えても何も奪わない。それはまるで清純な雪をまとう、天使のよう――。

そして神西は最後の一節を、頭の中でもう一度繰り返した。

雪をまとう天使――スノウ・エンジェル。

「俺がさっき飲んだ試作品が、その『最後のレシピ』なのか？」

「わかりません」

伊佐は残念そうに首を振った。

「僕は試作品を預かって、お客にバラまいているだけですから。『最後のレシピ』なんてものが本当に存在するなんて、まさか思っていませんでしたし。――でも、いいですか？ 周さん」

伊佐は神西を咎めるように睨んだ。

「あなたはもう、立派なプッシャーなんですからね。本当にいい加減、クスリからは足を洗って下さいよ？ 僕が一緒じゃなかったら、あそこの窓から飛び下りてぺっちゃんこになってたかもしれないんですから。プッシャーがクスリでラリって死んだなんて、シャレになりませんよ！」

「すまん」

神西はむくれる伊佐に向かって、しおらしく頭を下げた。

「送っていきましょうか？ 家はどこです？」

心配そうに言う伊佐に、神西は慌てて胸の前で両手を振った。

「もう大丈夫だ。一人で帰れる」

まさか、お前のマンションのすぐ向かいに住んでいるとは言えない。どうやらそろそろ監視用の部屋を出て、月島の安宿に戻ったほうがよさそうだった。そのうちいつ、マンションの前で偶然出くわさないとも限らない。

「じゃあ、帰りましょうか。明日は休んでて下さいよ？　次の仕事はまた電話します。

——よいクリスマスを」

そう言って伊佐は立ち上がった。


神西も立ち上がりながら、右手を黒いデニムパンツのポケットに滑り込ませた。右手の指先が、小さな硬いものに触れた。

掌に載せたスノウ・エンジェルを飲む時、とっさに指の付け根に一錠を挟み込んだ。そして伊佐の前で飲んで見せたあと、その残った一錠を、気付かれないようにパンツのポケットに入れた。成分は新しくなっていると伊佐は言ったが、表面の「雪の天使」の模様には金型《かながた》があるはずだ。おそらく同じ模様ではないだろうか。

この錠剤を、水月笙子の持っているスノウ・エンジェルと突き合わせる。そして模様と成分が一致すれば、伊佐友彦とその元締――おそらくは白竜昇が、スノウ・エンジェルを広めようとしていることが証明される――。

12　再現《よみがえ》りし時

木製の机の上に黒いマウスパッドが置いてあった。その上に、二つの白い錠剤が載っていた。それをＬＥＤのスタンド照明が照らしていた。

その机の前で椅子に座っている水月笙子は、自分のスマートフォンのカメラをオンにして、二つの錠剤の上にかざした。

「何をやってるんだ？」

後ろで覗き込んでいる神西が聞くと、笙子は振り返り、古代人を見る目で神西を見た。

「画面をピンチアウトして、模様を確認します」

笙子は錠剤の片方が映った画面を、親指と人差指で広げた。すると映っている錠剤が拡大され、数ミリの模様が画面一杯に広がった。その状態で、笙子はもう一つの錠剤を画面に移した。何度か二つの錠剤を往復し、そして笙子は頷いた。

「間違いありません。全く同一です。あなたが飲んだドラッグは、銀座の事件で発見されたスノウ・エンジェルと同じ金型を使って製造されたものです。つまり、スノウ・エンジエルです」

そして笙子は、それぞれの錠剤を拡大した状態で何度も撮影した。スマートフォンの画面には、高精細な写真が記録された。

この九年の間に、世の中変わったもんだ——。

神西は老人になったような気分で溜め息をつくと、疲れたように振り返り、背後のベッドの上にどっかりと腰を下ろした。


十二月二十四日、午後九時三十分——。

神西明と水月笙子は、前回と同じ汐留のビジネスホテルの、前回と同じ角部屋のツインルームにいた。

伊佐と酒を飲み、スノウ・エンジェルを飲んで帰った後。神西は少しだけ寝ると昼前に起きて、狸坂のマンションを片付け、月島のホテルに戻った。それから笙子に電話をかけ、サンプルを一錠だけ入手したことを伝えた。一日電話を切った笙子は、数分後に折り返してきて、夜の九時にここに来るようにと指定したのだった。

「その後、体調に変化は？」

笙子は椅子を神西に向け、脚を綺麗に揃えて座り直していた。神西は肩をすくめ、機嫌よく答えた。

「ああ、大丈夫だ。お陰様で昨日はぐっすり眠れたし、今日も至って快調だ」

「そうですか――」

笙子の顔が曇った。

それを見た神西は戸惑った。まさか困った顔をされるとは思わなかったのだ。

「俺の体調がいいと、何かまずいのか？」

「はい」

笙子はあっさりと肯定した。

「ということは、あなたが昨夜摂取したスノウ・エンジェルは、銀座の事件を起こした男が所持していたものとは成分が異なる可能性があります。あの男は錯乱状態になって四十一人もの人を殺傷しましたが、あなたにはその兆候が見られませんので」

神西の顔も曇った。水月笙子が神西に体調を聞いたのは、神西を心配したからではなかったのだ。だが今日の神西は、なぜか笙子に腹が立たなかった。

「おそらくスノウ・エンジェルは、改良され続けているのです」

眉を寄せながら、笙子が続けた。

「伊佐は神西さんに、銀座の男に渡した試作品は失敗作だったと言っていたそうですね。

薬物常用者に飲ませて、効果をモニタリングしながら、成分を調整しているのです。あなたの摂取したスノウ・エンジェルは、銀座の男が飲んだものよりも、完成品に近付いたものだと考えられます」

「そう言えば――」

神西は思い出した。

「何とかシャロノフ、という化学者の話を伊佐に聞いた」

「シャロノフ？」

笙子の眉が、わずかに動いた。

「アレキサンダー・シャロノフですか？」

「ああ、確かそんな名前だった。知ってるのか？」

「ドラッグ、とりわけ向精神薬を研究する者なら誰もが知っている、アメリカの薬理学者で化学者です」

独自に数百種類のドラッグを合成して二冊の本を著《あらわ》し、デザイナーズ・ドラッグの父と呼ばれた人物。埋もれていたMDMAを再評価することで、世界に蔓延《まんえん》するきっかけを作った男。そしてドラッグこそが世界を救うと公言し、自らあらゆるドラッグを体験したというマッド・ケミスト――水月笙子はそう説明した。

「そのシャロノフなんだが、伊佐によると、完全なドラッグというものを完成させていたらしいんだ。なんでも、人に純粋な平穏だけを与え、身体への害が一切ないというドラッグで、それをシャロノフは『最後のレシピ』と呼んでいたという。まさかそれが、スノウ・エンジェルじゃないだろうな？」

水月笙子は絶句した。そしてよほど大きな衝撃を受けたのか、しばらく無言のままだった。

「シャロノフって男は、今どこにいる？」

神西が聞くと、笙子は残念そうに首を横に振った。

「死にました」

「死んだ？」

「はい。三年前のことです。カリフォルニア州ラファイエットの保養地に隠棲《いんせい》していましたが、夫人ともども、強盗に殺されたそうです」

本当に強盗だったのだろうか。まさか、何者かが「最後のレシピ」を奪い取るために殺害したのではないか──。神西はその可能性を疑わずにはいられなかった。そうだとしたら、スノウ・エンジェルを製造した白竜以外には考えにくい。

「単なる噂か、都市伝説だと思っていました」

呟いた笙子の顔は青ざめていた。

「どういうことだ？」

神西の中に、急に不安が生じ始めた。その不安の正体が何なのか、神西にはわからなかった。

「もし、シャロノフの『最後のレシピ』が実在し、スノウ・エンジェルがその『最後のレシピ』なのだとしたら、恐ろしいことになります」

「だからそれが、なんで恐ろしいんだ？　さっさと説明してくれ」

神西は苛立《いらだ》ちを露わにした。持って回ったような笙子の喋り方が気に障《さわ》った。そして神西の中で、さっきよりも得体の知れない不安が高まっていた。その不安もまた、神西をどうしようもなく苛立たせた。

水月笙子は訝《いぶか》しげに神西を見たが、すぐに先を続けた。

「精神作用を生じる物質は、必ず強い依存性を持ちます。血圧や体温の上昇または低下、脈拍数の増加や減少、脳神経の損傷といった人体への悪影響が一切ないとしても、その薬物に対する強い依存は必ず生じるのです」

神西の顔から目を離さずに、笙子は喋り続けた。

「完全なドラッグとは、完全な依存物質ということです。その物質を摂取し続ければ、身体に影響なく心地よい状態が維持されますが、一旦その物質への依存状態に入ったら、二度と抜け出そうとしなくなります。身体に一切の害がないのならば、やめる必要もないからです」

強い依存性を持ち、それでもやめる必要がない物質――。それは一体、どんな恐ろしい意味を持つというのだ？　神西は必死に考えた。だが、苛立ちと不安に思考が乱れ、なかなか考えがまとまらなかった。

水月笙子の言葉は続いた。

「アルコールやニコチン、カフェイン、砂糖といった依存物質には、人体への害が厳然として存在します。それでも害が比較的少ないことから、ほとんどの国で販売を許可されています。もし、依存性だけで人体への害が一切ない物質であれば、どの国でも薬物規制の対象にならないでしょう」

人体に害がないために規制されない、強烈な依存性を持つ物質。それがスノウ・エンジェルならば――。

「スノウ・エンジェルは、特定の食品や飲料品、嗜好品にひそかに添加されるでしょう。そしてそれを摂取した人間は一人残らず、その商品への依存状態に陥《おちい》るでしょう。やがて世界中から、信じられないほどの富《とみ》がスノウ・エンジェルを製造する者に流れ始めます。

そしていつか、誰一人その人物に逆らえなくなります」

つまり、スノウ・エンジェルは単なる薬物ではない。この世のあらゆるものに忍び込み、世界中の人間を依存させることのできる、究極の依存物質なのだ。

そして、スノウ・エンジェルを独占する者は、この世の王になれる——。

「くそったれ！」

突然、神西が立ち上がりながら怒鳴《どな》った。笙子は気圧《けお》されて思わず黙り込んだ。神西はなおも大声で怒鳴り続けた。

「結論を言え！　どうすればいいんだ？　どうやったらスノウ・エンジェルをこの世から消すことができるんだ？」

神西は湧き上がる激しい怒りを抑えることができなかった。

水月笙子は神西を見上げながら、眉をひそめた。

「——どうしました？」

その言葉で神西は我に返った。そして、たった今自分が激しく怒鳴ったことに気が付いた。神西は混乱した様子で首を振った。

「すまん。な、なんだかおかしいんだ」

神西はベッドを離れて歩き始めた。苛立ちと不安でどうしようもなかった。

「妙にイライラする。それにものすごく不安なんだ。居ても立ってもいられない。俺は一体、どうしちまったんだろう、くそ！」

「まさか」

神西をじっと見据えたまま、笙子が呟いた。

「離脱症状――」

その言葉で神西は全てを理解した。

間違いない。これは薬物の禁断症状、つまり離脱する時に起こる強烈な飢餓《きが》感なのだ。この自分でもどうしようもない苛立ちと不安は、スノウ・エンジェルが切れようとしているために起こった症状なのだ。

だとすれば、この異常な状態を脱する方法はただ一つしかなかった。

「あ、あれをくれ」

神西は水月笙子に詰め寄った。

「さっき渡したあれだ。スノウ・エンジェルだ」

「病院に行きましょう」

水月笙子も立ち上がった。神西は首を激しく左右に振った。

「馬鹿な！　病院なんか行ったら警察に捕まる。あいつの、祥子の仇も討てなくなる」

「――しょうこ」

水月笙子の呟きを、神西は無視した。

「それにようやく白竜の尻尾に手が届きそうなんだ。ここまで来て今さら捜査をやめられるか！　あれさえあればこの変調はきっと治まるんだ。どこにあるんだ？　あんたのバッグの中か？」

水月笙子は、机の上にあった黒いバッグを引ったくると、しっかりと胸に抱えて、じりじりと後ろへ下がった。神西は笙子に歩み寄ろうとした。そして一歩踏み出したその時、笙子の背後の窓が視界に入った。

そこには満天の星と、煌々《こうこう》とオレンジ色に輝く東京タワーを中心とする、眩《まばゆ》いほどの都会の夜景が広がっていた。それは昨夜、スノウ・エンジェルを飲んだバーの個室から見た夜景を神西に想起させた。

その夜景を見た瞬間、神西の意識が飛んだ。

「神西さんは、なぜ刑事になったんですか？」

助手席の桧原祥子がふいに俺に聞く。祥子はいつものように黒のスーツに白のブラウス。ボトムには最近なぜかパンツではなくてスカートを穿《は》いている。

俺は自分の車で夜の高速道路を飛ばしている。中古屋で買った黒のスバル・レガシィB4の4WD仕様。マニュアル・ミッションなので売れ残っていたのを安く買っただけだが同僚にはお前らしいといつも言われる。

乱立する高層ビルの林を縫うように宙空《ちゆうくう》を走る首都高速道路。左右にカーブを曲がるたびに次々と違う摩天楼《まてんろう》が姿を見せる。巨大な黒い石柱のようなビルには白く光る四角い窓が無数に配列されている。その中を心地よいエンジン音とともに俺は車を飛ばしている。助手席にはいつものように相棒の桧原祥子が座っている。

いいい、死んだはずの祥子が。

祥子、お前、生きていたのか——？

不思議に思いながらも俺は祥子に答える。

「ただ、試験を受けたら通っただけだ。別に刑事なんかどうでもいい。こんな汚れ仕事、いつでも辞めてやる」

すると祥子はぷっと噴き出す。

「神西さんに、刑事以外の仕事ができる訳ないじゃないですか！」

だって会議は出ないし、経費は精算しないし、上司の言うことは聞かないし、一旦外に出かけたら何日も連絡しないし。普通の会社だったらとっくにクビになってますよ、と祥子は笑う。それもそうだと、俺は祥子の言葉に納得する。他の人間に言われると殴りたくなるようなことでも、祥子に言われるとなぜか腹が立たない。

「なあ、祥子」

俺は祥子に話しかける。

「はい」

祥子が返事を返す。

あれから夢の中で何度も聞いた祥子の声。

あれから夢の中でしか聞けなくなっていた祥子の声。

「お前、生きていたんだな。よかった。てっきりあの時、死んだもんだと」

俺は安堵《あんど》の息を吐きながら前を向いたまま祥子に語りかける。

だが祥子の返事はない。俺は助手席を見る。そこには誰もいない。

「――祥子?」

慌てて俺は狭い車内を見回す。俺の他には誰もいない。

「祥子?　どこに行ったんだ?」

そして俺は思い出す。

いるはずがないのだ。やはり祥子は死んだのだ。あの夜――。

「――祥子？」

気が付くと俺は腕の中にいる祥子に向かって呟いている。

凍えるほどに冷たい雨が激しく俺の身体を叩いている。その雨が俺の髪の毛を伝って祥子の顔に流れ落ちている。俺は服の中までぐっしょりと濡れそぼり身体はとうに冷え切っている。真っ暗な闇夜で祥子の顔は見えない。だが俺は自分の腕の中にいるのが祥子の死体であることを知っている。なぜなら俺が祥子を殺したからだ。

雷鳴が轟《とどろ》く。稲光《いなびかり》が一瞬腕の中にいる祥子の顔を闇の中に照らし出す。目を閉じた祥子の顔は半分が砕けている。どす黒い肉塊《にくかい》に見える顔の半分はおそらく祥子が流す血で真っ赤に染まっている。だが残りの半分はまるで眠っているように綺麗だ。

祥子の身体はどんどんと冷えていく。冷たい雨に打たれているからではなく死体になったからだ。たった今祥子は賊に撃たれて死んだ。俺の油断と慢心のせいで賊に囲まれ俺を庇《かば》って俺の代わりに死んだのだ。死ぬべきは祥子ではなくこの俺だったのに。罰を受けるべきは祥子ではなくこの俺だったのに。

殺してやる――。

俺は燃え上がる怒りに全身を炙《あぶ》られながら、祥子の軀《むくろ》を雨が叩き続けるアスファルトの道路にそっと寝かせる。懐のホルスターから銃を取り出す。殺してやる。あいつら一人残らず殺してやる。愛する祥子を殺したあいつらを。俺から一番大切なものを一瞬で奪い去ったあいつらを。

「そうじゃないわ」

突然、祥子の声が聞こえる。道の上に寝かされた祥子が俺に話しかけたのだ。祥子が目を開けて俺を見る。顔の半分は銃弾でぐちゃぐちゃに潰されている。その顔のもう半分の綺麗なほうにある片目を開けて祥子はじっと俺を見ている。

「あたしを殺したのは、あいつらじゃなくて、あなたよ、神西さん。だって、あなたのせいであたしは死んだのだから」

俺は恐怖に思わず後ずさりする。わかっている。よくわかっているんだ祥子。だから俺を責めないでくれ。そんな目で俺を見ないでくれ。

祥子はゆらりと立ち上がる。潰れた顔に溜まった血がだらだらと流れ落ちて、祥子の白いブラウスの半分を赤く染めていく。それでも祥子は俺をじっと見ている。

「ああ、なあんだ。知らなかった」

祥子はうっすらと笑う。

「神西さん、あたしのこと、好きだったのね？　あたしの上司の癖に。あたしにえらそうに仕事を教えながら、部下のあたしにこっそり下心を持っていたのね？」

違うんだ祥子。下心なんかじゃない。俺は本当にお前を愛していたんだ。誰よりもお前を大切に思っていたんだ。

「抱きたかった？」

祥子が俺の顔を見ながら小首を傾げる。

「ねえ、あたしを抱きたかった？　そうなのね？　毎日あたしのスーツ姿を見ながら、その下にあるあたしの裸を想像していたのね？　それなのに、あたしを抱く前にあたしが死んでしまったから、それが悔しくて泣いているんでしょう？　ねえ神西さん。そうなんでしょう？」

俺の頭にかっと血がのぼる。そうじゃないと言いたいが言葉が出てこない。それとも俺は図星を指されたことを認めたくないだけなのだろうか。俺は心の中で必死に祥子に向かって叫ぶ。やめてくれ祥子。お前はあの時そんなことを言わなかったはずだ。お前はそんなことを言う女ではないはずだ。

「いいのよ？　抱いても」

祥子は俺に向かって一歩踏み出す。恐怖にかられて俺は思わず拳銃を祥子に向ける。来ないでくれ祥子。それ以上俺に近付かないでくれ。俺は拳銃の銃爪《ひきがね》に指をかける。

「神西さん、愛してるわ」

顔から血をだらだらと流したまま、祥子が笑いながら俺に向かって歩み寄る。一歩、二歩、三歩——。

やめてくれ祥子。もう消えてくれ。俺は心の中で祥子に懇願《こんがん》した。俺の目からはいつの間にか涙が流れていた。

もう俺を許してくれ。もう俺をこれ以上責めないでくれ。もう俺をこれ以上苦しめないでくれ。

そして俺は、

訳のわからない叫び声を上げながら、

桧原祥子の顔に向かって、

泣きながら、

銃爪を引いた——。

神西は訳のわからない叫び声を上げながら、窓の外に広がる夜景に向かって突進した。ここから飛び下りるしかない、神西はそれだけを考えていた。他に方法はない。この恐ろしい悪夢から逃れるには、この世から俺自身が消えてなくなるしかない。神西は今、そのことだけを必死に考えていた。

その時、誰かが神西を後ろから羽交い締めにした。

「神西さん！」

短く、厳しい声が聞こえた。女性の声だった。だが、桧原祥子の声ではなかった。

それは麻薬取締官・水月笙子の声だった。

気が付くと、そこはビジネスホテルの一室だった。目の前に東京の夜景が広がっていた。神西は窓に体当たりし、ガラスを割って飛び下りようとしたのだ。そして水月笙子が、飛び下りようとする神西を背後から羽交い締めにして、必死に止めようとしているのだ。

神西は笙子の手を振りほどこうともがいたが、徐々に全身の力が抜けていき、やがて床の上に崩れるように腰を下ろした。背後からしがみついている笙子も、一緒に床に座り込んだ。はあはあという激しい息が聞こえた。自分と、笙子の吐息だ。

「おそらく、フラッシュバックです」

息を荒らげながらも、冷静な声で笙子が言った。

「何かを見たせいで、スノウ・エンジェルの離脱症状が一気に噴き出したのです。心当たりは？」

フラッシュバック――。神西も聞いたことがあった。覚醒剤などの薬物から脱しようとしている時、その薬物を想起させるような状況やものを見た時、どうしようもなく再び取り入れたくてたまらなくなる現象のことだ。例えば、薬物に使っていた注射器、ペットボトル、いつも聴いていた音楽などもそのトリガーとなる。

神西の場合、おそらく「夜景」がトリガーになったのだろう。伊佐に初めて接触したのも、そしてスノウ・エンジェルを飲んだのも、夜景の見える場所だった。

笙子が質問を変えた。

「幻覚や幻聴はありませんでしたか？」

「ああ――」

神西はそれだけを答えた。確かにあった。だが、何を見たかなど言えるはずもない。

「手錠を貸してくれ」

神西は笙子を振り返った。

「大丈夫だ。今は、俺は正気だ。正気でいるうちに手錠を貸してくれ。マトリなら持っているだろう」

　笙子は当惑の顔を見せた。

「ええ。持っていますが、でも」

「今、完全にあのヤクを抜かないと、いつまたおかしくならないとも限らない。しばらくここに籠《こも》る。頼む」

　笙子は神西の目をじっと見ていたが、やがて諦めたように立ち上がると、床に落ちていた黒いバッグから手錠を取り出し、神西に向かって差し出した。

　神西もようやく立ち上がると手錠を受け取り、覚束《おぼつか》ない足取りで歩き始めた。笙子もあとについてきた。

　神西はバスルームのドアを開けて中に入った。そして便器に繋がっているクロームの配管に手錠の片方をがちゃりと掛け、もう片方を自分の左手首に掛けた。

「済まないが、この部屋をもう何日か押さえておいてくれ」

　そう言いながら狭いバスルームのプラスチックの床に腰を下ろすと、神西は黒いデニムパンツのポケットからスマートフォンを取り出し、顔の横で振って見せた。

「抜けたと判断したら電話するから、手錠の鍵を持って来てくれ。それまで放っておいていい。こいつの電池は二、三日持つだろうし、俺もそのくらい食わなくても死にゃあしない。水はあるからな」

神西は白い便器を右手で叩いた。

「私も一緒にいます」

厳しい顔で言う笙子に、神西は首を振った。

「あんたは忙しい身だろう。それに俺も、これ以上みっともないところをあんたに見られたくない。頼むから仕事に戻ってくれ」

「わかりました」

笙子は覚悟を決めた顔で頷いた。

水月笙子は部屋を出た。ドアクローザーでドアはゆっくりと閉じていき、最後にがちゃりとオートロックのかかる音がした。

しばらくすると、部屋の中から激しく嘔吐《えず》く音が聞こえてきた。笙子はそれを聞くと、部屋の前から立ち去った。

13　経過《すぎさ》りし時

二〇一〇年、八月——。

杉並《すぎなみ》区久我山《くがやま》の住宅街にひっそりと建つ、古い一軒家。

庭に生えている高い木々からじわじわという蟬時雨《せみしぐれ》が降り注ぐ中、スーツを着た神西明は、引き戸の脇に付いているインターホンのボタンを押した。家の中のどこかでチャイムの鳴る音がした。しばらくすると、インターホンから若い男の声がした。

「はい？」

「警視庁高井戸署の者で、山本といいます」

神西は軽く腰をかがめ、インターホンに向かって喋った。勿論《もちろん》、山本というのは偽名だ。逃亡中の身で本名を名乗れるはずもなかった。

「江田さんご夫妻がお亡くなりになって、今年で三年目ですよね。三回忌に来られなかったので、ご迷惑でなければ、お線香を上げさせてもらおうと思いまして——よろしいでしょうか？」

五人を射殺して逃亡した日から、二年半ほどが経ったこの日。神西は、陸橋から転落死した江田という弁護士夫妻の家を訪ねた。

神西は事故として処理されることになった夫婦の死を、殺人事件ではないかと疑っていた。いや、ほぼ確信していた。そして同僚の桧原祥子と捜査していたある夜、二人は何者かに巧妙におびき出された。そして祥子は殺され、神西は祥子を殺した五人を射殺、そのまま逃亡した。

逃亡を続けながら独りでひそかに捜査を続けていたが、神西はまだ何も新事実を摑《つか》むことができていなかった。だがある日、江田夫妻の家の近所で聞き込みをしていると、江田夫妻の家に今も誰かが住んでいるようだ、どうやら息子さんらしいという話を聞いた。そこで神西は、その人物を訪ねてみることにした。

事故死と判断している以上、他の警察官がわざわざ弔問《ちようもん》で訪ねてくることは考えられなかった。だから神西は、直接江田家を訪問することにしたのだ。

何か少しでも、江田夫妻の交友関係についてわかればと思った。

「警察の方、ですか？」

玄関の引き戸をがらがらと開けて、若い男が顔を出した。薄いベージュのコットンパンツに黒い半袖シャツというカジュアルな格好。黒々とした長髪を後ろで結んでいる。平日に家にいるということもそうだが、格好からして会社勤めではなさそうだ。

「はい。近くに用がありまして、ふと、江田さんご夫妻のことを思い出したもんですから」

「そうですか。それはどうもありがとうございます」

男は穏やかな笑みを浮かべ、丁寧に礼を述べた。

「でも、両親は事故死だったと聞いていますが、警察の方がどうして?」

「はい。実は――」

神西はあらかじめ考えてきた理由を説明した。江田さんご夫妻がこちらに引っ越してこられた頃、自分はこの地域の警邏《けいら》担当で巡回に来ていたのだが、お茶を御馳走《ごちそう》になったりして大変にお世話になった。だから事故で亡くなられた時には、とても悲しかった。今でも時々、お二人のお顔を思い出すのだ――。

「そうでしたか」

若い男は、しんみりとした表情で何度も頷いた。

「どうぞお上がり下さい。ただ申し訳ないことに、ご焼香の用意はないんです」

「ああ、お宅は仏教ではなく神道《しんとう》でしたか」

神西は恐縮してみせた。

「大変失礼しました。では、お焼香ではなく、礼拝させて頂きたく」

神西が言うと、若い男は微笑《ほほえ》みながら首を横に振った。

「うちはクリスチャンなんです」

「カトリックでは、十一月を『死者の月』というんですが、中でも二日を『死者の日』といって、全ての亡くなった方のためにお祈りする日なんです。だから、特定の故人のために祈る日というのがないのですよ」

神西を応接間に通したあと、若い男はコーヒーを二つ運んできた。

若い男は、江田東《あずま》と名乗った。確かに江田夫妻の一人息子の名前だった。

江田夫妻がアメリカ在住だった時に生まれ、以来ずっとアメリカで暮らしていた。両親が日本に帰国することになっても、江田東は美術学校に在籍していたのでそのままアメリカに残り、卒業した後はアメリカ国内の美術館を訪ねて回っていたという。放浪癖がありましてね、と江田東は笑った。

そのせいで両親が事故死したこともしばらく知らず、ようやく三ヵ月後に知って、急いで日本に帰ってきたのだという。神西も当時、江田夫妻には東という名前の、アメリカに残してきた一人息子がいることは把握していた。いくら捜しても行方がわからず、ついに連絡が取れなかったのだが、そういう事情だったのだ。

「アメリカ生まれのアメリカ育ちですか。それにしては日本語が自然ですね」

神西は感心した。江田東の発音からは、英語訛《なま》りは感じられなかった。

「両親は、家では日本語で会話していましたので。バイリンガルにしたいというよりも、日本人というアイデンティティを失ってほしくなかったようです」

江田東は微笑んだ。

神西はさりげなく、江田東から情報を引き出そうと会話を始めた。

「ご両親の訃報《ふほう》は、どちらで知られたんですか？」

「ラスベガスです」

「ラスベガス？　あの、カジノで有名な？」

「ええ」

江田東はにこやかな笑みを絶やさずに頷いた。

「ラスベガスは巨万の富が集まる場所ですので、ハイローラーと呼ばれる、年間何億円も賭けるような常連客のサロンには、有名な芸術家の絵画や彫刻、骨董品《こっとうひん》などの美術品が置いてあるんです。中には何億、何十億という価値のものもあります。本来は美術館や博物館にあってしかるべきものですね。そういうものを見て回っていたんです」

そういうことか、と神西は納得した。

「亡くなったお父上は、アメリカで日本企業相手の弁護士をされていて、帰国してからはこちらに弁護士事務所を開業されたんですよね？」

「ええ。この部屋で顧客との打ち合わせをやっていたようです」

江田がコーヒーを淹《い》れている間に、神西は応接間の中を観察していた。確かに応接間にある本棚には、法律関係の本がぎっしりと収納されていた。仏壇や祖霊舎《それいしゃ》がないのは当然だったが、夫妻の写真も飾ってなかった。あるいは居間やキッチンにあるのかもしれなかったが。

「当時、ご両親から、何か気になることを聞かれていなかったでしょうか」

神西は単刀直入に聞いてみた。

「気になること？　例えばどういうことですか？」

江田東は首を傾げた。

「例えば、誰かとトラブルになって大変だとか、厄介《やっかい》な仕事を引き受けて困っているとか、そういうようなお話なんですが」

「わかりません」

困ったように、江田東は首を左右に振った。

「何しろ私はアメリカで放浪の旅をしていて、両親とは何年も連絡を取っていなかったものですから。もしかすると、そんなことがあったのかもしれませんが」

そして江田東は急に不思議そうな顔になり、また神西に聞いた。

「あの、両親は事故死なんですよね？」

失礼しました、亡くなった事故とは全く関係ありませんと神西は謝った。その事故に遭われるちょっと前、この部屋でお茶を御馳走になった時、どこかお二人とも元気がなく、悩みでもお持ちなのかと思った。この部屋に来たら、ついそれを思い出したので——そう神西は説明した。

「そうですか。今でも両親のことを覚えていて下さって、ありがとうございます」

江田東は深々と頭を下げた。

「こうなるとわかっていたら、もっと頻繁《ひんぱん》に連絡を取っていたのですが——。でも、私と父はべたべたした関係ではありませんでしたが、それでも私は父のことを尊敬していたんですよ」

感慨深げに語った後、江田東はこう言った。

「だから私も、父の遺志をついで弁護士になることにしたんです」

神西は少なからず驚いた。弁護士の息子だから生まれつき頭はいいのだろうが、美術学校を卒業して弁護士になるのは、並大抵の努力では叶《かな》わないだろう。

しかし江田東は、日本では美術研究ではなかなか食えませんし、幸い法律書はここにふんだんにありましたし、子供の頃からなぜか記憶力だけは良かったので、と笑った。

「実は、来年には司法試験を受験するつもりです。おそらく合格できると思います」

自信たっぷりに江田東は言い切った。

「そうですか。じゃあ、ゆくゆくはこちらで弁護士事務所を開業されるんですね？」

神西が何気なく言うと、江田東は首を横に振った。

「いえ。この家は処分することにしたんです。一人では広すぎますしね。もう買い手も決まっています。家屋は相当古いですし、このあたりにしては敷地が結構広いので、上物を壊してアパートを建てるそうです。来月には取り壊しが始まります」

江田東は立ち上がると、神西に向かって右手を差し出した。

「引っ越す前に、山本さんにお会いできてよかった。きっと、天国の両親が引き合わせてくれたんでしょう。本日はどうもありがとうございました」

そろそろ帰れということなのだろう。神西も諦めて、江田東の手を握り返した。

玄関を出る時、三和土《たたき》で靴を履いている神西の背中に、江田東が声をかけた。

「似てないでしょう？」

「え？」

神西は顔を上げた。

「僕の顔です。父にはあんまり似てないでしょう？　母にはよく、お前は私の父さんにそっくりだ、と言われていました。どうやら隔世遺伝《かくせいいでん》のようですね」

そう言って江田東は、にっこりと笑った。

相変わらずじわじわという蟬時雨が、庭の高い木々から降り注いでいた。

14　再生《いきかえ》りし時

――そして現段階でカジノ誘致に手を挙げているのは、北海道の小樽《おたる》・苫小牧《とまこまい》・釧路《くしろ》、千葉県の幕張《まくはり》沖人工浮島メガフロート、東京都の臨海副都心、神奈川県の横浜《よこはま》、大阪府の人工島夢洲《ゆめしま》、和歌山県のマリーナシティ、長崎県のハウステンボス、宮崎県のシーガイアの各地。また山梨県、静岡県、愛知県、三重県、それに沖縄県も検討を続けており、最終的に全国の二十数ヵ所が日本初のカジノ開業を争うことになると思われます。なお、与党内では今も、一部の反対派の議員が――。

神西明は目を覚ました。

温かいベッドの、さらさらとした清潔なシーツの中にいた。

部屋は暗かった。天井照明が点《つ》いていないせいだった。ベッドの脇にある読書灯とフロアライト、それに机の上の照明だけが黄色い光を放っていた。どうやら今は夜中のようだ。コンソールの上の液晶テレビが点いていて、ニュース番組が流れていた。このテレビの音声で目が覚めたのかもしれなかった。

夢を見ていた。それは逃亡を始めてから二年半後、弔問を口実に江田夫妻の家を訪問した時の記憶だった。その家には江田東という、江田夫妻の一人息子が住んでいた。江田東は江田夫妻がアメリカ在住中に生まれ、両親が帰国した後もそのままアメリカに残った。大学卒業後は放浪の旅に出ていたようで、江田夫妻が事故死した時、連絡を取ることができなかった。二年半経ってようやく話を聞くことができたが、江田夫妻についての新しい情報は、何も得ることができなかった。

なぜ、その時のことを夢に見たのだろうか――。神西はちょっとだけ考えたが、夢に意味などあるはずもない、すぐにそう結論付けた。

そして神西は、ゆっくりと部屋の中を見回した。

どうやら神西がいるのは、ホテルのツインルームのようだった。窓のカーテンはぴったりと閉じられていた。次に神西は身体を起こして、二つのベッドの間にあるナイトテーブルの前部を見た。照明のスイッチが規則正しく並ぶ中、青いデジタル時計の20：15という数字が見えた。

ここはどこだ。なぜ自分はここで寝ているんだろう――？

ぼんやりと霞《かす》む神西の頭に、やがて徐々に記憶が蘇《よみがえ》ってきた。

——そう、神西はマトリの水月笙子とこの部屋で落ち合い、ひそかに持ち帰ったスノウ・エンジェルを一錠渡した。そうこうしているうちに、急に神西の中に強い不安と苛立《いらだ》ちが生じてきて、やがて恐ろしい幻覚に襲われた。それは前日に飲んだ、スノウ・エンジェルという合成ドラッグの離脱作用に違いなかった。

恐怖のあまり窓を破って飛び下りようとした神西は、危ない所で水月笙子によって現実に引き戻された。神西は笙子から手錠を借り、自分の手をバスルームの配管に繋いだ。スノウ・エンジェルが完全に抜けるまで、自分が何をするかわからなかった。拘束《こうそく》しておく以外に方法はなかった。

それから神西は、度々襲ってくる強烈なフラッシュバックと戦ったような気がする。何度も激しく嘔吐《おうと》し、涎《よだれ》や排泄物《はいせつぶつ》を垂れ流しながら、自分の喉や胸を掻きむしった。頭のおかしくなりそうな長い長い地獄のような時間が続いた。

もはや神西には何時間が経過したのか、いや何日が経過したのかすらもわからなかった。神西はこのまま正気を失ってしまうことすらも覚悟した。そして——。

そして、そこから先は記憶がなかった。気が付いたらベッドの中で寝ていたのだ。

水月笙子に電話しなければ——。

神西は急に思い立った。いや、プッシャーの伊佐友彦から仕事の連絡が入っているかもしれない。神西は慌てて、笙子に借りているスマートフォンを探した。そして、机の上に充電コードを挿《さ》した状態で置いてあるのを発見した。

神西は布団を撥《は》ね除《の》けると、ふらつく足でベッドから起き上がった。そして自分が素っ裸で眠っていたことを知った。バスルームに行ってバスローブを羽織《はお》ると、鏡の中にいる自分の顔が目に入った。頭が寝起きで無茶苦茶なのはいつものことだが、目が落ち窪《くぼ》み、頰がげっそりと削《そ》げ落ちていた。

部屋に戻ってスマートフォンの充電コードを引っこ抜き、神西はベッドに腰掛けてスマートフォンの画面を見た。伊佐からの着信は入っていなかった。神西は安堵し、ふう、と大きく息を吐いた。

その時、がちゃりとドアの電子錠を解錠する音が聞こえた。ドアが開き、廊下の光が部屋の中に差した。神西は身構えた。

「目が覚めたようですね？」

黒いスーツを着た女性が部屋に入ってきた。黒いバッグを肩に掛け、両手で大きな紙袋を抱えていた。

「テレビを消し忘れていたようで、申し訳ありません。出かける直前までずっとニュースチャンネルを観ていたものですから。気分はどうですか？」

麻薬取締官の水月笙子だった。

水月笙子は、大手スーパーの紙袋をガラステーブルの上にどさりと置くと、中から様々なものを取り出して、次々とガラス天板の上に並べ始めた。神西はその様子をぼんやりとした頭で眺めた。

ペットボトルの緑茶数本、同じく黒酢飲料。利尿剤の瓶、ビタミンE剤の瓶、肝臓水解物サプリの瓶。重曹《じゅうそう》、毛糸の帽子、手袋。パックの握り寿司が二人前、それにキャンディーとチョコレート――。

「緑茶には有害物を排出する作用がありますので、少しずつ大量に飲んで下さい。部屋のミネラルウォーターは薬物を再吸収しますから飲んではダメです。酢酸《さくさん》つまりお酢はアルカリ性になった身体を酸性に戻し、薬物を排出しやすくします。これらの飲料と一緒に利尿剤、それに肝機能を高めるビタミンEと肝臓水解物を飲んで下さい」

笙子はボトルや瓶を並べながら、それぞれについて流れるように説明した。

「その後、入浴します。重曹を浴槽に入れてお湯をアルカリ性にして下さい。すると毛穴から排出される薬物が溶けて出やすくなります。しっかり身体を温めると、頭皮や鼻の粘膜からも薬物が排出されますので、熱いシャワーでよく洗って下さい」

さすがに麻薬取締官というべき指示だった。神西は笙子の説明を黙って聞いた。

「その後は食事です。蛋白質《たんぱくしつ》と炭水化物と酢を摂《と》る必要があるので、お寿司が最適です。食欲がなくても食べて下さい。食べ物を胃に入れると、副交感神経が内臓を動かして排泄を促します。また栄養吸収の効率を上げますので、その後糖分を摂ると脳の働きも回復します。野菜は、食物繊維が内臓の負担になるので食べません」

とりあえずここに仕舞っておきます、と言って、笙子は握り寿司のパックをてきぱきと備品の小型冷蔵庫に入れた。

「入浴と食事が終わったら、毛糸の帽子と手袋を着けて、もう一度寝て下さい。発汗を促して薬物を排出させます。起きたらもう一度、シャワーを浴びて下さい。では、始めましょう」

それから神西は、笙子に命じられた作業を黙々とこなした。いくつかの飲料とともに薬とサプリを飲み、入浴して、寿司を食べ、帽子と手袋を着けて寝た。いつの間にかぐっすりと寝た後、目が覚めてからまたシャワーを浴びた。

「だいぶ、身体が楽になった――」

新しいバスローブを羽織ってバスルームを出てきた神西は、ベッドにどさりと腰を下ろし、吐息とともにそう言った。ナイトテーブルのデジタル時計を見ると、02：41という数字が青く光っていた。いつの間にか深夜になっていた。

「気分もかなり良くなった。最悪な気分だったが」

椅子に座った水月笙子が頷いた。

「昨日、あなたからの電話を受けてここに来た時、ベンゾジアゼピン系の抗鬱剤を飲ませました。症状から見てドーパミン、セロトニン、ノルアドレナリンの分泌が異常だと判断しましたので。どうやら効いたようですね」

神西は全く覚えていなかった。気が付いた時には、すでにベッドの中にいたのだ。

「その――」

恐る恐る神西は聞いた。

「あんたが来た時、俺はどういう状態だったんだ?」

「バスルームの中で汚物にまみれていました」

何の感情も交えずに、笙子が説明した。

「私はまずあなたの手錠を外し、落ちていたスマートフォンを拭《ふ》いて机の上に運んだ後、服を全部脱がせて全身をシャワーで洗いました。バスルーム内もお湯で洗い流しました。日本のホテルのバスルームはそれが可能です」

神西は大きく溜め息をつきながらがっくりと項垂《うなだ》れ、思わず両手で顔を覆《おお》った。なんてみっともない姿を見られたんだ。しかも、服まで全部脱がされて——。

　笙子が首を横に振った。

「気にする必要はありません。病人の介護と同じです。それに私は大学生の時、夏休みに動物園で飼育係のアルバイトをしたことがあって、その経験が生きました」

　神西は、ふと気になって聞いてみた。

「ちなみに、何の飼育係だ？」

「カバです」

　神西はまた、大きな溜め息をついた。

「それから身体をバスタオルで拭き、ベッドに運んで寝かせて薬を飲ませると、あなたはすぐに眠りました。その間にあなたの服を水洗いして汚れを落とし、ホテルのクリーニング・サービスに出しました。翌日、つまり今日、買い物をして部屋に戻ると、あなたが目を覚ましていたという訳です。もう服はクリーニングから戻っています」

　水月笙子の説明によると、神西は丸二日間バスルームで悶《もだ》え苦しんでいたようだった。そして三日目に意識を取り戻し、笙子に電話した。今日はその翌日だというから、あれから四日が経ったということになる。そして昨日からは、買い物に行った以外、笙子はずっとこの部屋で、眠り続ける神西に付き添っていてくれたのだ。

「本当にすまん。あんたには申し訳ないことをさせてしまった」

神西は素直に頭を下げた。

「無茶にも程があるわ」

笙子は、ふっ、と笑みを浮かべた。

「いくら捜査のためだからって、未知の合成ドラッグを飲むなんて」

水月笙子が初めて、自分に向かって敬語を使わなかったことに神西は気が付いた。そしてその口調と言葉は、なぜか死んだ桧原祥子を神西に思い出させた。

「俺は、何をやっているんだ――」

神西は言葉を吐き出した。

「警察官でなくなっても、正義のために働くという矜持《きょうじ》だけは捨てないつもりだった。それがどうだ、今や俺はヤクの売人だ。捜査のためと言いながら、市民に毎日毎日シャブやドラッグを売って、おまけに自分でも手を出した。これじゃ俺自身が立派な犯罪者じゃないか。俺は何をやっているんだ？　俺のやっていることは本当に正しいのか？」

「正しい目的のためなら、どんな手段であっても正しいわ」

水月笙子ははっきりと言い切った。

「あなたは間違っていない。正しいことをやっているのよ」

その声には、迷いは微塵《みじん》も感じられなかった。

「──怖いんだ」

神西の口から、思わず本音がこぼれた。

「良心と使命感との狭間《はざま》で心が壊れそうだ。正義のために生きる、それだけが俺の信念だった。法律なんかじゃない。俺は法のさらに上にある、自分が信じる正義のために生きているつもりだった。だが、毎日犯罪に手を染めている今、もはやその信念すらも揺らいできた」

喋り始めると止まらなくなった。水月笙子は無言だった。

「幻覚を見た。恐ろしい幻覚だった。それとも、悪夢と言うべきか──」

神西は首を振った。

「俺の殺された相棒、桧原祥子が出てきた。九年前、あいつは俺を庇《かば》って賊の銃弾に倒れた。そして俺の腕の中で死んだ。だが、幻覚の中では、祥子は生きていた。顔を撃たれて血塗《ちまみ》れになりながらも生きていて、俺にいろんな恐ろしいことを言った。俺はそれに耐えられず、恐怖にかられて、祥子を、自分の銃で、撃った──」

笙子はなおも無言のまま、神西の話を聞いていた。

「愛していたんだ」

神西は声を絞り出した。どうしてこんなことを水月笙子の前で話しているのか、神西にもわからなかった。ただ、もう何も腹に溜めておくことができなかった。

「それなのに俺は、幻覚の中とはいえ、祥子を撃ったんだ。あいつの仇《かたき》を取るために、あいつのために九年間も逃亡生活を続けてきたはずなのに。それなのに俺はあいつを、愛する女を、自らの手でもう一度殺したんだ」

水月笙子が静かに口を開いた。

「薬物の離脱症状が見せた幻覚よ。何の意味もないわ」

「いや、そうじゃない」

神西は床に目を落としたまま喋り続けた。

「俺は逃げ出したかったんだ。こんな先の見えない毎日から。戸籍もなく、住む家もなく、名前も変えて、昼は汗まみれになって働きながら、夜はいるかどうかもわからない真犯人《ホンボシ》を追い続けて、でも、いくら歩き回っても這いずり回っても、あいつを殺した真犯人の影さえ踏むことができない、そんな徒労に疲れ果てていたんだ」

神西の口から、勝手に言葉が流れ続けた。止めようとしても止まらなかった。

「だからあいつを撃ったんだ。あいつがいなくなれば、このいつ終わるとも知れない地獄が終わると思ったんだ。もう俺を自由にしてくれ、解放してくれ、きっと心の奥底でずっとそう思っていたんだ。だから俺はあいつを撃ち殺したんだ。あいつの仇も討てないままヤクの売人になって、俺は何をやっている？　いや、俺は何のために生きている？」

神西はそこで顔を上げ、水月笙子を見た。

「なあ、教えてくれないか？　俺は何のために生きているんだ？」

水月笙子が、神西の言葉を繰り返した。

「何のために、生きているのか？」

「そうだ」

神西はさらに笙子に迫った。

「あんたはどうなんだ？　なあ、あんたは何のために生きているんだ？」

すると笙子が、ぽつりと言った。

「私も子供の頃、そう思ってた」

静かな声だった。笙子の視線は、床の上のどこでもない場所に投げられていた。

「私は何のために生まれてきたんだろう、そして、どうして生きているんだろうって。でも、考えても考えても、答えは一向に見つからなかった。だから私はある夜、もう生きるのをやめることにしたの」

神西はどきりとした。水月笙子の顔は陶磁器の人形のようで、何の表情も浮かんでいなかった。

「その夜、私は住んでいた家を飛び出した。とても寒かった。雪が降っていたの。寝間着に裸足という格好で、どんどん激しくなる雪の中を、どんどん積もっていく雪の上を、ただあてもなく歩いた。どこで死のうか。どうやったら死ねるのか。それともこうやって歩いていれば、いつか死ねるのか。そんなことを考えながら。──でも、その時」

笙子はそこで言葉を止め、顔を上げた。そして神西の顔を正面から見た。

「その時、天使様に会ったの」

笙子の顔が、ふっとほころんだ。

てんし、さま──？

神西はその言葉に戸惑った。

笙子は頷きもせず、ただ神西に向かって微笑んだ。

「雪の積もった公園に、天使様がいたの。常夜灯の白い光の中、真っ白な雪の上に、白くて大きな羽根を広げて、天使様が寝ていたの。ああ、きっとこの天使様は、たった今空から落ちてきたばかりなんだ──私はそう思った」

夢見るような表情で、笙子は喋り続けた。

「天使様は私に気が付くと、ゆっくりと立ち上がって、私に向かって微笑んだの。輝くような金色の髪だった。そして、透き通るような青い目だった。まるで山奥にひっそりと隠れている湖みたいな、タンザナイトというアフリカの宝石みたいな、透き通るように綺麗な青い目だった」

金髪に、青い目――。笙子が誰かに会ったのだとすれば、その人物は西洋人だったのだろうか。

「私はその天使様に育てられたのよ。だから私は、天使様のために生きているの」

そして水月笙子は、予定の台詞《せりふ》を喋り終えた舞台俳優のように沈黙した。

神西も途方に暮れて何も言えなかった。話の意味が全くわからなかった。だが神西はわからないなりに、今の話を何とか理解しようと試みた。

これはきっと、水月笙子が子供の頃に見た幻覚なのだ。凍死しそうな寒さの中、正常な思考を失っていた少女には、雪の上で寝ていた誰かの姿が天使様に見えたのだ。いや、ひょっとすると、そこには誰もいなかったのかもしれなかった。登山者は遭難しそうな極限状況で、いるはずのない人の姿を見ることがあるという。

それとも――。神西は考えた。元上司の木崎平助が、この女性と吉祥寺のカトリック教会で出会ったと言っていた。天使様と出会ったという話は、辛い子供時代を過ごした水月笙子が、やがて宗教心によって生き甲斐《がい》を得たという喩《たと》え話なのだろうか。天使様に育てられたというのは、以来、神の教えとともに生きてきたという意味で——。

しばらくの沈黙ののち、神西が口を開いた。

「あんた、なんでマトリなんかになったんだ？」

ふと神西は、疑問に思った。水月笙子の年齢から見て、他の部署から転属になったのではない。この女性は最初から麻薬取締官を志望して、厚生労働省に入ったのだ。

「危険で過酷な仕事だ。若い女が志《こころざ》す職業じゃないだろう」

笙子はそれには答えず、逆に神西に聞き返した。

「あなたはなぜ、刑事になったの？」

「それは——」

神西は口ごもった。

「たまたま試験を受けたら通って、他にしたい仕事もなかったし」

神西は喋りながら、それがかつて、死んだ桧原祥子にした話であることを思い出した。

——神西さんは、なぜ刑事になったんですか——？

いつだったか相棒だった桧原祥子に、神西はそう聞かれた。そしてそれ以来、神西はずっと考え続けていた。なぜ自分は刑事になったのだろうか？　そしてなぜ、自分は生きているのだろうか？

「桧原祥子さんは、幸せだったと思うわ」

水月笙子が静かに、だが確信を込めて言った。

「だって、好きな人を救って、好きな人の腕の中で死ねたんだから。それよりも幸せな死に方があるとは思えない。それに、生きているほうが幸せだとは限らないから」

神西は心の中で、死んだ女性に聞いた。

そうだったのか？　祥子。

お前は幸せだったのか？　祥子――。

勿論、祥子からの答えが返ってくるはずもなかった。だが神西の中で、あの日以来ずっと自分を苦しめていた自責の念が、桧原祥子に対するずっしりとした負い目が、だんだんと軽くなっていくのを感じた。

水月笙子が、囁《ささや》くように神西に語りかけた。

「あなたが探しているのは、桧原祥子さんを殺した犯人じゃない」

神西は戸惑い、笙子の顔を見た。笙子は続けた。

「だって犯人を逮捕しても、あるいは殺しても、あなたの愛した女性が生き返ることはない。だから、あなたが自分の罪を許すこともない。きっと何があろうと、未来永劫《えいごう》、あなたの傷付いた魂が救われることはない。あなたが探しているのは、自分の死に場所よ。納得して死ねる場所を探しているの。そして、その時を待っているの」

水月笙子が、音もなく椅子から立ち上がった。

神西はベッドに座ったまま、思わずその顔を見上げた。笙子も神西の顔を見下ろした。そのまま笙子は神西に歩み寄ってきた。そして神西の目の前で腰をかがめると、その頬を両の掌で包み込んだ。温かな感触が、神西の頰に伝わってきた。

「もし今、あなたに生きる理由がないのなら。そして、生きる理由が必要なら——」

目の前で笙子の唇が動くのを、神西はじっと見つめた。

「私のために生きて」

吐息のように、笙子は囁いた。

「あなたが死んだ人を忘れられないのなら、私をその人だと思って」

しょう、こ——。

神西の口から、かすれた声が漏れた。どちらの名前を呼んでいるのか、神西にもわからなかった。

笙子の顔がゆっくりと近付いてきた。神西は鼻孔にふわりと甘い香りを感じた。そして神西の唇に、柔らかく温かいものが押し付けられた。同時に、笙子の両手が神西の顔を離れ、バスローブの中に潜り込んできた。ひやりとした手が、神西の胸から両脇を通り、背中へと這っていった。

神西は笙子の背中に両手を回し、そして細い身体を抱き締めた。笙子の胸が、ブラウスの乾いた感触とともに、神西の裸の胸に押し当てられた。

今起きていることが現実なのか、それとも幻覚なのか、神西には判断できなかった。だが、今だけは何も考えなくていいと思った。

二人はそのまま、ベッドの上に倒れ込んだ。

15 計略《はか》りし時

明けて二〇一八年一月四日、午前九時五十三分、月島——。

神西明は、朝から営業している定食屋で日替わり朝食を食べていた。

捜査中のプッシャー・伊佐友彦を見張るために用意された麻布のマンションは、伊佐と鉢合わせする危険を避けるために引き払い、神西はまた月島の安ホテルに戻っていた。もっとも、ここから伊佐の住む麻布十番までは地下鉄でわずか十三分だ。

昨日も、伊佐から電話はかかってこなかった。

最後に会った日、つまり神西がスノウ・エンジェルを飲んだ日からもう十日が経った。こちらからも一度電話をかけてみたが、伊佐の携帯電話は電源が入っていないようだった。その間に世間では年が明けて、正月休みも終わろうとしていた。

やはり疑われたのだろうか——？　神西はひりひりとした焦りを感じていた。

一ヵ月もプッシャーの伊佐と行動を共にし、とうに信頼関係は築けたと思っていた。やはり、スノウ・エンジェルを伊佐の懐から盗もうとしたせいで、怪しまれたのだろうか。

その後も伊佐の態度に変化はなく、あの日別れる時も、何事もなかったように「また連絡する」と言っていたのだが――。

その時ひそかに持ち帰った一錠は、スノウ・エンジェルと同じ「天使」の刻印が押してあった。これが本当にスノウ・エンジェルであるならば、やはり伊佐が客に配る役目を果たしているのだ。モニター調査、即ち人体実験のために。

そうなると残された課題は、伊佐が「元締」と呼ぶ男が本当に白竜昇なのか、そしてスノウ・エンジェルを製造しているのか。その証拠を摑むことだ。証拠が摑めれば逮捕できる。あるいは、覚醒剤を伊佐に卸《おろ》す現場などを押さえて先に逮捕してもいい。逮捕できれば、スノウ・エンジェルに関する証拠は必ず見つかる。

しかし、このまま伊佐と連絡が取れなくなったら、今までの苦労は全て水の泡だ。行きがかり上仕方なくとはいえ、スノウ・エンジェルという正体不明の合成薬物を服用し、七転八倒の苦しみを味わってまで、必死に捜査を続けてきたのに――。

神西は、その離脱症状に苦しんだ最後の夜を思い出した。

翌日の朝、ビジネスホテルのベッドの中で神西が目を覚ますと、水月笙子の姿はなかった。置き手紙も何もなかった。空きボトルなどのゴミも全て持ち去られていて、笙子がその部屋にいた痕跡《こんせき》すら残されていなかった。そのため神西は、昨夜のことは夢だったのかとさえ思った。ただ、宿泊料金は全て支払い済みになっていた。

「すまなかった。その——」

夜になって、気まずい思いでようやく水月笙子に電話をした。謝るのは失礼かと思いつつも、神西は謝ろうとしたが、笙子はあっさりとその言葉を遮った。

「スノウ・エンジェルの成分が判明しました」

以前と同じ敬語の、どこまでも事務的な口調だった。

「ドーパミン、セロトニン、βエンドルフィン以下、二十種類の脳内麻薬を分泌させる化学物質が、合計三十二種類も配合されたものでした。銀座で発見されたものとあなたが服用したものとは、微妙にその配合率が違っており——」

神西にとっては、スノウ・エンジェルの成分などどうでもいい問題だった。蔓延《まんえん》したら大変なことになる危険極まりない薬物、それ以上の理解は必要なかった。ただ、その配合比率を、シャロノフという男が「レシピ」と呼んだのであろうことは想像がついた。

やはりスノウ・エンジェルとは、シャロノフの「最後のレシピ」なのだ。

水月笙子は電話の中で、最後まで前夜のことには全く触れなかった。だから今でも、水月笙子とのあの出来事が本当にあったことなのか、神西には確信が持てずにいた。

だが、あの時の笙子の言葉は、鮮明に覚えていた。

――桧原祥子さんは、幸せだったと思うわ――。

――だって、好きな人を救って、好きな人の腕の中で死ねたんだから。それよりも幸せな死に方があるとは思えない――。

その言葉で神西は、長く真っ暗なトンネルを抜け出たかのように、すうっと気持ちが楽になるのを感じた。桧原祥子が本当に幸せを感じながら死んだかどうか、そんなことはわからない。だが、そういう解釈もあると思えた。そしてこれからは、死んだ者への重い負い目からではなく、純粋に愛する女の仇を取ることに集中できるような気がした。

しかし、プッシャー・伊佐友彦との連絡は途絶えていた。じりじりとした焦燥を抑え付けながら、神西は無理に朝食を搔き込んでいた。

その日一日を、生きるために。

――実際には賭博であるパチンコを賭博と認めず、遊技と言い繕《つくろ》って野放しにしているせいで、今も数多くのギャンブル依存者が生まれています――。

定食屋の棚の上に置かれたテレビからニュース番組が流れていた。何気なく神西が画面を眺めると、若い男が記者に囲まれて喋っていた。若手の政治家のようだった。

──毎年毎年、多くの自殺者や生活破綻者《はたん》が生まれているにも拘《かかわ》らず、この国はこの問題を放置してきたのです。カジノという完全な賭博場が誕生した時、この国は国民の安全と健康と財産を守れるような管理が、果たしてできるのでしょうか？　私には、到底できるとは思えません。そして政府与党に籍を置く身だからこそ、私は──。

テレビに大きく映し出された顔を見た瞬間、ふと、神西はその男をどこかで見たような気がした。そしてつい最近も、その男に会ったような気がした。

誰だったろうか──？

しばらく記憶をひっくり返して、神西はようやくその男の名前を思い出した。同時に若い男の映像の下部に、白い文字のテロップが表示された。

超党派議連「ギャンブル被害を考える会」代表　自由民衆党　江田東代議士

「江田、東《あずま》──」

神西は思わず呟いた。

髪の毛を短いオールバックに固め、紺のスーツを隆《りゅう》と着こなして、テレビの中で喋っている男は、間違いなく江田東だった。忘れもしない十年前、神西が愛する女を失い、逃亡するきっかけとなった江田という弁護士夫妻の転落死。その江田夫妻の一人息子が、江田東だった。

江田東と最近会ったような気がしたのは、汐留のビジネスホテルで眠っている間に、なぜか江田東の夢を見たからだと神西は気が付いた。その夢から目覚めた時、確かテレビでニュース番組が流れていた。そのニュースで、カジノの話題とともに江田東という名前が原稿で読まれたり、あるいは江田本人の声が流れていたのかもしれなかった。

八年前に一度だけ会った時、江田東は父親の跡を継いで弁護士になると言っていた。それがいつの間に代議士になっていたのか。もっとも、弁護士から政治家に転身する例は多い。中には知事や大臣になった者もいる。社会問題を扱っているうちに、政治家にならないと何もできないと考えるのだろうか。

江田の映像には、「ギャンブル被害を考える会」の代表というテロップが出ていた。つまり江田東は、与党・自由民衆党の議員でありながら、ギャンブル反対派なのだ。日本初のカジノ開業を目前に、マスコミの取材を受ける機会が多くなっているのだろう。

江田東の発言の中に「ギャンブル依存者」という言葉があった。ギャンブルもまた薬物と同じく、数多くの依存者を生んでいる。ギャンブル解禁を決定したこの国は、ギャンブル依存者を増やすことによって、つまり「依存」を利用することによって、新たな財源を手に入れようと考えたのだろうか——。

その時、テーブルの上に置いた神西のスマートフォンが鳴った。慌てて神西が液晶画面を見ると、プッシャーの伊佐友彦からの着信だった。

「周さん、今どこにいますか？」

月島で飯を食っていると言うと、伊佐は、じゃあ今からそっちに行きますと言い、月島駅の近くにある喫茶店の名前を挙げた。

「そこ、裏通りにあるからいつも空《す》いてるし、コーヒーもまあまあいけるし、それに何といっても手作りのハンバーガーが旨いんですよ。僕、今日は飯まだなもんで。じゃあ、十一時に！」

早口にそれだけ喋ると、伊佐は一方的に電話を切った。

「周さん、ごめんね！　ずっと連絡できなくって」

午前十一時、中央区月島にある喫茶店、「純喫茶パーラー　よろこび」。

オレンジ色のガラス製ドア、その上に白いペンキで手書きの店名。ドアの脇にはガラスケースがあり、ワックスで作られた食べ物のサンプルが並んでいる。狭い路地裏にあるため、月島には三年ほど住んでいる神西も知らなかったが、いかにも昭和という雰囲気を感じさせる、レトロな佇《たたず》まいの好ましい店だった。

時間きっかりに現れた伊佐友彦は、すまなそうに手を合わせて神西に詫《わ》びた。

「それはいいんだが――」

自分の正体を見抜かれたのではなかったとわかり、神西は安堵した。ただ、音信不通だった理由は聞いておきたかった。

「一体どうしたんだ？　あれから十日以上も連絡してこないなんて。パクられたのかと思ったじゃないか」

「それがですね」

そこにエプロンを掛けた初老の店主らしき人物が、メニューと水と紙おしぼり、それにガラスの灰皿を持ってやってきた。伊佐は特製炭焼きハンバーガーとブレンドコーヒーのセットを注文し、神西はブレンドだけを頼んだ。

「実は、元締がシャブを仕入れていたアメリカの組織が、あっちでやられちゃったみたいなんです」

店主が去ると、伊佐は小声で説明を始めた。

予定した量が入ってこなかったから、付き合いのある暴力団に卸すのが優先だと言って、元締が伊佐には覚醒剤を回してくれなかったのだという。常連客からの電話がかかってきても手元にないとは言えないから、伊佐は電話の電源を切っていたらしい。

周さんに出てきてもらっても売るものがないから、シャブが入ってから連絡しようと思っていたら、ずるずる日にちが経ってしまった。今日ようやく、アメリカの他の組織から仕入れる目処《めど》がたったという連絡が来たが、まだシャブは届いていない。でも、とりあえず会って経緯を話そうと思った——。

「とりあえずは一安心だけど、常連さんの何人かは、他のプッシャーに取られちゃったかもしんないなあ。商品が入ったら、また顧客開拓しなきゃ」

はあ、と溜め息をついたあと、伊佐は心配そうに神西に聞いた。

「ところで、大丈夫でしたか？　あの後」

スノウ・エンジェルを飲んだ後のことを聞いているのだ。もっとも、スノウ・エンジェルというのは麻薬取締官の水月笙子が付けた名前で、伊佐はあのドラッグがそう呼ばれていることは知らない。うっかりこの名称を使わないよう用心しなければならない。

少し迷った後、神西は伊佐の質問に対して、こう答えた。

「ああ。正直言うとちょっと大変だった。抜ける時、結構きつい離脱症状が出てな。売り出すのはまだ早いんじゃないか？」

　未完成品だと伝えることで、スノウ・エンジェルが撒き散らされるまでの時間を、少しでも稼ぐことができる。神西が事実を喋ったのは、そんな意図からだった。

「そうですかあ――」

　伊佐はまた溜め息をついた。

「元締も今回みたいな場合を想定して、あの新しいドラッグを次の主力商品にしようと思ってるんでしょうけどねえ。成分も比率も決まっているのに、どうしても適量が摑《つか》めないらしいんですよ。もう少し時間がかかるみたいですね」

　プッシャーの伊佐は、スノウ・エンジェルがどれほど恐ろしい薬物であるか、よく理解していない――。神西はそう思った。

「完全なドラッグ」と言ったのは伊佐自身だったが、単に「穏やかにキマって、身体にも害がない」という程度の認識のようだった。だがスノウ・エンジェルは、覚醒剤よりも強烈な依存性を持つ。強烈な依存性を持つ薬物は、おそらく依存性の強さゆえに、離脱時に強烈な禁断症状を生じるのだ。定期的に摂取し続けていれば、心地よい精神作用が得られる安全なドラッグなのかもしれないが、やめようとした瞬間に、恐ろしい反動が来るのだ。これは銀座で数十人を殺傷した男と、そして神西自身が証人だった。

スノウ・エンジェルは、ひと度《たび》依存したが最後、未来永劫やめることができないドラッグなのだ。この恐ろしさを伊佐は理解していない。あるいは、全く気にしていない。もっとも、ヤク中の行く末を案じるような人物は、プッシャーなどやっていないだろうが。

やがて店主が、大きなステンレスのトレイを持ってやってきた。伊佐が頼んだ特製炭焼きハンバーガーは、四角くて白い大皿に、上のバンズを斜めにずらして置いてあった。分厚くて程よく焦げ目の付いたパティ。その上に新鮮なレタスと厚切りトマトとピクルス。脇には揚げたてのポテトが山盛りに添えてある。

伊佐はテーブルのケチャップとマスタードをたっぷりとかけてからバンズを載せ、両手で持って一気にかぶりつくと、うん、旨いっ！　と叫んだ。神西はコーヒーを口に運びながら、朝飯を済ませてきたことを少しだけ後悔した。

「結局れふね」

伊佐はハンバーガーを咀嚼《そしゃく》しながらもごもごと、悲しそうな顔で言った。

「今はまだまだシャブの時代なんですよ。でもなあ。アメリカルートがダメになったら、元締どうするつもりなんだろう。中南米のは質が悪いから、お客に自信持って売れないしなあ。困ったなあ――」

そして伊佐は、神西に向かって身を乗り出した。

「ねえ周さん、あなた中国人でしょう？　大陸でいいシャブを造ってる業者を知りませんか？　元締は絶対、別の仕入れルートを持っておくべきだと思うんですよ。あの人アメリカルートにこだわってるから、うんというかどうかわかんないけど」

神西は困惑した。

「いや、俺はシャブのルートなんか」

――待てよ。

神西は考えた。

もしかするとこれは、大きなチャンスなのではないか――？

途方に暮れる伊佐を見ているうちに、神西は一つの計略を思い付いたのだ。そうだ。この方法なら白竜を引っ張り出せる。神西の心臓が興奮に高鳴り始めた。

――だが、こんなことをやってもいいのだろうか？　神西は心の中で必死に自問自答した。しかしどう考えても、今は伊佐が元締と呼ぶ男に接近できる千載一遇の、いや、最初で最後のチャンスだとしか思えなかった。

神西は、覚悟を決めて口を開いた。

「俺たちで、直接シャブを仕入れないか？」

「え？」

伊佐はハンバーガーを食べるのを中断し、じっと神西の顔を見た。

「俺にもわずかながら、中国人同士の繋がりがあってな。その中にどこだったか――そう、タイだ。タイで小さな製薬会社をやってる社長がいるんだ」

神西は伊佐に向かって身を乗り出し、小声で囁き始めた。

そのタイの製薬会社は一時期倒産寸前だったが、ある時から急に社長の羽振りがよくなった。どうやらひそかに覚醒剤の製造を始めて、タイ国内やフィリピンの違法組織に横流しをしているようだ。いつかそんな話を聞いた――。

「その社長なら、俺にシャブを回してくれるかもしれん。日本人がいきなり行ってもダメだが、そこは中国人同士だ。華僑《かきょう》の知り合いに仲介を頼んで話を進めれば、たぶん」

頭の中で筋道を組み立てながら、神西は慎重に話を進めた。勿論、全て作り話だ。架空の製薬会社がタイにあることにしたのは、タイは警察と軍隊が流通に関与しているという噂の、有名な覚醒剤大国だからだ。

喋りながら神西は、心の中で水月笙子に感謝した。中国人の偽名を名乗るように指示されたことから思い付いたアイディアだった。

「俺たちで直接シャブを輸入すれば、元締の中抜きがないから、儲けはきっと今の倍になる。あんたもせっかく摑んだ常連客を手放さなくても済む。どうだ、いい考えだろう?」

伊佐はすぐに険しい表情になった。

「周さん、それはやばいよ。仁義に反する」

首を激しく左右に振ると、伊佐は神西を必死にたしなめた。

「元締をすっ飛ばしてシャブを他のところから買ったりしたら、エックスやグラスだって回してくれなくなる。第一、あの人を裏切ったらどんな目に遭うかわからないよ。なんせヤクザの幹部とも付き合いのある人だからね。こうやって」

伊佐は右手で拳銃を握った形を作ると、神西の顔に向け、ばあん、と言いながら人差指を折り曲げた。

「殺された後、ドラム缶でコンクリ詰めにされて、中防《ちゅうぼう》に埋められちゃうかも」

中防とは、東京湾にある「中央防波堤埋立地」のことだ。内側埋立地と呼ばれる陸地に近い部分は埋め立てを完了し、倉庫や風力発電施設、廃棄物焼却場などに利用され、環境局の施設も建っている。だが外側埋立地はまだ、都内や近郊で発生する廃棄物の投棄場所として使用中だ。そんな所に埋められたら、死体は未来永劫発見されないだろう。

「そうか――」

落胆した素振りで一度下を向いた後、神西はまたすぐに顔を上げた。

「じゃあ、そのタイの製薬会社を、元締に紹介するというのはどうだ？　アメリカルートが不安定で、予備のルートが欲しいんだろう？　俺たちの儲けは増えないが、シャブが安定して入るようになる。それに元締に恩を売れるから、今後はもっと優遇してくれるかもしれない。一石二鳥じゃないか？」

「それは、まあ、それなら――」

また伊佐は考え込んだ。そして、迷ったように神西を見た。

「そのタイのシャブって、サンプルはもらえるのかなあ？　質が良くないと元締は仕入れないから、自分の要求に堪える商品かどうか必ず確かめると思うんですよ。あと、最後はやっぱり値段ですよね」

「聞いてみるさ」

神西はわざと自信なさそうに、曖昧に頷いた。

「サンプルが元締のお眼鏡《めがね》に適《かな》って、値段で折り合いが付けばいいんだな？」

「あとは、周さんね」

「俺？」

神西は戸惑った。伊佐は当然だという表情で頷いた。

「あの人は、ものすごく用心深い人ですから。そのせいで、この世界で今まで生き延びることができたんでしょうけどね。きっと周さんもいろいろ探られると思いますよ。どこに住んでいるか、今まで何をしていたか、とか」

神西は躊躇した。どこまで調査されるのだろうか。ここ九年間、神西はいろんな偽名を使って肉体労働者として生きていた。だが在日中国人という設定だから、就職などの都合でいくつも通名を使っていたと考えれば、特に不思議はないだろう。

問題は、さらに遡《さかのぼ》った「その前の過去」に白竜が気付くかどうかだった。だが、それはもう考えても仕方がない。一か八かだ。神西は腹を括《くく》った。

「それから、周さん」

伊佐は付け加えた。

「あなたきっと、面接されると思いますよ。話を持ってきた周さんが信用できる人物かどうか、自分の目で判断しようとするでしょう。そういう人です」

それこそ望むところだった。ついに、スノウ・エンジェルを造った人物の顔を拝《おが》むことができるのだ。

「ちなみにその、あんたの元締なんだが」

逸《はや》る心を抑えながら、神西は努めてさりげなく聞いた。

「どんな人なんだ？　俺だって危ない橋を渡る以上、少しは知っておきたい。それにタイの社長だって、取引先がどこの誰かわからないんじゃ警戒するだろうしな。前にあんたから、ヤクザじゃないとは聞いたが」

「ええ。表向きは、ある小さな商社の社長をしてるんです」

答えながら伊佐は店内を見回した。近くのテーブルに客はいなかった。しかし伊佐は今まで以上に声を潜めた。

「昔は、山匡組を通して下部組織にシャブを卸《おろ》していたんですけど、ご存じの通り、親が内紛で分裂しちゃったんで、今は直接いろんな暴力団に卸してるんですよ」

水月笙子に聞いた、ある男の経歴と一致していた。以前よりマトリが覚醒剤の密輸容疑でマークしていたが、とうとう尻尾すら摑ませずに逃げ切った男。そして今、スノウ・エンジェルという合成ドラッグを製造し、蔓延させる準備をしている男。

「そうか。で、その人の名前は？」

単刀直入に神西が聞いた。

伊佐は、ようやく聞き取れるくらいの小声で、そっと囁《ささや》いた。

「はくりゅう、のぼるです。白い竜、それに上昇の昇で白竜昇。本名かどうかは知りませんけどね」

とうとう、尻尾を摑んだ——。神西は内心の興奮を必死に抑え付けた。

やはり、スノウ・エンジェルを製造しているのは、ＷＤインダストリアル社長、白竜昇だった。ついに全ての仮説が証明され、全てのピースがちゃりと音を立てて一つになり、事件の全貌が神西の前に姿を現したのだ。

16　捏造《つく》りし時

ガラステーブルの上に、白く細かい結晶の入った透明なビニールの小袋が置かれた。

「覚醒剤一gです。常用者の間でワンパケと呼ばれる単位です」

椅子に座った水月笙子が神西を見た。

「およそ半年前に旧山匡組系の暴力団から押収したものです。市場に流通している覚醒剤の純度は平均で約五〇%ですが、これは成分鑑定書によれば、メタンフェタミン九六・二%と非常に高純度です。サンプルとして白竜昇に渡して下さい」

神西は覚醒剤の袋を見ながら、緊張した表情で頷いた。


一月五日、二十二時五分――。

神西明と水月笙子は、三たび汐留のビジネスホテルに来ていた。今夜もこれまでと同様に角部屋のツインだ。

昨日の午後、伊佐友彦は神西が持ちかけた作り話を聞いたあと、一人店を出て白竜昇に電話した。五分ほどで戻ってくると、神西にこう告げた。

「やっぱり白竜さん、まずはサンプルが欲しいって。サンプルが用意できたら僕に電話を下さい。僕から白竜さんに連絡して、周さんと会ってもらう日時を決めて、それで周さんに伝えます。会う場所は当日決めるそうです」

緊張した顔で、伊佐は神西に囁いた。

「その周って奴はどこに住んでるどんな男だ、って聞かれました。やっぱりこれから、こっそり周さんのことを調査するんじゃないかなあ」

伊佐が言った通り、白竜は非常に用心深い人物だった。しかし、それでも白竜は神西の話に乗ってきた。アメリカからの密輸入ルートが途絶えた時、よほど困ったのだろう。

問題は、どこからサンプルとなる高純度の覚醒剤を調達するかだったが、どう考えても麻薬取締官の水月笙子に頼るしかなかった。

伊佐と別れると、神西はすぐに笙子に連絡した。経過を説明して、高純度の覚醒剤を用意してほしいと言うと、何とかします、と笙子は即答した。そして翌日の夜には、これから持っていくという連絡が来たのだった。正月休み中ということで、局内の目も普段よりは少なかったのが幸いしたのだろうか。

「しかし、本当に大丈夫なのか？　バレないだろうな？」

神西明が笙子に念を押した。

「はい。すでに当該の事件は終了し、成分鑑定書とともに封印され、大臣の廃棄許可を得て、麻薬取締局の倉庫で保管していたものです。この段階まで来れば、あとは他の押収した覚醒剤とともに処分するだけです。封印されていて重量が書類通りであれば、もう中身を確認することはありません」

笙子は平然と言い切った。封印されて処分を待っていた覚醒剤を、封印を破らず中身だけ抜き取り、砂糖だか食塩だか、見た目が似たものを同じ重量だけ戻しておいたのだ。

覚せい剤取締法の第二十七条。国庫に帰属した覚醒剤は、厚生労働大臣の認可をもって処分が遂行される。つまり、大臣が判を押した書類があれば、あとは特別管理産業廃棄物処分業の資格を持つ業者に引き渡して、それで終わりなのだという。

「この覚醒剤はもしかするとWDインダストリアル、つまり白竜自身が密輸入してその暴力団に卸したものだという可能性もありますね。もしそうであれば、白竜が品質に文句を付けることはないでしょう」

それはそうだ。神西は肩をすくめた。

神西の計画とはこうだった。タイからの覚醒剤ルートを持っていると言って白竜に面会し、高純度のサンプルで白竜を信用させる。そして正式な取引の日時と場所が決まったら、内通者の耳に入らぬようマトリではなく警視庁の組対五課に出動を要請、白竜が現金を持って現れたところを、覚醒剤売買、即ち麻薬特例法違反と覚せい剤取締法違反の容疑で逮捕する――。

「要するに、白竜を罠にはめようというのですよね？」

笙子が確認した。

「そうだ。少々乱暴だが、これ以外に白竜を引きずり出す方法はない」

笙子が疑問を口にした。

「逮捕の要件が薄弱に思えますが？」

「要件なんかどうでもいいさ」

神西は肩をすくめ、薄く笑った。

「逮捕後、白竜の会社とヤサを突き止めてガサ入れすれば、覚醒剤や大麻やドラッグ、それにスノウ・エンジェルが発見されるはずだ。そうしたら一件落着だ」

だが、水月笙子は神西の計画をばっさりと斬り捨てた。

「そのような杜撰《ずさん》な計画では、事前に逮捕状を裁判所から取れません。現行犯逮捕を強行したとしても家宅捜査令状は下りません。何も証拠を摑めないまま、白竜は釈放されてしまうでしょう。そして一度逃げられたら、慎重極まりない白竜のことです。もう二度と尻尾を掴まれるようなことはしないでしょう」

杜撰と言われ、神西はむっとした。

「奴は数千万単位の現金を持って取引現場に現れるはずだ。覚醒剤の取引以外に、そんな金を現ナマで持ち歩く理由がどこにあるっていうんだ？」

「不動産を買う金だとか借金の返済だとか、現実にはありえなくても言葉だけならいくらでも言い逃れができます。その金が覚醒剤の購入資金だったことを完全に証明できなければ、いくら状況がそう見えても、白竜を逮捕する根拠にはなりません。法律とはそういうものです」

「じゃあ、どうすればいいって言うんだ？」

神西はじれて両手を振り上げた。

「あんただって、いい方法だと思ったからこいつを持ってきたんだろう？」

すると笙子はこう言った。

「取引現場に、大量の覚醒剤があればいいのです」

「――何だって？」

一瞬、神西は笙子の言葉の意味がわからなかった。その様子を見て笙子が続けた。

「取引場所に、本物の覚醒剤を用意しておけばいいのです。仮に白竜が十キロの覚醒剤を買いたいと言ったら、我々は実際に覚醒剤十キロを用意しておきます。白竜はその量に見合う現金を持ってくるでしょうから、これで覚醒剤売買の現行犯が成立です」

神西は自分の耳を疑った。

白竜昇に架空の覚醒剤取引を持ちかけ、罠にはめて逮捕する――。この「でっち上げ逮捕」を提案したのは確かに神西自身だった。しかし、水月笙子はさらに白竜の架空の罪を確定させるために、本物の覚醒剤を用意して取引を演出しようというのだ。

要するに、白竜のみならず麻薬取締局も、警察も検察も、そして裁判所や検事や弁護士といった司法さえも含め、世の中の人間全てを騙して、このでっち上げの架空取引をこの世で実際に起きたことにしようというのだ。

なんておとり捜査だ――。神西は開いた口が塞がらなかった。いや。これはおとり捜査というより、世の中全体に仕掛ける「コン・ゲーム」、取り込み詐欺《さぎ》だ。

だが、確かにこの方法なら白竜を現行犯逮捕できる。そして、覚醒剤を売ろうとした架空の取引相手は海外にでも逃亡したということにすれば、おそらく白竜は、自分がはめられたことすら、永遠に気が付かないのではないだろうか？

「でも、仮に十キロと言われた場合、用意できるのか？」

神西が疑わしげに聞くと、笙子は顔色一つ変えずに頷いた。

「はい。先日も申し上げた通り、わが国では昨年だけで約一・五トンの覚醒剤が押収されています。麻薬取締局の証拠品倉庫には、過去数年間に押収した覚醒剤が常時百キロ前後保管されており、毎月同じ量が処分されています。その途中で十キロを別のものにすり替えても、誰も気が付かないまま処分されるだけでしょう」

押収した覚醒剤がどれくらい厳重に管理されているのか、神西にはわからなかった。しかし、まさか麻薬取締局に覚醒剤を盗みに入る奴もいないだろうし、誰かが寝ずの番をしている訳でもないだろう。それに、一度鑑定を終えて処分するために封印した覚醒剤だ。中身をすり替えたとしても、処分前にもう一度鑑定するとも思えない。

しかし――。

「もし、あんたが覚醒剤を持ち出したことに、あとで誰かが気が付いたら、あんたはどうなる?」

笙子はしばし小首を傾げて考えたが、すぐに答えを返した。

「私の上司は公務員らしい、とても小心な人物です。自分の責任問題になるのを避けるため、表沙汰《おもてざた》にはしないのではないでしょうか」

のちに覚醒剤の持ち出しと白竜の冤罪《えんざい》逮捕が発覚しても、白竜が覚醒剤の密輸業者なのは事実であり、その証拠はいずれ発見される。それに持ち出された覚醒剤は、あくまで犯罪者の逮捕のために使用されたのであり、白竜の拘束時に全て回収され、国庫に戻っている。何も問題はないと笙子は言い切った。

「私を逮捕しても、麻薬取締局にとって何もいい結果は生じません。私は別の口実で処分を受けるかもしれませんが」

神西は念を押した。

「あんたはそれでいいのか？　クビになっても？」

「他に方法がありますか？」

笙子は平然と神西の目を見た。

「白竜昇を確実に逮捕し、この世を支配しかねない恐ろしいドラッグ、スノウ・エンジェルを、この世から完全に消し去る方法がありますか？」

神西はあらためて考えた。しかしいくら考えても笙子の言う通り、他に方法があるとも思えなかった。

「いいだろう」

神西も覚悟を決めた。

「まず伊佐に、タイの中国人社長から預かったと言ってサンプルのパケを渡す。あんたが持ってきた高純度の覚醒剤だ、白竜も必ず気に入るだろう。次は価格交渉になるから、頃合いの金額を提示して白竜を釣り、取引に持ち込む」

「そこで最も肝要なのが、何とかして白竜を、こちらの指定した取引場所に引っ張り出すことです。これがこの計画の大前提となります」

水月笙子は強く念を押した。

「私はその取引場所に、白竜が要求した量の覚醒剤を用意しておきます。一方で私は、そこで覚醒剤取引が行われるという情報を摑んだことを上に報告し、警察にも協力を仰いで逮捕の準備を整えます。そして白竜が、現金を持って取引場所にやってきたら――」

その時が、白竜の最後だ。

「ところで」

神西は一つ確認した。

「あんたは以前、マトリの中に白竜のスパイがいるかもしれないと言っていたが、そいつは見つかったのか？　この計画が白竜に漏れるようなことはないだろうな？」

すると笙子は、考え込むように沈黙した。思い当たることがあるのだ。やはり誰か怪しい人物がいるのだろうか。

「スパイがいる可能性は否定できません」

笙子は顔を上げた。

「ですので、今回の覚醒剤取引が虚構であることは、私以外にあなたのことを知っている唯一の人間、つまり私の上司にも内密にします。真実を知っているのは、私と神西さんの二人だけということになります」

　笙子は神西を警告の目で見た。

「あなたもどうぞ、うっかり誰かに喋ったりしないように」

「言うまでもないさ」

「結構です」

　水月笙子は立ち上がった。そして椅子の背中に掛けていたコートを羽織ると、机の上の黒革バッグを肩に掛け、神西に向かって軽く会釈した。

「それでは、よい報告をお待ちしています」

　笙子は踵《きびす》を返すと、ドアに向かって歩き始めた。

　神西も慌てて立ち上がった。

「ちょっと待てよ」

　神西は笙子の前に回ると、ドアを背にして立ちはだかった。

　笙子は足を止め、神西の顔を見上げた。

「何でしょう?」

「このまま帰るのか？」

「何か他に、確認事項が？」

神西はもどかしげに両手を上げ、意味もなく動かした。

「そうじゃなくて、その、もう少しだけ――」

「勘違いしないで」

水月笙子は、神西の言葉をぴしゃりと遮った。

「あの時は、あなたが本当に死ぬんじゃないかと思った。薬物の離脱症状のせいじゃなくて、本当に生きる目的を見失っているように思えた。でも、もう今のあなたには、私は必要ない」

「あれは、哀《あわ》れみだったのか？」

神西は笙子に迫った。

「あの時、俺があまりにも哀れだったから、見捨てておけなくて――。そうなのか？」

笙子は無言のまま、神西の顔をじっと見つめた。

あなたは何もわかっていない――。笙子の目には、そんな表情が浮かんでいた。

「桧原祥子さんを、忘れることができる？」

笙子が突然聞いた。

その言葉に、神西は絶句した。

「祥子さんのことを忘れて、これから私のために生きることができる？」

何も答えることができなかった。

笙子は呆然《ぼうぜん》と立ち尽くす神西の脇をすり抜け、ドアを開けて外に出ていった。

神西の背中で、がちゃりとドアが閉まった。


後日、神西は考えることになる。

あの時、俺が桧原祥子を忘れると言っていたら、水月笙子はどうしただろうか。

全てを捨てて、俺と一緒に、どこかへ逃げただろうか。


どこか、遠くへ――。

17 対峙《むか》いし時

一月十八日、夜十時十分——。

東京都江東区お台場の海岸に建つホテル、「グラン・エルミタージュ東京ベイ」。地上二十七階、地下四階。全国にリゾートホテルを展開するエルミタージュ・グループの旗艦《きかん》とも呼ぶべき最高級ホテルで、その豪華で優美な建物は、この地を訪れた観光客の目を惹《ひ》き付ける。だがここは、フランス語で「偉大なる隠れ家」という名前の通り、メンバーとゲストしか入館できない完全会員制の施設だ。

そのホテルの、最上階に向かって上昇するエレベーターの中に、神西明がいた。

「急ですみません。白竜さんが、今夜これから周さんに会いたいと言ってます」

およそ二時間前の午後八時頃、プッシャーの伊佐友彦から神西に電話が入った。

「タイの件について話を聞きたいそうです。周さん一人でサンプルを持って、十時までにゆりかもめの青海駅に来て下さい。十時丁度に周さんの携帯に電話が入ります。その時あらためて、白竜さんとの面会場所を伝えるそうです」

サンプルを入手した、と伊佐に電話してから、十二日目の夜だった。唐突な呼び出しも、神西一人だけで来いというのも、ぎりぎりまで面会場所を伝えないのも、いかにも用心深い白竜昇らしい行動だった。

薄いグレーのソフトスーツ、白シャツにノーネクタイという格好で、神西は十分前に青海駅に着いた。改札を出た所で、お台場名物の大観覧車を眺めながら立っていると、十時きっかりに神西のスマートフォンが鳴った。

「周浩然様でしょうか？」

まるでホテルマンのように慇懃《いんぎん》な男の声だった。白竜の部下なのだろうか。神西が、そうだと答えると、その男は丁寧に説明を始めた。

「グラン・エルミタージュ東京ベイの最上階にある、『ル・シエール・スパ』でお待ちしております。まず一階のゲスト・フロントにお立ち寄り頂いて、周様のお名前をおっしゃって下さい。防犯装置を解除する電子キーをお渡しします。エレベーターでは、そのキーをセンサーにかざしてから、ボタンを押して下さい」

エレベーターのドアが開いた瞬間、神西の脚が止まった。カーゴの奥半分が全てガラス張りになっていて、視界一面に東京湾の夜景が広がっていたのだ。スノウ・エンジェルを飲んだ時、夜景がフラッシュバックのトリガーになったことを神西は思い出した。またあのパニックに襲われるのではないかという不安に、神西の身体が緊張した。

だが、しばらく様子を見ても身体が変調を起こす兆《きざ》しはなかった。神西は大きく深呼吸をして夜景に背中を向けると、キーを防犯装置にかざして、最上階である二十七階のボタンを押した。


エレベーターが静かに停止し、ドアがゆっくりと左右に開いた。そこにダークスーツを着た二人の若い男が立っていた。どちらも短く黒い髪をきっちりと固めている。一瞬神西は双子の兄弟かと思った。それくらいよく似た印象の二人だった。

「周様、お待ちしておりました。こちらへ」

二人は顔を見ただけで神西を認識した。いつの間に写真を撮ったのだろうか、すでに神西の顔を把握しているのだ。

最上階のフロアは、壁も天井も無垢《むく》の木材張りという重厚な造りだった。神西は男の一人に先導されて、天井に配されたダウンライトを浴びながら、分厚いカーペットの上を歩いた。その後ろにもう一人の男が続いた。

神西は広い部屋に通された。木製のロッカーがずらりと並んでいた。金文字の番号が付いているが名前は入っていない。ゲスト用のロッカールームのようだ。

「例のものをお預かりします」

男の一人が神西に言った。神西はサンプルに持ってきた覚醒剤のパケを取り出し、男に渡した。男は両手で受け取ると、神西に向かって説明を始めた。

「まず、ジャグジーでゆっくりとおくつろぎ下さい。本日は他のお客様はいらっしゃいませんので、リラックスして頂けると思います。あちらのドアの向こうがスパです」

男が、奥にあるガラス製のドアを手で指し示した。

「風呂なら、今朝入ったんだがな」

わざと神西が逆らってみると、男は首を横に振った。

「どうぞお入り下さい。そうでなければ、ここでお帰り下さい」

神西は肩をすくめ、目の前のロッカーの扉を開けた。中のハンガーに分厚い白のバスローブが下がっており、下の棚には同じ生地のバスタオルがこんもりと畳んであった。

「では、私どもは出口でお待ちしております。携帯電話、腕時計、それに全てのお持ち物とお召し物はロッカーに置いて、バスローブに着替えてお越しください。ロッカーに施錠はご無用です」

二人の男はロッカールームを出ていった。

なるほど——。神西はゆっくりと頷いた。風呂に無理矢理入らせて、その間に所持品を調べるつもりだ。そして白竜と面会する時は、神西はバスローブ一枚という裸同然の状態になる。これでは拳銃やナイフは勿論、録音機も盗聴器も持ち込めない。水月笙子が言った通り、白竜はどこまでも用心深い男だった。

スパは、東京湾の夜景を一望できる広々としたスペースだった。円形の白いジャグジーの一つに五分ほど浸かった後、神西はバスタオルで身体を拭いてロッカールームに戻った。そしてタオルを回収箱に放り込み、服と持ち物を全てロッカーに置いたまま、バスローブを着てロッカールームの出口に向かった。ドアの手前に、さっきの二人が立っていた。

男の一人がスタンガンのようなものを取り出した。神西は一瞬ぎくりとしたが、これは小型の金属探知機のようだった。その器具で神西の身体全体をくまなくなぞると、男は頭を下げて懐に仕舞った。

また片方の男に先導され、もう片方の男を背後に従えて、神西は長い廊下を歩いた。すると突き当たりに、一面に彫刻を施したひときわ豪華なドアがあった。おそらくこのスパのＶＩＰルームだ。

先導した男がドアをノックし、ドアを開けて神西に会釈した。

神西は、部屋の中に入った。

贅《ぜい》を尽くした、という表現がぴったりの部屋だった。

左側の壁は床から天井までガラス張りで、その外には東京湾の夜景が広がっている。ガラスの壁の手前は部屋よりも一段低く、白い大理石張りになっており、そこに十メートルほどの細長いプールがある。プールの水中照明が、循環している水を青白く照らし出している。天井にはクリスタルのシャンデリアがほのかに輝いている。

部屋の右側は黒いカーペット。奥まったところに、スクエアな形状の白い本革張りのソファーセット。ソファーの間には、一畳はありそうなガラステーブル。

そのガラステーブルの中央には、何種類もの赤系の花々が活《い》けられた大きなクリスタルの花瓶が置いてある。その隣には、氷がぎっしりと詰まったクリスタルのワインクーラー。その中にシャンパンと思われる白銀色のボトルが冷やしてある。

ガラステーブルに載っている物は、全てクリスタルとシルバーで統一されている。数種類の果物が載ったシルバーの大きなトレイ。クラッシュアイスが敷き詰められたガラスの大皿。その上にキャビアと思《おぼ》しき黒い粒を盛った銀色の容器。三本の蠟燭《ろうそく》を灯した銀製のキャンドル立て。それに透明なグラス類。

そして、白いソファーセットの奥にある一人掛けソファーに、大柄な男が座っていた。光沢のある生地で仕立てた太いストライプのスーツ。黒いシャツにノーネクタイ。肘掛けに両肘を載せ、高々と足を組んでいる。その背後には、左右それぞれに二人の男が後ろ手で立っている。四人とも神西を案内してきた二人によく似ている。

「よう、謎の中国人」

ソファーに座った男が、薄笑いを浮かべながら神西に声をかけた。

「ジャグジーの湯加減はどうだった。気持ちよかったか」

威圧感のある、低くて太い声だった。

白竜昇だ。

こいつが、白竜昇――。

ついにこの男にたどりついた。薬物のプッシャー・伊佐友彦に接近してからおよそ二ヵ月と一週間。ようやく伊佐の元締である白竜昇の顔を拝むことができたのだ。

神西は緊張しながらも、じっくりと白竜を観察した。年齢は水月笙子が言った通り四十代半《なか》ばか。オールバックの髪を濃い茶色に染めている。暴力団に卸《おろ》す薬物の密輸入をやっている男だ、もっと凶暴な顔をしているかと思ったが、白竜は予想外に知的とも言える風貌をしていた。表の顔が輸入会社の社長だからだろうか。

「わかんねえんだよなあ」

白竜が笑みを浮かべたまま右掌を上に向けた。外見に似合わず伝法《でんぽう》な口調だった。

「おめえはここ九年ぐれえ、いろんな日本人の偽名を名乗りながら、湾岸のあたりをウロウロしてたようだ。だが、それまでどこで何をしてたのか、いくら洗ってもわかんねえ。不思議だよなあ」

やはり白竜は、神西の過去を調べ上げていた。謎の中国人と呼んだのは、調べたが過去がわからないという意味なのだ。

「その前は、しばらく海外にいたんだ」

大した問題ではない、という口調で神西は答えた。

「ちょっと危ないヤマを踏んだもんで日本に居辛くなってな。何年かアジアを転々としてた。ほとぼりが冷めたんで、九年前にまた戻ってきた」

白竜は一瞬、神西を鋭い目で睨んだ。じわりと白竜の怒気《どき》が伝わってきた。同時に、周囲で立っている男たちが一斉に緊張するのがわかった。

いきなり白竜がからからと笑い出した。

「おい、おめえ面白《おもしれ》えなあ。いい度胸してるぜ」

白竜は笑いながら、立っている神西を見上げた。

「ヤクのプッシャーの癖に、俺にタメ口叩く奴は初めてだ。面白えからこっちも、さん付けで呼ぶとするか。周さん、まあ座んな」

白竜に促され、神西は白竜の正面のソファーに座った。すると白竜は周囲の男たちを見回し、おい、と言った。

神西を先導してきた男が、スーツのポケットから白い小さなものを取り出すと、ガラステーブルの上に置いた。覚醒剤のパケ。さっき白竜の部下に渡したサンプルだ。

白竜は組んでいた脚を解き、大きく股を開いて座り直すと、果物皿からシルバーの細いピックを拾い上げた。それを白いナプキンで丁寧に拭き、パケに刺して小さな穴を開け、ガラステーブルの上でパケを振って白い粉をパラパラと落とした。

白竜はテーブルの上のキャンドルを持ち上げると、白い粉に顔を近付け、姿勢を低くしてじっくりと観察した。それから白い粉を指でつまむと、キャビア用の金色のスプーンに載せ、キャンドルの火で炙りながら匂いを嗅いだ。神西の鼻に、果物のような甘い香りが漂ってきた。

部下の一人が空のグラスを白竜の前に置き、脇にあった透明なカラフェを持ち上げて水を注いだ。白竜は白い粉を指でつまみ上げると、グラスの水にそっと落とした。すると白い粉は、生き物のように水の表面をするすると走り始めた。それを見て白竜は、ふん、と鼻を鳴らした。

「味見もしてみてくれ」

神西が言うと、白竜はじろりと神西を見て、また薄ら笑いを浮かべた。

「馬鹿野郎。シャブ屋がシャブ中でどうするよ」

そう言えば白竜は煙草も吸わないようだ。テーブルの上に灰皿がない。

白竜は背後に立っている男の一人に顎をしゃくった。その男はストローを持って近付くと、ガラステーブルの上に残っている白い粉に顔を近付け、ストローを片方の鼻の穴に挿してすっと短く吸い込んだ。男はしばらく目を閉じていたが、やがて目を開けると白竜に向かって頷いた。白竜も頷いた。

白竜が神西に聞いた。

「鶏は、何羽用意できる？」

「とりあえず、十羽」

神西は即答した。

「龍眼《りゆうがん》の他にオレンジもある。どっちでも」

白竜は、ふん、と鼻を鳴らした。

「混ぜ物は要らねえ。龍眼でいい」

鶏とは、タイではヤーバーと呼ばれる覚醒剤を指す隠語だ。白竜は、この覚醒剤は何キロ用意できるのか、と神西に聞いたのだ。水月笙子は十キロを用意しておくと言っていたので、神西はその上限を白竜に提示した。量は多いほど白竜の罪が重くなる。

龍眼とオレンジもタイの隠語だ。龍眼とは結晶状、オレンジとは錠剤にした覚醒剤。白竜はタイとも取引したことがあるようで、隠語を使って神西を試したのだ。神西もタイの覚醒剤に関する知識は仕入れてきていた。

とりあえず、試験はパスしたようだ。神西はタイルートについての説明を始めた。

「作ってるのは、タイで製薬会社をやってる中国人。名前はチェン」

勿論架空の人物で、陳《チェン》というのは神西が適当に付けた名前だ。

「華僑のルートで話を付けた。ミスター・チェンは日本相手の商売は初めてで、俺が一切の代理交渉を頼まれた」

「ああ。伊佐に聞いた」

面倒臭そうに眉を寄せて、白竜が頷いた。

「伊佐の野郎、アメリカルートもいつどうなるかわかんねえ、予備に他のルートも持ってたほうがいいって煩《うるさ》くてな。俺の心配じゃなくて、てめえの売り物が入ってこなくなるのが怖いんだろうが。だがまあ、確かに別ルートを持ってても邪魔にはならねえ」

どうやら伊佐は、神西のために積極的に口を利いてくれたようだった。ただ、白竜の話は伊佐の説明とは微妙に違っていた。伊佐は、アメリカの組織が摘発されたため、白竜が至急別ルートを求めていると言った。おそらく白竜は、相手に弱みを見せて付け込まれたくないのだろう、そう神西は解釈した。

「どうやってタイから持ち込むつもりだ？」

白竜が疑わしげに神西を見た。

「最近じゃセドリはまず失敗する。空も海も危なっかしくてしょうがねえ。特にアジアと中南米からの荷物は税関がねちっこく調べやがる。俺がアメリカ物以外を使わねえのはそのせいだ。まあ、シャブの品質もあるがな」

覚醒剤を海外から日本に密輸入する場合、セドリという海上での受け渡し以外には、貨物として税関をくぐり抜けるしかない。騾馬《ミュール》と呼ばれる運び屋が手荷物の中に隠すか、あるいは輸入品や国際郵便に紛れ込ませるか、二つに一つだ。だが、白竜が欲しがる量を手荷物で運ぶとすればかなりの回数になり、それだけ発見されるリスクが高くなる。

「昔から中華食材を輸入している、中国系の業者に話を付けた。業務用の輸入食材に仕込んで運ぶ。タイには中国の食品会社の下請けが多いからな」

神西は説明した。自分が中国人という設定から考えた密輸方法だ。以前より継続的に輸入されている食材なら、税関の警戒は緩い。もちろん輸入食品には税関とは別に、検疫《けんえき》という十数項目にも及ぶ厳しい検査がある。だが、これはあくまでも食品の安全性を確認するためで、過去に検疫を通過した食品はほぼフリーパスだ。時々抜き打ち検査があるが、行うのは検疫所の委託を受けた民間の団体だ。内部に隠されているものを探すまではしない。それは彼らの仕事ではない。

「万一、税関で中身を発見されて追跡されても、輸入業者で止まる。そこから先はどこに行く予定だったのかはわからない。あんたにまで手が伸びることはない」

輸入品の中に指定薬物が見つかった場合、税関と警察はクリーン・コントロールド・デリバリーという捜査を行う。薬物を抜き取ってそのまま配達させ、注文主を突き止めるのだ。この場合、荷物に薬物が入っていなくても「麻薬様《よう》の物質を輸入した」という理由で逮捕できる。麻薬特例法第八条二項で許可された行為だ。

「搾菜《ザーサイ》の樽《たる》か紹興酒《しょうこうしゅ》の甕《かめ》か知らねえが、そう上手くいくかな?」

白竜は皮肉な笑みを浮かべた。

「だがまあ、お手並み拝見といくか。少なくとも俺がパクられることはなさそうだ。——それで周さんよ。問題はコレだ。いくらで売る?」

白竜は膝の上に左手を置き、仏像のように親指と人差指で輪を作って見せた。

覚醒剤の末端価格は、現在一gおよそ七万円。つまり一キロ七千万円にも上るが、アジアや中南米からの密輸原価は一キロ二百万円程度だ。この三十五倍の差が暴力団に莫大《ばくだい》な利益をもたらすのであり、また、それくらい安くなければ現金取引はできない。売買の時に大型トランクがいくつも必要になる。

白竜はアメリカの業者からいくらで覚醒剤を買っているのか——。神西は考えた。相場の二百万よりは高いだろうが、こっちは新規に取引を始めようという立場だ。相場でどうだと言う訳にもいくまい。白竜が食いつく値付けをしなければならない。

「キロ百五十万、と言ってる」

神西が答えると、白竜はまた鼻を鳴らした。

「話にならねえ。百丁度だ」

相場の半額だ。白竜は予想以上に強気だった。

「嫌なら、この話はなかったことにする。周さんよ、おめえ一切の代理交渉を任せられてるって言ったな？　今ここで決めろ」

悩む素振りをした後、不承不承という体《てい》で神西は頷いた。

「いいだろう。その条件じゃ、俺の取り分は無しだが」

「その分、おめえたちにゃ安く卸してやるよ。量をさばいて取り返しな」

白竜は満足そうに笑うと、高々と右手を上げた。

一人の部下がテーブルに歩み寄り、白銀色のボトルをワインクーラーの氷の中から引き抜いた。スペード形の金属プレートが付いたボディーを白い布で包むと、ゆっくりと斜めに傾け、ワイヤーごと栓を握ってボトルを回し、音もなく静かに栓を抜いた。そして別の二人の部下が白竜と神西の前に、脚の長い卵形のグラスを置いた。

「クープって平べったいグラスがあるだろう、ありゃあ本来カクテル用だ。今時、ホスト以外に使う馬鹿はいねえ」

シャンパンが用意される間、白竜は機嫌よく喋り続けた。

「フルートって細長い奴は、底に傷が付けてあって泡が立つようにできてるが、肝心の香りが立たねえし味もスカスカだ。だが、このグラスはシャンパン専用に開発された奴だ。香りも味わいも全然違う」

白竜がシャンパンの注がれたグラスを持ち上げた。

「じゃあ、取引成立を祝って乾杯だ」

そう言うと白竜は、シャンパンを一気に半分ほど飲んだ。

神西もグラスを手に取り、目の高さに上げた。そして、もっともらしくグラスを回して香りを嗅ぎ、一口飲んでみたが、高い酒だということ以外はよくわからなかった。わかったのは、白竜が何事にも研究熱心で、新しもの好きだということだ。

グラスを口から離し、神西は腹の中でほくそ笑んだ。これで白竜との覚醒剤売買交渉は成功だ。ここまでは上手くいった。

だが神西には、越えるべき高い壁がもう一つあった。

18 陥穽《おちい》りし時

「実は」

神西はグラスをテーブルに置いた。

「ミスター・チェンは、もし今日の商談がまとまったら、白竜社長に挨拶するために日本に来ると言ってる。最初のブツも、その時に直接渡したいと」

神西は用意してきた理由を述べた。タイじゃヤクの密売は死刑だから、あっちも命懸けだ。信用できる人間でないと安心して取引できない。人を知るには直接会って顔を見ろ、それが中国人の考え方だ。もし断れば信用できない人間だと思われるだろう。中国人は値段では譲っても、商売の流儀は譲らない――。

「あんたとは、是非長い付き合いにしたいと言ってる。ミスター・チェンの顔を立てると思って、会ってくれないか？」

勿論、白竜をこちらで用意した場所に引っ張り出し、そこで現行犯逮捕するためだ。

「ふん」

白竜はシャンパンを一口、ぐびりと飲んだ。神西は逸《はや》る気持ちを抑えて返事を待った。

白竜は、皮肉な笑みを浮かべて口を開いた。

「多分、長い付き合いにはならねえさ」

会うつもりはないという意味だろうか。神西は食い下がった。

「シャブは大量に用意できる。あんたが好きなだけずっと買える」

「そうじゃねえ」

白竜はゆっくりと首を左右に振ると、こう言った。

「もうすぐ、シャブの時代は終わる」

予言者のような口調だった。

「このご時世、シャブみてえな客の身体を傷《いた》めつけるヤクは、もう先がねえ。これからは全く身体を傷めずに、しかも一旦やっちまったら一生抜けられねえ、そんなヤクの時代がやってくる。もう仕込みは始めてる。シャブなんざ、そいつをさばき始めるまでの繋ぎに過ぎねえ」

神西は緊張した。スノウ・エンジェルのことを言っているのだ。

「伊佐が、あんたから預かった新しいヤクを客に配ってる。そいつのことか？」

白竜は神西の問いには答えずシャンパンを飲み干すと、空のグラスをテーブルに置いた。すかさず部下がボトルを捧げ持って、透き通った金色の液体をグラスに注いだ。

「やっぱり、アルマンは美味《うめ》え」

グラスを持ち上げて眺めながら、白竜は満足気に溜め息をついた。

「アルマン・ド・ブリニャック・ブラン・ド・ブラン。一本たかだか十万かそこらだが、こいつを普段飲みできるようになるまでは何年もかかった。まさにシャンパーニュは富の象徴、資本主義の恩恵って奴だ」

なぜか白竜は酒の話を始めた。神西は黙って白竜の話を聞いた。

「だが、酒もアメリカじゃ禁止されてた時代があった。酒はその間マフィアの資金源だったが、大儲けするマフィアが羨《うらや》ましくなった国は、酒を解禁した。すると案の定、国にじゃぶじゃぶ金が流れ始めた。国は掌を返して酒のメーカーを保護し始め、同時に飲酒を国民に推奨《すいしょう》するようになった。そして今じゃアメリカは、立派なアル中大国だ」

白竜はそこで残念そうな顔になった。

「そこいくと、シャブは失敗だった。戦前から戦後までは堂々と売られてたが、死人や廃人がどんどん出るんで、とうとうこの国も禁止薬物に指定せざるを得なかった。その結果、シャブが生む金はヤクザが独占するようになった。国はさぞや悔しいだろうな。ヤクザが大儲けするのを、指をくわえて見てるしかねえんだからよ」

白竜はまた、グラスを口に運んだ。

「酒や煙草を見てみろ。世界中で毎年何百万人も死んでる。でも、どの国だってそんくれえの死人だったら禁止にはしねえ。税金がどかどか入るからな。ヤクザが売れば中毒物質だが、お上のお墨付きがあれば嗜好品って訳だ。ギャンブルもそうだろ？　ヤクザがやれば賭博開帳、お上がやればレジャー産業だ」

酒や煙草はともかく、ギャンブルの話には神西も頷かざるを得なかった。カジノ法案が通過し、国は今カジノ開業の準備に余念がない。だが、ヤクザが開帳しようと国が営業しようと博打は博打だ。国民をギャンブル行為に依存させ、金を巻き上げようという意図に変わりはない。

「まあ、俺はギャンブルなんか興味ねえがな。ヤクっていう、もっと簡単に儲かる方法がある。――だから、いいか？」

白竜は神西に向かって、ずいと身を乗り出した。

「もし、酒や煙草みてえな、無限に金を生むネタが新しく見つかれば、そこそこ死人が出るくれえだったら国は何も文句は言わねえ。それどころか、どんどん作って、どんどん世界中に売れってことになる。絶対になる」

ようやく神西にも、白竜が何を言いたいのかがわかった。

「そしてあんたは、それを手に入れた」

「おうよ」

白竜はにやりと笑った。

「おめえ、俺があの錠剤に彫った天使のマークを見たか？　あれは俺からこの世の人間たちへのメッセージだ。やがてあの天使は、世界中の空を覆い尽くす。そして、こう言うのさ。——我に依存せよ、我に服従せよ。服従しないものには死を。お前たちには依存の王国に住む資格はない」

高い所にいる誰かと乾杯するかのように、白竜はシャンパングラスを高々と掲げた。

「この世は快楽の国となるのだ。それは失われし楽園《エデン》の再来、いや地上に生まれる天国《ヘブン》。なぜならこの世界は、依存の天国——ディペンデント・ヘブンとなるのだから」

そしてまたシャンパンをぐいっとあおり、白竜は神西に向かって身を乗り出した。

「そして俺は、この世の王になるのさ。そいつを使ってな。そいつさえあれば、世界中の金という金が俺の所へ流れ込んでくる。もうすぐだ。もうすぐそうなるんだ」

白竜は明らかに酔っていた。一本十万円のシャンパンに。そして、やがて巨万の富を手にするであろう自分の未来に。

「それが、シャロノフの『最後のレシピ』なんだな？」

突然、白竜の目が鋭くなった。

「誰に聞いた？」

もしスノウ・エンジェルが「最後のレシピ」だとすれば、白竜にはさらにシャロノフ殺しの犯人だという可能性がある。ついでにその罪も暴《あば》いて、こいつに乗せてやる。

神西はさり気なく続けた。

「伊佐だ。伊佐が持ってた試作品のドラッグという奴をもらって、試しにやってみた。俺はこの上なく幸せな気分に満たされた。そう言うと伊佐が聞かせてくれたんだ。シャロノフって研究者が『最後のレシピ』という名のドラッグを完成させ、これこそが完全なドラッグだと言っていたと」

「また、伊佐の野郎か――」

白竜は呆《あき》れたような笑みを浮かべ、ソファーに背中を預けた。

「あの野郎、よほどおめえを気に入ったようだぜ。そんなことまで喋るなんてな」

「あんたこそ、かなり伊佐を気に入ってるみたいだ」

神西の言葉に、白竜は含み笑いをしながら頷いた。

「ああ。あいつは面白《おもしれ》え。時々、何ていうか、こう――」

言葉を探すように白竜は目を細くし、それから宙に向かって大きく目を見開いた。

「まるで目が開けるような話をするんだ。こんだけ修羅場を潜《くぐ》ってきた俺でも気が付かなかったような、意表を突くような話をな。あいつの話はまるで何百年も、いや、何千年も人間をずっと観察してきたみてえな、そんな風に聞こえるのさ。そんな人間がこの世にいる訳ねえんだがな」

神西も思い出した。確か伊佐がハンムラビ法典の話をした時、神西もまた不思議な感覚に襲われた。今のあなたたちの文明じゃ――伊佐は現代という時代のことをそう呼んだ。

「あいつの想像通りさ」

またシャンパンを一口ぐびりと飲み、白竜は嗤《わら》った。

「俺が世界中に広めようとしてるのは、シャロノフの『最後のレシピ』って奴だ。まだ伊佐の客たちを使った人体実験の途中だがな。それもそろそろ終わる」

そろそろ終わる――スノウ・エンジェルは、いよいよ本格的に闇市場で売り出されるのだ。

神西は改めて自分に言い聞かせた。失敗する訳にはいかない。白竜をこちらが用意する場所に引っ張り出し、罠にはめて、確実に逮捕しなければならない。

「なあ、周さんよ」

白竜はグラスをテーブルに置くと、神西の顔をじっと見た。

「おめえ、なんで生きてる？」

神西はどきりとした。

なんで俺は生きてるんだ――。これまでの十年の間、ずっと神西の頭を占め続けている疑問だった。愛する女を殺され、その犯人の影も摑《つか》めないまま無駄に時間を過ごし、捜査とはいえ麻薬の売人となり、市井《しせい》の人々に違法な薬物を売り続けている。

だが、白竜が神西の過去を知っているはずはない。神西は波立つ心を鎮《しず》めながら、用心深く口を開いた。

「考えたことがないな。そう言うあんたは？」

白竜は含み笑いをしながら、肩をすくめた。

「俺もおめえも同じさ。人間は、いや生き物はなんでも同じさ。そもそも生き物にゃあ、生きてなきゃいけない理由なんてねえんだ。じゃあなんで生きてるか。その答えは、無理矢理生かされてるからだ。――この」

白竜は右手の人差指で、自分のこめかみをつついた。

「脳みそから出てる『脳内麻薬』って奴でな」

白竜は、大きく目を見開いて見せた。

「生き物には本来、生きる理由なんてねえ。でも生きて子孫を残さなきゃなんねえ。だから生きる目的が与えられた。生きていりゃあ褒美がもらえるように作られたんだ。その褒美が『快楽』だよ。この快楽って褒美欲しさに、生き物は必死に生き続けるんだ。快楽のためなら何でもするんだよ」

　何かに憑《つ》かれたように、白竜は饒舌《じょうぜつ》に喋り続けた。

「そして、快楽の正体が脳内麻薬なんだ。このヤクを味わってるから、俺たちゃ楽しく生きてるんだよ。その証拠に、こいつが何かの理由で出なくなっちまうと、鬱って奴を強烈に感じるようになる。生きているのが嫌になっちまって、終《しま》いにゃあ自殺しちまうんだ。

——つまりだな」

　白竜は神西に向かって嗤った。

「俺たちゃみんなヤク中なのさ。ラリってんだよ。生まれてから死ぬまで、生きてる間ずっとな」

　白竜の言葉が、神西の頭の中でこだました。

「俺は、人間が生きる手伝いをしてるだけなのさ。脳から出るヤクでラリってる人間たちに、もっといいヤクをくれてやってるんだ。俺は人間たちに、生きる力を与えてやってるんだよ。生きててよかった、ってな」

　神西は頭の中で、白竜の言葉に必死に抗《あらが》おうとしていた。

そうではない。人間が生きているのは脳内麻薬のせいなどではない。人間には生きる目的があるからこそ――。しかし、そこで神西の思考は停止した。

では、俺には生きる目的があるのか？　この俺も、もはや生きる意味などないのに、相変わらず生きているではないか。生きなければならない理由もわからないまま、必死に生にしがみついているではないか。

俺は、何のために生きている――？

「ミスター・チェンに会ってやるよ」

突然、白竜が神西に言った。その言葉で神西は我に返った。

「本当か？」

思わず神西は確認した。煩《うるさ》そうに白竜は手を動かした。

「何度も言わせるな。伊佐がいいと思う話なら間違いねえだろうさ。日時は合わせる。場所はここでいいか」

「それなんだが」

神西は急いで、用意してきた話を持ち出した。

実はミスター・チェンは、極東クルーズツアーの客として来日する。乗り物は金持ちの老夫婦で一杯の豪華客船だ。その理由は船内にブツを持ち込みやすく、上陸時もチェックが甘いからだ。この船はバンコク港を出てシンガポール、台湾、上海《シャンハイ》、釜山《プサン》を経由、ウラジオストクに着く前に東京湾の晴海埠頭《ふとう》に半日だけ寄港する。海外の旅客船が一時入国する場合、乗客は「寄港地上陸《ショア・パス》」という制度が利用できる。最長で七十二時間ビザが不要という特例入国が可能で、入国審査も甘い。

「ただ入管法施行規則で、上陸できるのは港がある市町村の区域内とされている。晴海埠頭に寄港する場合は中央区だけで、このホテルは江東区だから使えない。上陸できる時間も短いことだし、伊佐と相談して、どこか晴海埠頭近くに安全な場所を設定する。あんたはただ、そこに来てくれれば——」

「わかったわかった」

白竜は面倒臭そうに神西の言葉を遮った。

「おめえと伊佐にまかせる。相手が中国人なら、今やどこでも目立たねえしな」

白竜は神西の提案を受け入れた。伊佐と相談して設定する、という言葉で安心したのだろうか。やはり白竜の伊佐に対する信頼は絶大なのだ。

「シャブ十キロの代金一千万は、明日には用意しとく。場所と日時が決まったら、伊佐から連絡させろ」

白竜はソファーに座ったまま、神西の背後に向かって顎をしゃくった。白竜の両側から二人の男が進み出て、神西の両側に立った。

神西は立ち上がった。気が付くと神西は、両手にびっしょりと汗をかいていた。

「またな。風邪引くなよ」

シャンパングラスを顔の高さに持ち上げて、白竜が嗤った。

その言葉で神西は、自分がバスローブ一枚だったことを思い出した。


エレベーターに乗りドアが閉まると、神西は思わずふうと安堵の溜め息をついた。

全てが上手くいった。神西が麻薬取締官の水月笙子と練り上げたストーリーも完璧だった。それに何より、白竜に話を繋いでくれたプッシャーの伊佐友彦が、白竜の信頼を得ていることが大きかった。そのお陰で神西は、予想よりもスムーズに白竜と交渉を進めることができた。

気が付くとガラス張りのエレベーターの外には、東京湾の夜景が広がっていた。神西は目をそらしてドアの方向へと向き直った。

その時ふいに、神西の頭をかすかに奇妙な不安がよぎった。

そしてこの不安を、神西はいつかも感じたことがあるような気がした。

いつだったろうか――。神西は思い出そうとして必死に記憶をたどった。

神西は思い出した。それは、十年前のあの忌まわしい事件の直前だった。江田弁護士夫妻の転落死を殺人事件だと疑い、誰にも信じてもらえない中、神西と桧原祥子はひそかに捜査を続けた。そしてようやく重要な情報を摑み、神西たちはある場所へと向かった。これで事件の真相を知ることができる、そう思った時、神西は今と同じ不安を感じた。

上手く進みすぎているのではないか――？

急にそんな不安に襲われたのだ。

その時、自惚《うぬぼ》れていた神西はその不安を無視した。そんなはずはない。俺の捜査は間違っていない。好事魔《こうじま》多しという諺《ことわざ》を知っているせいで、根拠のない不安を感じただけだ、そう自分に言い聞かせた。

しかし、不安は気のせいではなかった。入手した情報は何者かに摑まされた偽情報《ガセネタ》で、愚かにも神西はまんまと何者かの罠に落ちた。その何者か――おそらくは江田夫妻殺しの真犯人――におびき出され、口封じのための襲撃を受け、そして祥子を死なせることになってしまったのだ。

俺はまたもや、何か重大な間違いを犯しているのだろうか？

それともただ、東京湾の夜景を見たせいなのだろうか――？

降下を続けるエレベーターの中で、得体の知れない不安に身を苛《さいな》まれながら、神西は考え続けた。いつの間にか額には、脂汗《あぶらあせ》が滲《にじ》んでいた。

19　欺瞞《だま》せし時

神西明は部屋に入ると、黒い革手袋をはめた右手で壁のスイッチを入れた。通路と部屋の天井照明、それにナイトテーブル下のフットライトが灯り、部屋全体がぼんやりと明るく照らし出された。五十から六十平米ほどの広めのツインルームだった。狭めのスイートと言ってもいいだろう。

通路の左側にルーバー式のクローゼットがあった。その扉を開けると、リブが細かく入ったアルミニウム製の旅行トランクが置いてあった。神西はそれを持ち上げると、部屋の隅にあった木製の折りたたみ式荷物置き《バゲージラック》の上に置いた。帯状の布が平行に張られた部屋の備品だ。そして神西は、トランクのバネ式留め金を両手の親指で外し、蓋を開けた。

中には毛布に包まれた、枕ほどの大きさの包みが入っていた。神西は、そのずっしりと重い包みを持ち上げ、毛布の一部をめくった。透明で分厚いビニール袋に入った白い粉が見えた。

——覚醒剤十キロ。末端価格にして七億円、か——。

緊張の面持ちで頷くと、神西は毛布を元に戻し、トランクの蓋を閉じた。

一月二十五日、午後八時十五分前——。

神西がいるのは、晴海埠頭から徒歩十分ほどに位置する古い小型ホテル、「晴海海運会《かいうんかい》館《かん》ホテル」の一二〇一号室だった。

今夜の午後八時、白竜も代金の一千万円を持ってやってくる。そして取引相手のミスター・チェンは、晴海埠頭から覚醒剤十キロとともにこの部屋に現れる。勿論ミスター・チェンというのは、神西が適当に名付けた架空の人物であり、実際に取引場所に現れることはない。

一週間前、白竜昇と架空の人物との面会を設定することに成功した夜。月島の安宿に戻った神西が麻薬取締官の水月笙子に電話で報告すると、数時間後に笙子からの折り返し電話が入った。

「今から言う内容はメモに残さず、全て記憶して下さい」

神西は慌ててベッドから跳ね起き、電話の声に集中した。

「まず、白竜とチェンという架空の男が取引を行う場所ですが、晴海海運会館ホテル十二階の一二〇一号とします。覚醒剤十キロは、旅行用トランクに入れて部屋のクローゼットに入れておきます。隣の一二〇二号室も押さえてあり、こちらに警視庁組対《そたい》五課、及び湾岸署署員が待機します」

「わかった」

水月笙子は続けた。

「当日、部屋に隠しカメラと盗聴マイクを設置しておきます。白竜がやってきたら会話の中で、覚醒剤取引である証拠となる言葉を引き出して下さい。それが済んだら、あなたは部屋の内線電話でルームサービスを頼んで下さい。コーヒーでもシャンパンでも何でも結構です。それが突入の合図になります」

「わかった。それから」

返事をしながら、神西は必死に手順を記憶した。

「組対と湾岸署の計十名前後が、ルームサービスを装ってドアをノックします。あなたがドアを開けたら一斉に部屋に突入し、白竜以下全員を覚醒剤売買の現行犯で逮捕、現金一千万円と覚醒剤十キロを押収します。これで全て終了です」

「俺はどうなるんだ？　白竜たちと一緒に捕まるんじゃないだろうな？」

「ドアを開ける人物は協力者だと説明しておきますので、警察は見て見ぬふりをします。警察が突入する時、入れ替わりに部屋から脱出して下さい」

組対にも湾岸署にも面識のある人物はいない。自分が十年前に失踪した警察官だとわかる者はいないだろう。そう神西も判断した。

「それから」

水月笙子が話題を変えた。

「白竜昇の二〇一四年の海外渡航歴を調べました。アレキサンダー・シャロノフとその妻が、カリフォルニア州ラファイエットで強盗に殺害された時、白竜がアメリカにいたかどうかを確認するためです」

「どうだった？」

神西が先を促した。

「白竜は、シャロノフ夫妻が殺害される三日前に日本を発《た》ち、同日にはアメリカのサンフランシスコ国際空港に到着、そしてシャロノフの死の二日後に同空港から日本に戻っていました。サンフランシスコからラファイエットまでは、バスでもレンタカーでもわずか三十分の距離です。白竜がシャロノフ殺害に関与した可能性は否定できません」

慎重な言葉遣いだが、要するに笙子は、白竜の犯行だと言いたいのだ。

「おそらく白竜昇は、以前よりシャロノフの研究に着目しており、知人の学者などから情報を収集するうちに、シャロノフが『最後のレシピ』というドラッグの合成に成功したという情報を摑んだのでしょう。そしてこれを入手するためにシャロノフを殺害、『最後のレシピ』を日本に持ち帰ったと思われます」

「その『最後のレシピ』が、スノウ・エンジェルか」

神西が呟くと、笙子は電話の向こうで、はい、と応じた。

シャロノフ殺害も白竜の犯行であることを立証できれば、白竜は十数年から二十数年の実刑を受けるだろう。そして「最後のレシピ」、つまりスノウ・エンジェルの製造方法を押収してしまえば、スノウ・エンジェルが世の中に出る可能性は完全に断たれる。つまり、我々の勝ちだ。

「もうすぐ、全てが終わります。よろしくお願いします」

水月笙子は電話を切った。神西もスマートフォンをポケットに仕舞った。

これで終わる――。神西は安堵の息を吐いた。

市井《しせい》の人々に覚醒剤やドラッグを売り続ける日々から、ようやく解放されるのだ。

そして、覚醒剤に取って代わるために製造された完全なドラッグ――スノウ・エンジェルは、永遠にこの世に姿を現すことのないまま、消えてなくなるのだ。

まるで太陽の光に照らされた、雪国の子供が作る「雪の天使」のように――。

「周さんよ。遅《おせ》えじゃねえか、チェンとかいう野郎」

ソファーにどっかと座った白竜昇が、眉を寄せて神西を見た。

神西も腕時計を見た。午後八時を十分ほど過ぎたところだった。白竜と部下二名は、約束の午後八時きっかりにホテルの一二〇一号室に現れた。

「船は予定通り、三時間前に晴海埠頭に着いてる」

神西は黒いトレンチコートのポケットに両手を突っ込み、立ったまま白竜を見下ろした。今夜、晴海埠頭にタイからの大型客船が寄港しているのは本当だ。ただしその船に、ミスター・チェンなる人物は乗船していない。

「何しろシャブ十キロをこっそり持ち込もうというんだ。いくら豪華客船だからって、上陸にはそれなりの手続きがある。バレないように慎重にやってるんだろう。もう少し待ってくれないか。――それより、金は？」

「ああ。ここにある」

白竜はソファーの背後に立つ二人の部下に顎《あご》をしゃくった。右端の男が、黒い革製のドクターバッグを手に提げている。

「確かに一千万あるのか？　ミスター・チェンが来る前に確認していいか？」

神西は尋ねると、白竜は声を荒らげた。

「馬鹿野郎。シャブを見てからだ」

神西は肩をすくめて見せた。わざわざこんなことを言ったのは、覚醒剤十キロを一千万円で買う取引であることを、この部屋のどこかにある盗聴器で録音するためだった。隣の部屋にいる警察官も聞いただろう。これで目的は達した。

「何か飲みながら待つとしないか？　何がいい？　ルームサービスを頼む」

神西は、部屋の内線電話に向かって歩いた。

「金は心配しなくていい。俺のおごりだ」

すると白竜は、ふん、と苦笑した。

「こんなシケたホテルじゃ、ろくな酒は置いてねえだろうがな。じゃあ、一番高《たけ》えシャンパンのよく冷えた奴を、氷に入れて持ってこいって言え。グラスはバカラなら置いてあるだろう、聞いてみろ」

神西は受話器を持ち上げて耳に当て、ルームサービスの番号を押した。指先には透明な接着剤を塗って乾かしてある。指紋がこの部屋の中に残らないようにだ。呼び出し音のあと、はい、ルームサービスです、という若い男の声がした。おそらく警察官だ。神西は白竜の注文を伝え、電話を切った。

まもなくルームサービスを装って、警察官十数名が踏み込んでくる。そして白竜と部下二人は逮捕される――。神西の緊張が高まった。

「おい」

白竜が、受話器を置いた神西に声をかけた。

「コートぐれえ脱いだらどうだ？　落ち着かねえ」

黒いトレンチコート姿の神西は、振り返ると肩をすくめた。

「ちょっと寒いんだ。最近、風邪気味でな」

「あん時、湯冷めしたんじゃねえだろうな？　ルームサービスで、ついでに風邪薬も頼んだらどうだ」

白竜が上機嫌に冗談を言った。

その時、部屋のドアのチャイムが鳴った。

「シャンパンが来たようだ」

神西はドアに向かって歩き出した。

歩きながら神西は、頭の中で水月笙子に指示された手順を復唱していた。ドアの向こうには、警察官十数人が声を殺して待っている。そして神西がドアを開けると同時に、部屋の中に突入してくる。それに乗じて神西は入れ替わりにドアを出る――。

「待ちな」

白竜が大きな声を出した。反射的に神西の脚が止まった。

「おめえが出なくていい。シャンパンの扱いならこいつらのほうが慣れてる。——おい、誰か出ろ」

白竜の声で、部下の一人がドアに向かった。神西は制止しようとしたが、咄嗟《とっさ》に理由が見つからなかった。

部下がドアスコープで廊下を覗いた。そして白竜を振り返った。

「ルームサービスではありません」

その男が言った。

「何だと？」

白竜の目が細くなった。

「じゃあ、誰だ？」

神西は観念した。警察官たちが詰めかけているのを見られたのだ。

——だが、神西がドアを開けて警察が踏み込むという手順は狂ったものの、白竜と二人の部下はすでに袋の鼠《ねずみ》だ。この部屋から逃げることはできない。どう転んでも俺たちの勝ちだ。

しかし白竜の部下は、ドアノブに手を掛け、そしてドアを大きく開いた。

三人の男が、ゆっくりと部屋の中に入ってきた。

先頭に壮年の男。その背後に二人の若い男。三人ともマオカラーというのだろうか、詰め襟《えり》のダークスーツを着て、濃いサングラスをかけている。どう見ても麻薬取締官でも警察官でもない。第一、そうであれば拳銃を構えて一気に突入してくるはずだ。

「ミスター・ハクリュウ？」

壮年の男が白竜に声をかけた。明らかに日本人ではない発音だった。さらにその男はこう続けた。

「初次見面《チューツーチエンミエン》、我姓陳《ウォーシンチェン》、三生有幸《サンシエンヨウシン》」

背後の男の片方が通訳した。

「初めまして、チェンです。お会いできて光栄です」

「おう、あんたがミスター・チェンか」

白竜が笑いながら、ソファーから立ち上がった。

「遅かったじゃねえか。丁度今、乾杯用の酒を頼んだところだ」

ミスター・チェンだって――？

神西は激しく混乱した。

そんなはずはない。ミスター・チェンとは、神西が勝手にでっち上げた架空の人間なのだ。実際には存在しない人物なのだ。それなのになぜ、いるはずのない人物が本当に現れた？

目の前を歩いていく三人の男を見ながら、神西は呆然と立ち尽くしていた。

一体何が起きているんだ？　俺は夢でも見ているのか？　それともこれは幻覚なのか？

スノウ・エンジェルのせいで、俺は頭がおかしくなったのか――？

突然、三人の男が懐から拳銃を抜いた。銃口には消音器《サプレッサー》が装着されていた。トカレフT－33の改造銃。これもまた警察官や麻薬取締官が使用する銃ではなかった。

「白竜、伏せろ！」

思わず神西は怒鳴《どな》った。だが、神西が叫ぶのと三つの銃が火を噴くのが同時だった。三人は立て続けに何度も銃爪《ひきがね》を引いた。ぶしゅ、という鈍い破裂音が何度も響き、白竜、それに二人の部下の身体に次々と銃弾が撃ち込まれた。身体にいくつもの穴が空き、そこから四方に血しぶきが飛んだ。二人の部下が苦悶《くもん》の声とともに床に崩れ落ちた。

銃声が止《や》んだ。

白竜は呆然とした顔で口を開けたまま、ソファーの前に立っていた。何が起きたのかわからないという表情だった。その鼻から、つうっと赤い血が一筋流れた。ごぶり、と音がして口から大量の血が噴き出した。その血が白竜の白いシャツの胸を、そして足元の床を真っ赤に濡らした。

白竜はそのままゆっくりと後ろに倒れ始めた。そして、ソファーの背もたれのあたりに腰を落とし、ソファーごと背後にひっくり返ると、そのまま床で動かなくなった。

その様子を神西は、ただ眺めているだけだった。目の前で起きていることが現実とは思えなかった。存在するはずのない取引相手が現れ、突然拳銃を抜き、あっという間に白竜たちを皆殺しにしたのだ。

そして神西は、もう一つおかしなことに気が付いていた。ルームサービスを装って突入する予定の警察官たちが一向にやってこないのだ。それだけではない。警察が隣室に待機していて、この部屋を隠しカメラと盗聴器で監視しているはずだった。しかし、誰一人としてこの部屋にやってくる気配はなかった。

「ミスター・ジンザイ？」

壮年の男が振り返った。そして、手に持っている銃をゆっくりと持ち上げ、神西の胸に向けてぴたりと静止させると、にやりと笑った。

「好好儿睡吧《ハオハオアーシユイバ》」

――ゆっくりお休み下さい――。

中国語がわからない神西には、男がなんと言ったのか知るはずもなかった。だが、別れの言葉であろうことは想像が付いた。神西はただ、自分に向けられた銃口を見ているしかなかった。


その時、ようやく神西は全てを理解した。

なぜ存在するはずのない架空の人物が本当に現れたのか。そしてなぜ白竜たちを皆殺しにし、さらに自分を殺そうとしているのか。神西が到達した真相以外に、この奇妙な状況を説明することはできなかった。

なぜ、自分は今までこの真相に気が付くことができなかったのか——。

神西は激しく悔い、己《おのれ》を責めた。だがすでに、ミスター・チェンの持つ拳銃は、神西の心臓のあたりにぴたりと向けられていた。

目の前の拳銃が、ぶしゅ、ぶしゅ、と二回の鈍い音を出した。

銃弾はどちらも、コートを着た神西の胸に命中した。

着弾の度に、神西の身体が衝撃で大きく跳ねた。

神西は苦悶の表情を浮かべ、胸を押さえて前かがみになると、床にがくりと両膝を突き、そして目を閉じた。神西はそのままの姿勢で、顔から床に向かってゆっくりと前に倒れ込んだ。

そして神西は、そのまま動かなくなった。

20　密談《たくら》み時

およそ一年前、二〇一六年十二月――。

「国家再興委員会？」

七十歳前後だろうか。細いピンストライプの高級なスーツに身を固めた男が、ソファーの上で眉を寄せた。

「そうです。すでに内密に、厚労省に委員を配しております」

もう一人の若い男が、向かい側のソファーで微笑みながら頷いた。端整な顔、黒い瞳。黒く短い髪をオールバックに整えている。

深夜。古い建物の一室には二人以外には誰もいない。

「税による国家運営は、もうすぐ破綻《はたん》します」

若い男は穏やかな口調で、はっきりと断定した。

「少子高齢化、人口減少、企業の海外脱出、そしてタックスヘイブン――この国の税収は今後減りこそすれ増えることはありません。消費税率を上げても、国民の消費意欲を減退させるだけで税収は増えません。国債は勿論、収入ではなく国民への借金であり、これもとうに限界を迎えています。この国には税収でも国債でもない、新たな収入が必要なのです」

「その、新たな収入を得る方策が、君にはあるというのだね？」

「はい」

若い男は頷いた。

「従来の『三本の矢』という喩《たと》えに倣《なら》って申し上げれば、第四の矢と第五の矢だと申し上げてもいいでしょう。私は便宜《べんぎ》上、第四の矢を『G計画』、第五の矢を『W計画』と呼んでおります。どちらも収入を生む原理は同じですが」

初老の男が大きく頷いた。

「Gとはギャンブルの Gだな。これはすでに着手した。まもなくこの国には、この国の歴史で初めて国家公認のカジノが誕生する。で、Wというのは？　何の頭文字だね？」

若い男が説明した。

「ホワイトオイル。Wはホワイトの頭文字です」

「ホワイトオイル――白い石油？」

初老の男は顔をしかめた。若い男は説明を続けた。

「砂漠の国に黄金の雨を降らせるもの、それが石油です。そして、石油のように黄金の雨を降らせる白いもの、それが白い石油です。この白い石油を生み出すことができれば、わが国は未来永劫《えいごう》、無限の富を手にすることができるのです」

「ますますわからんな。白い石油とは一体何のことだね？」

困ったように首を捻る初老の男に、若い男は言った。

「白い石油の効果は、かつてイギリスが中国から莫大な富を吸い上げたことで、歴史的に証明されています。おわかりでしょうか」

「まさか――」

初老の男は、緊張の表情になった。

「麻薬かね？」

「その言葉は、あまり適切ではありませんね」

若い男は苦笑した。

「依存物質、というのが正確な呼び名でしょう。ニコチンやアルコール、カフェイン、砂糖などと同じく、人間に依存を引き起こす物質です。これらは現在もわが国で販売されていますし、大きな市場を形成していることは疑いようがありません。そしてかつては、覚醒剤もまたその一つであった訳です」

「昔の話だ」

初老の男はまた顔をしかめた。

「いくら経済が苦しいからといって、この国が麻薬――いや、依存物質によって収入を得ようというのはまずいだろう。世界中から吊るし上げられ、袋叩きに遭《あ》う」

「誰一人、その存在に気が付かないとしても？」

初老の男が、怪訝《けげん》な表情になった。

「もし、その物質が、人体には一切の害がなく、ただ強い依存性だけを持つ――、そんな物質だとしたらどうでしょうか？　その依存物質が、この国のあらゆる食品や嗜好品《しこうひん》にひそかに添加されていても、世界中の誰一人として、そんな依存物質が存在することに気が付かないのではないでしょうか？」

初老の男は、口を開けたまま固まった。

もしそんなものがあったら、間違いなく世界中の人々が、この国が売る商品を、未来永劫買い続けることになる――。初老の男はそのことに気が付いたのだ。

「いや、それは不可能だ」

初老の男は、慌てて右手を顔の前で振った。

「食品や嗜好品には、全ての添加物について全成分表示義務がある。害があろうとなかろうと、何か未知の物質が添加されていることがわかれば、輸入国はその正体を探ろうとするだろう。そしていずれ、依存物質であることに気が付く」

「それが、そうではありません」

若い男は微笑みながら首を横に振ると、上着のポケットから何か薄くて白いものを取り出した。それは外国製の輸入錠菓、いわゆるミント菓子のケースだった。

「一例として、この錠菓の成分表示を読み上げてみましょう。ソルビトール、アスパルテーム・L－フェニルアラニン化合物、蔗糖《しょとう》エステル、微粒酸化珪素《けいそ》、そして、香料――。おわかりですか？　香料についてはただ香料とのみ表示すればよく、構成する物質の表示義務はないのです」

若い男はケースをからからと振ってみせた。

「また、キャリーオーバー成分についても同様です。有効成分ではない成分、例えば防腐や脱色防止のために使われる成分をキャリーオーバー成分と言いますが、やはり表示義務はありません。さらに、ある有名な炭酸清涼飲料がいい例ですが、企業秘密成分として表示が免除される場合もあります」

初老の男は、呆然として若い男の話を聞くしかなかった。

「このように、成分表示の抜け道はいくらでもあるのですよ。仮にその依存物質を香料として登録すれば、ほとんどの国で成分の表示義務はないのです」

「驚いたな」

初老の男がゆっくりと首を振った。

「しかしだね、私も政治家の端くれだ。食品や飲料品などを売るために、こっそり薬物を混ぜるというのは、やはり何というか、その――」

「危険ドラッグ、つまり指定薬物の定義とは何か」

若い男は、初老の男の言葉を遮《さえぎ》った。

「中枢神経系の興奮もしくは抑制または幻覚の作用を有する蓋然性《がいぜんせい》が高く、かつ、人の身体に使用された場合に保健衛生上の危害が発生する恐れがある物を、指定薬物として定義する――『医薬品、医療機器等の品質、有効性及び安全性の確保等に関する法律』の規定です。要約すると『精神に作用し、かつ人体に有害なもの』がドラッグなのです」

すらすらと淀《よど》みなく、若い男は記憶した条文を口にした。

「この条文を見る限り、ニコチン、アルコール、カフェイン、砂糖などもこの要件を充分に満たしています。どれも精神に作用し、明らかな健康への害があります。つまりこれらの食品や嗜好品は、法律上は指定薬物、即ち危険ドラッグなのです。――でも」

初老の男は、呻《うめ》くように言葉を漏らした。

「でも、売っている――」

「そうです。売ってもいいのです。世界中どの国でも。要するに、ドラッグと食品や嗜好品の境界など、もともとないのです。同じものなのですよ」

若い男は噛《か》んで含めるように説明を続けた。

「さらに申し上げれば、先の条文には依存性についての記述は一切ありません。ドラッグの要件ではないのです。よって、依存性はあっても人体に害のない白い石油は、ただの嗜好品あるいは食品添加物であって、法で禁じられた薬物などではないのですよ」

何も言えない初老の男に、若い男は畳みかけた。

「そして日本は原初より、精神作用物質とともにある国なのです。神名備《かんなび》、という言葉をご存じでしょうか？」

「かん、なび？」

途方に暮れる初老の男に、若い男は頷いた。

「神名備とは神道における言葉で、万葉集にも登場する古語ですが、神霊が宿る依《よ》り代《しろ》を擁した領域を指します。神が宿る木や岩や滝、または山や野原のこともあります」

つまり神名備とは、人が神と出会う場所なのだ、と若い男は説明した。

「日本の神道は古来、神事において大麻を重用してきました。神社で神主が穢《けがれ》を払うために振る大幣《おおぬさ》は大麻とも書き、もともとは麻を打って房状にしたものでした。天《あま》の岩戸の前で天照大神《あまてらすおおみかみ》を呼び出すために天太玉命《あまのふとだまのみこと》が振ったのも、この大麻《おおぬさ》です。伊勢神宮から頒《はん》布《ぷ》される神札のことも神宮大麻《じんぐうたいま》と言います。そして」

若い男は、囁くように続けた。

「大麻、即ちマリファナに含まれる幻覚物質がカンナビノイドです。古代ギリシア語のカンナビスが語源だと言われていますが、これは偶然なのでしょうか？　麻を打つ時に酒に酔ったような状態になる麻酔《あさよ》いという現象も、古くから日本の記録に残っています。古代の日本人は神と出会うために、大麻を使っていたのではないでしょうか？」

そして若い男は、力強く断言した。

「この国は再び、神名備の国、依存の王国になるのです」

若い男の目が光った。

「ギャンブルと白い石油、この二つの依存を利用することにより、この国は永遠の繁栄を手に入れるのです。それを成し遂げるのは、あなたです」

ごくり、と初老の男は喉《のど》を鳴らした。

「私が、この国に、永遠の繁栄を――」

「そうです」

若い男は、目の前の男を勇気付けるように大きく頷《うなず》いた。

「まずはカジノです。その次に白い石油。そしてあなたの名は、この国に永遠の繁栄をもたらした救世主として、いつまでもこの国の歴史に残ることでしょう」

うん、うんと初老の男は何度も頷いた。その目には野望の火が燃え始めていた。

「そうとも、カジノと言えば」

初老の男は、思い出したように若い男の顔を見た。

「東京オリンピックは、何としても誘致に成功しなければならない。そうでなければ、この国の再興はありえない――君はそう言っていたな。そして私はそうした。あらゆる手を使ってな。確かにオリンピックこそ、カジノ開設を世界中にアピールするのにこれ以上ない巨大イベントだ。ようやくそれがわかったよ」

初老の男は、感嘆の表情で首を左右に振った。

「ならば特定複合観光施設は、つまりカジノの開業地は、東京湾の埋立地でなければならん。オリンピックの中心となる場所だからな。すぐ隣に造るのでなければ意味がない。他にもいくつか候補地は挙がっているが、なに、そんなもの無視すればいい」

「まさに仰《おつしや》る通りです」

若い男も賛同した。

「私見ですが、現在は有効利用されていない中央防波堤埋立地こそが、最もカジノに適した場所だと考えます。羽田の至近に位置し、海底トンネルで有明・お台場・晴海・青海に接続し、東京ゲートブリッジで若洲《わかす》から葛西《かさい》、東京ディズニーリゾートにも繋がっています。ここにランドマークとなる超高層タワーを建設すれば、東京湾全体が巨大なリゾート地帯として発展するでしょう」

「素晴らしい――。早速ゼネコンを招集し、内々に相談を始めねば」

初老の男は興奮を隠さなかった。しかし、急に渋い顔になった。

「ただ、中央防波堤埋立地という名称は、一大リゾートの中心地として何とも味気ない名称だ。何かいい名前はないかね？　例えば、若洲や豊洲《とよす》のような」

若い男はしばし考えたのちに、にっこりと微笑んだ。

「聖洲《きよす》、という名はいかがでしょう？　聖火の聖という字です。オリンピックを機に誕生する新しい土地であり、記念すべきカジノの聖地という意味でもあります」

「聖洲か――。なんと美しい響きだ」

夢見るような表情で、初老の男は呟いた。もはやこの男は、完全に若い男に思考能力を奪われているようだった。

何もわかっていない――。

若い男は、内心で目の前の初老の男を嗤《わら》っていた。白い石油の持つ本当の意味を、この人は理解していない。単なる依存物質などではない、遥かに恐ろしい意味を持つというのに。

そして――。若い男は考えていた。

オリンピックは、カジノ開設の宣伝行事というだけではない。同時にこれは、「仮庵《かりいお》の祭《まつり》」なのだ。「仮庵の祭」とは、旧約聖書の「レビ記」第二十三章に登場する行事のことだ。若い男は聖書のその一節を思い浮かべた。

第七の月の十五日から、主《しゅ》のために七日間の仮庵の祭が始まる。
初日に聖なる集会を開きなさい。いかなる仕事もしてはならない。
七日の間、燃やして主にささげる物をささげ続ける。
八日目には聖なる集会を開き、燃やして主にささげる物をささげる。
これは聖なる集まりである。あなたたちはいかなる仕事もしてはならない――。

祭の初日と最終日には、聖なる集会を開くこと。皆仕事を休んで参加すること。そして祭の間は、火を燃やして祈り続けること——。

まるでオリンピックのことを言っているようではないか？　ならば仮庵、つまり仮住まいの家もまた、オリンピックのために造られる競技施設と考えてよいのではないか？　つまりオリンピックとは、神の祝福を祈る神事なのだ。

そして天使はもうすぐ飛び立つのだ。聖なる土地、聖洲から——。

子供のようにはしゃぐ初老の男を見ながら、若い男は考えていた。聖洲とは聖なる土地、聖書の土地。白い天使が生まれる土地という意味でもあるのだと。

そして若い男は、ある人物の言葉を頭の中で思い返していた。

その誘いはあくまで優しく、癒しは絶え間なく降り続け、与えても何も奪わない。
それはまるで清純な雪をまとう、天使のよう——。

アレキサンダー・シャロノフの言葉だった。シャロノフが人生の全てを懸けて、ついにたどり着いた究極の恵み。シャロノフの「最後のレシピ」。

この世に誕生した、初めての完全なドラッグを、若い男はこう呼ぶことにした。

スノウ・エンジェル――。

初老の男は立ち上がると、若い男に向かって右手を差し出した。

「これからも私に力を貸してくれたまえ。この国の経済再生のためには、いや、国家再興のためには、どうしても君が必要だ。大いに期待している」

若い男も立ち上がり、握手に応じた。

「ご期待に応《こた》えるべく尽力いたします。総理」

そして若い男は、総理大臣の手をしっかりと握りながら、満面の笑みを浮かべた。

21　出現《あらわ》れし時

――中央区晴海のホテルで起きた拳銃乱射事件ですが、殺害された男性三人は、アメリカを中心に取引を行う輸入会社「ＷＤインダストリアル」の社長・白竜昇さん四十五歳と、その関係者であることがわかりました。

ホテル一階の防犯カメラに、不審な中国人風の三人組の男が映っており、警視庁はその映像を元に三人の男を追っていますが、現在も行方は摑《つか》めておらず、すでに海外に逃亡した可能性も指摘されています。

殺害現場に現金一千万円と、高純度の覚醒剤十キロ、末端価格にしておよそ七億円相当が残されていたことから、警視庁は白竜さんらが覚醒剤密輸入をめぐるトラブルで殺害されたものと見て、本日よりＷＤインダストリアルに対する強制捜査を開始――。

一月三十一日、午前二時。

東京湾、中央防波堤外側埋立地――。

砂利《じゃり》混じりの地面に雑草がまばらに生えるだけの、荒涼とした土地。その上を時折、強い夜風が吹き抜ける。何もない。あるのは、等間隔に立ち並ぶ道路照明灯に照らされた一本の舗装道路と、その道路脇に点在する錆《さ》びて赤茶けた倉庫だけだ。

廃棄物処理施設や風力発電施設が建ち並ぶ内側埋立地とは違い、細い運河を隔《へだ》てた外側埋立地は、昼間は廃棄物を運搬する作業車が通行するものの、夜間はたまに近道をする車が通過する以外、訪れる者はいない。ただ平坦なだけの土地が延々と続いていた。

――いや。道路の路側帯に一台の車が停まっていた。そしてそこにもう一台、別の車がやってきて、停まっている車の近くに停まった。エンジンが停止し、あたりは再びしんと静かになった。

その車の運転席から、一人の若い女性が降りてきた。ストレートの栗色の髪、黒いコートを着ている。するとそれを待っていたのだろう、停まっていた車の運転席から一人の男が降りた。ベージュのステンカラーコートの襟《えり》を立て、そのポケットに両手を突っ込み、寒そうに背中を丸めている。結構な年配のようだ。

「こんなところが、東京にあったんですねえ。まさに荒れ野です」

白い息が、煙草の煙のように男の顔の前を漂った。男は感慨深げにあたりを見回すと、若い女性に向かってゆっくりと歩いてきた。警視庁築地署の木崎平助だった。

「聖書に出てくる荒れ野――イエス様が精霊に導かれて、悪魔の誘惑を受けたという荒れ野も、こんな殺伐《さつばつ》としたところだったのでしょうか」

新約聖書「マタイによる福音書」第四章。断食《だんじき》中のイエスに誘惑する者が言う。

――神の子なら、これらの石がパンになるように命じたらどうだ？

するとイエスはこう答える。

――人はパンだけで生きるものではない。神の口から出る一つ一つの言葉で生きる。

「そう、人間はパンのみでは生きられないのです」

若い女性が口を開いた。女性にしては低い声だった。

「人間は、たった数種類の脳内麻薬で生きている。いえ、脳内麻薬に生かされている。ドーパミン、セロトニン、βエンドルフィン、アドレナリン、ノルアドレナリン――これらの分泌バランスが崩れると、人間の精神のバランスも崩れる。そして強い鬱《うつ》状態やパニック状態となり、その恐怖から逃れるために、自ら命を絶つことになるのです」

「人はパンのみで生きるにあらず、脳から出る一つ一つの麻薬で生きる、ですか」

木崎は複雑な表情で頷いた。

「さすがにマトリらしい考え方ですね、水月さん」

若い女性――麻薬取締官の水月笙子は、独り言のように続けた。

「麻薬は、実は生物の脳からしか生み出されません。人工的に合成することなどできないのです。だから一般に麻薬と呼ばれている覚醒剤やドラッグなどは、本当は麻薬ではありません。脳に麻薬の分泌を促す化学物質なのです。——そして私は、この事実を知った時、一つの大きな疑問に突き当たりました」

笙子は、何かに想いを馳《は》せるような表情になった。

「なぜ、人間に脳内麻薬を分泌させる物質が、自然界に存在するんでしょう？　カンナビノイドを含む大麻。モルヒネを持つ芥子《けし》。コカインはコカ。メタンフェタミンは麻黄《まおう》。ニコチンは煙草、カフェインはコーヒーやお茶——。人間の脳に麻薬の分泌を促す物質が、人間が生まれるずっと前から植物として存在している。不思議だと思いませんか？」

「神の与え給《たも》うた試練、なのでしょうかね」

木崎も呟いた。

「そんな植物をお創《つく》りになったのも神だとすれば、神は私たちに試練を与えておられるのかもしれません。誘惑に耐えよ、正しく生きよと」

「だとすれば」

笙子は話を繋いだ。

「創世記第三章に登場する『善悪を知る木』とは、それら依存物質を含む植物の暗喩《あんゆ》なのではないでしょうか？　その実を食べた途端《とたん》、アダムとイブは目が開け、賢くなり、強く性を感じるようになります。まるで、ある種の向精神薬を体内に取り入れることによって、覚醒効果を得たかのように――」

その時、一台の輸送用トラックが東京ゲートブリッジのほうからやってきた。二人はヘッドライトに照らされ、笙子は言葉を止めた。ごう、という音が二人の横を通過し、二人の服の裾《すそ》が風に煽《あお》られた。トラックはそのまま城南島《じょうなんじま》の方向へと走り、闇の中に消えた。千葉北部から川崎《かわさき》へと向かう車両なのだろうか。

トラックが見えなくなると、木崎は困ったような顔で笙子に話しかけた。

「あなたのお話は大変興味深いのですが、今夜、東京は結構冷え込むようです。そろそろ本題に入りませんか」

水月笙子の顔を正面から見据えて、木崎は聞いた。

「白竜昇を殺害したのは、あなたですね？　水月さん」

「何のことでしょう？」

笙子は小首を傾げた。

「もう、お芝居はやめませんか？」

木崎は訴えるような顔で、笙子を見た。

「あなたは神西君を利用して、白竜に架空の覚醒剤取引を持ちかけ、用心深い白竜をあなたが用意した場所に引っ張り出しました。そして本物の覚醒剤を使って、白竜が誰かと覚醒剤取引を行ったという状況を作り出し、架空の取引相手の犯行に見せかけて殺害したんです」

水月笙子は無言のまま、木崎の話を聞いた。

「そして、あなたの計画は見事に成功しました。警察は今、存在していない幻の犯人を必死に追っています。ですが、存在しない人物が見つかるはずもありません。このままでは、白竜殺しは迷宮入りしてしまうことでしょう」

「面白いお話ですが」

水月笙子が口を開いた。

「私が白竜を殺害したという証拠でも？」

「証拠は何もありません」

木崎は首を横に振ったあと、こう続けた。

「ただ、証人ならここに来ています」

「証人？」

水月笙子が思わず聞いた。

その時、暗闇の中から、がちゃりとドアの開く音が響いた。木崎の乗っていた車の後部ドアが開いた音だった。そのドアからぎこちなく誰かが降り立って、二人に向かってゆっくりと歩み寄ってきた。その顔を、道路照明灯が照らし出した。

「神西、さん――」

信じられないという顔で、水月笙子が呟いた。木崎も頷いた。

「そうです。在日中国人四世の周浩然こと、神西明君です」

現れた人物は、元警視庁高井戸署の刑事であり、水月笙子に白竜昇逮捕のための潜入捜査を依頼され、晴海のホテルで射殺されたはずの人物、神西明だった。

「また、自分だけ生き残っちまった」

水月笙子に向かって歩きながら、神西が口を開いた。

「白竜が殺される前に、あんたに騙《だま》されていたことに気付くべきだった。白竜にコン・ゲームを仕掛けていたつもりが、仕掛けられていたのは俺だった。俺はまたもや罠にはめられたんだ。十年前と同じように」

「亡くなったと思っていました」

水月笙子が感慨の表情を見せた。

「白竜の関係者として発表された死体の中に、あなたが含まれていると思っていました。——でも」

笙子は顔に微笑を浮かべた。

「あなたにお礼を言う機会ができてよかった。神西さん、あなたのお陰でスノウ・エンジェルの出現を阻止《そし》することができました。これでもう、あのドラッグが世の中に出回ることはありません。あなたはこの国を救った英雄です」

「ふざけるな」

神西はぼそりと低い声を出した。

「あんたは白竜を逮捕する気はなかった。最初っから殺すつもりだったんだ。そして自分の犯行だということを完全に隠し通すために、自分と一切接点のない人間を利用することにした。そこで教会で知り合った木崎さんに、白竜を引っ張り出すためのおとりにする人間を紹介させた。それが俺だ」

怒りを押し殺した声で、神西は続けた。

「伊佐というプッシャーも、最初からあんたの仲間だった。奴は俺を白竜に引き合わせる役回りだったんだ。伊佐を逮捕したところで、絶対にあんたとの接点を吐かないだろうが。吐いたら消されてしまうからな。白竜のように」

水月笙子が口を開いた。

「いつ、気付いたんですか？」

「気付いたというより、ずっと違和感を持っていたというのが正直なところだ。最後の最後まで、あんたのことを信じていたからな」

答えながら神西は、ふっ、と自嘲《じちょう》の笑みを浮かべた。

「最初の違和感は、あんたが『銀座の事故現場で、ミント菓子のケースを発見した』と言ったことだ。いくら薬物絡みでも、マトリが事故の現場に駆け付けるのは妙だし、あのケースを鑑識が見逃すことも考えにくい。今にして思えば、あのケースは事故現場で発見されたものじゃない。あんたがもともと持っていたものだ。そうだろう？」

水月笙子の顔を見ながら、神西は喋り続けた。

「あんたはもともと、スノウ・エンジェルを持っていた――この事実は非常に大きな意味を持つ。スノウ・エンジェルを入手できるのは、造った本人である白竜昇以外には、客への配布を依頼されていたプッシャーの伊佐友彦だけだ。つまり、伊佐は最初からあんたと通じていたことになる」

「なるほど」

納得したように笙子が頷いた。

「白竜たちと俺を襲った三人も、伊佐が雇った中国人の殺し屋《ヒットマン》だろう？」

水月笙子は答えなかった。構わず神西は続けた。

「正直言って、俺が勝手にチェンと名付けた存在するはずのない人物が、取引現場に本当に現れた時には心底驚いた。だが、冷静に考えれば何でもないことだった。あんたと伊佐だけだからな。俺が架空の取引相手を、チェンという名前にしたことを知っているのは」

「他にもあるのでしょうか？」

笙子が聞き、神西が頷いた。

「伊佐を監視するためにあんたが借りた、あの狸坂のアパートだ。伊佐を尾行してヤサを突き止めたあと、監視に最適な部屋をたった数日で探したことに感心したが、木崎さんに頼んで不動産屋に確認してもらったら、あんたは俺と会う前に、すでにあの部屋を借りていたことがわかった。つまりあんたは伊佐のヤサを知っていたんだ」

「そこまで調べるとは思いませんでした」

笙子は平然と微笑《ほほえ》んだ。

「まだある。伊佐は俺に『人を殺したことがあるだろう』と言った。だから俺を同類と認めて信用したと伊佐は言ったが、今にして思えば、伊佐は俺の過去を知っていたんだ。あんたに聞いてな。——そして極めつけは、あんたがあのドラッグをスノウ・エンジェルと名付けたことだ」

水月笙子の顔から笑みが消えた。

「アレキサンダー・シャロノフは、自分の『最後のレシピ』について、友人にこう表現したという。伊佐に聞いた話だ」

神西は、シャロノフの言葉を引用した。

――その誘いはあくまで優しく、癒しは絶え間なく降り続け、与えても何も奪わない。それはまるで清純な雪をまとう、天使のよう――。

「雪、そして天使というイメージの一致は、とても偶然とは思えない。あんたはこのシャロノフの言葉を伊佐に聞いていたから、『最後のレシピ』をスノウ・エンジェルと名付けた。そうじゃないか？」

なおも笙子は無言を守った。神西は喋り続けた。

「情けない話だが、それでも俺は自分が撃たれる瞬間まで、あんたのことを信じていた。全てが白竜を逮捕するためだと思い、違和感には目をつぶっていた。ただ――」

その時、明るい光が三人を照らした。また一台の車が道路を通過した。今度はハイブリッド車か電気自動車だったらしく、ざらざらというタイヤの音だけが静かに三人の脇を通り過ぎていった。車が通過すると、神西はすぐに話を再開した。

「——ただ、架空の覚醒剤取引を実行する前日の夜、俺はふと思い立って、木崎さんに電話したんだ」

神西が木崎に電話したのはそれが二度目だった。十年前、五人を撃ち殺した後にかけたのが最初の電話だった。初めて木崎に電話をかけた後、神西は、なぜ今頃になってこの人に電話したのだろうと深く後悔した。なぜもっと早く電話して、この人に相談しなかったのだろうと。

五人を殺害しました。死んだ桧原祥子をよろしくお願いします——。

十年前のあの日。自分が逃亡することを電話で伝えると、木崎はしばらくの沈黙の後で「わかりました」と静かに言った。

そして神西が通話を切ろうとした時、木崎は押し殺すような声を出した。

「なぜ、もっと早く相談してくれなかったんですか」

木崎の声は、無念に震えていた。

「警察官の基本は、上司への報告と相談です。忘れないように。いいですね？」

木崎は最後まで神西を、警察官として、そして部下として扱った。

明日、マトリの任務が終わります――。木崎にそれだけを報告しようと思った。なぜかはわからないが、全て終わった後では遅い、今電話すべきだと思った。十年前の木崎の言葉が、心に残っていたせいかもしれなかった。そして任務の内容を漏らす後ろめたさを感じながらも、これまでの経緯と明日の行動を簡単に話した。

「すると一時間後、木崎さんから月島のホテルにバイク便で荷物が送られてきた。包みを開けると、築地署の名前が入ったディプロマット型の防弾防刃《ぼうじん》チョッキが入っていた。『必ず着用して取引に臨《のぞ》むように』、そう書かれたメモと一緒に」

「嫌な予感がしたんですよ」

木崎は頷きながら、遠慮がちに説明した。

「神西君の報告を聞いて、たぶん私の中でも、水月さんの行動に違和感が生じたんでしょう。その違和感が不安を呼び、私に老婆心《ろうばしん》を起こさせた。急に神西君が心配になりましてね。何もなければそれでいい、こんなもの無駄になっても構わない、そう思って送ったんですが、残念ながら役に立ってしまいました」

神西も頷いた。

「被弾の衝撃で、肋骨《ろっこつ》が二本折れましたがね。まだ痛みが取れない」

水月笙子が、ようやく沈黙を破った。

「あなたたちを、甘く見ていました」

笙子は静かに、ただ淡々と喋った。

「お二人の警察官としての経験と能力、それに神西さんと木崎さんの信頼関係が、これほどのものだとは思いませんでした。どうやらこれが、私が犯した唯一のミスのようです。——でも」

水月笙子は再び微笑んだ。

「私はすでに目的を果たしました。白竜を殺害し、スノウ・エンジェルを消し去ることができた。神西さんが生き残ったのは誤算でしたけれど、証人として警察に出頭することはしないでしょう。桧原祥子さんの仇を討つことができなくなりますから」

笙子は笑みを浮かべながら、神西と木崎を交互に見た。

「つまり、私が白竜を殺害した証拠は何もないのです。だからあなたたちも、私を逮捕することはできません」

「仰《おつしや》る通りです」

木崎が無念そうに頷いた。

「でも、逮捕することはできなくても、自首をお願いすることはできる。何より、あなたが白竜を殺した理由を聞きたい。それが水月さんを、こんな人気《ひとけ》のない荒れ野に呼び出した理由です」

静かに木崎は続けたあと、笙子に聞いた。

「水月さん、どうして白竜昇を殺害する必要があったんです？」

笙子はまた能面のような表情を作った。

「何度も申し上げた通り、スノウ・エンジェルが世の中に出回るのを阻止するためです」

木崎は首を左右に振った。

「あなたは麻薬取締官だ。恐ろしいドラッグの出現を食い止めるためなら、白竜を逮捕すればいい。でも、そうではなくて殺害した。公務員にあるまじき行為です。一体それはなぜです？」

「残念ですが、申し上げられません。それに自首するつもりもありません」

水月笙子は首を左右に振ると、二人に向かって続けた。

「神西さん、それに木崎さん。今回の事件については、何も知らなかったことにしませんか？　白竜昇は、覚醒剤を密輸入して暴力団に卸していた犯罪者なのです。警察の発表通り、覚醒剤取引のトラブルで殺されて犯人は行方不明。それでいいではありませんか。誰も困る人はいません」

ふう、と木崎は息を吐いて俯《うつむ》いた後、再び顔を上げた。

「では、私から別の質問をします。『国家再興委員会』とは何ですか？」

国家再興委員会――。神西の聞いたことのない言葉だった。

水月笙子は無言だった。木崎はさらに続けた。

「この委員会がひそかに推進する経済政策に、『G計画』と『W計画』というものがあるようですね。G計画とは、国土交通省・観光庁の管轄のようですから、ギャンブルのG、つまりもうすぐ誕生するカジノのことでしょう。ではW計画とは何ですか？　どの省庁が管轄する、どのような計画なのでしょう？」

笙子が探るように聞いた。

「誰に聞いたのですか？」

「あなたですよ、水月笙子さん」

木崎はじっと笙子の目を見た。

「神西君から連絡をもらい、白竜が殺害されたことを聞いた後、あなたの上司、麻薬取締局の大沼真司さんにご相談して、ひそかにあなたを調査して頂きました。どうやら大沼さんも、あなたの行動を不審に思っていたようでした。あなたが一向に、スノウ・エンジェルを指定薬物にしようとしないので」

「大沼課長に？」

思わず聞いた笙子に、木崎は頷いた。

「私物のパソコンやスマートフォンでも、厚労省のサーバーに接続したら、メールやファイルが管理者には覗けてしまうのだそうですね。私にはよくわからないのですが、大沼さんは確か、モニタリングとかロギングとかおっしゃっていました」

申し訳無さそうな顔で、木崎は笙子に説明した。

「とにかくそうやって、私はあなた自身から情報を得ました。その情報から、国家再興委員会というのは総理大臣直下の非公開の組織で、あなたがその委員であることがわかりました。そして、これこそが――」

木崎は眩しそうな目で笙子を見た。

「あなたが白竜昇を殺害した理由なんじゃありませんか？」

「どういうことなんだ？」

神西が水月笙子に一歩歩み寄った。

「その委員会ってのは何なんだ？　白竜は一体、何をやったんだ？」

水月笙子の目が泳いだ。明らかに動揺を隠そうとしていた。

「ただの、総理と公務員との親睦会《しんぼくかい》です」

ようやく笙子は答えた。

「総理には、経済再生のために現場の公務員の話を聞きたいとの希望があり、私の他にも何人もの公務員が」

「国家、再興――」

神西が呆然《ぼうぜん》とした顔で呟いた。

水月笙子が言葉を止め、神西を見た。木崎も見た。

「思い出した。俺がスノウ・エンジェルの離脱症状を起こす直前、あんたはスノウ・エンジェルについて、こう言った」

その時の、水月笙子の言葉が、神西の口から流れ出た。

――スノウ・エンジェルは、特定の食品や飲料品、嗜好品にひそかに添加される。そしてそれを摂取した人間は一人残らず、その商品への依存状態に陥る。やがて世界中から、信じられないほどの富《とみ》が、スノウ・エンジェルを製造する者に流れ始める――。

「添加される、ですって？」

木崎が神西の言葉を繰り返した。だが神西の耳には届いていないようだった。

「おかしいと思ったんだ。新種の危険なドラッグを発見したのなら、まずマトリがやるべきことは、そのドラッグを指定薬物にして、法によって製造と販売を禁止することだ。でもあんたは、白竜を逮捕するためだと言ってそうしなかった。まるでスノウ・エンジェルの存在を、この世の誰にも隠しておきたいかのように」

神西は夢中で呟き続けた。

「そしてあんたは、白竜がシャロノフを殺害し、『最後のレシピ』を盗み出し、日本に持ち帰ったとも言った。もし、それが本当だとしたら、白竜は――」

その時だった。

「しょうがないなあ、周さんたら。全く頭が冴《さ》えてるんだから」

神西と木崎の背後で、男の明るい声が響いた。

「笙子さんも、そこまでです。もう何も喋っちゃいけません」

その声を、神西は確かに知っていた。神西はゆっくりと、首だけで背後を振り返った。

顔に笑みを浮かべたプッシャーの伊佐友彦が、右手に拳銃を構えて立っていた。

22　告示《あか》されし時

「ああ！　二人とも前を向いて、動かないで。動いたら僕、びっくりして思わず銃爪《ひきがね》を引いちゃうかもしれませんよ？」

拳銃を構えたまま、伊佐友彦が神西と木崎の背後から近付いてきた。

「そうなんです。白竜は裏切ったんですよ。僕たちを」

伊佐の声を背中に聞きながら、神西は考えていた。伊佐はとうに高飛びしていると想像していた。まさかここに現れるとは思っていなかった。またしても油断だ。俺はどこまで愚かなんだ。

伊佐はどうやって、ここにやってきたのか――？　伊佐が現れた時、水月笙子の顔には明らかに驚きが浮かんでいた。ならば、この女の車に隠れていた訳ではない。思い当たることと言えば、道路を通過した数台の車しかない。あのどれかに乗ってきて、通過しながら三人を確認し、離れた闇の中で降りて暗がりを歩いてきたのだ。

一瞬見ただけだが、伊佐の銃はトカレフの改造銃に見えた。おそらく三人の殺し屋が持っていた銃だろう。これで神西と木崎を撃てば、犯人は白竜を殺したのと同じ人物ということになる。勿論そんな人物は、この世のどこにも存在しない。

「まず周さん、いや神西明さんでしたね。あなたは水月笙子さんから銃を借りているはずです。それをそのへんに捨ててもらいましょう」

神西は懐から拳銃を出すと、数メートル先の地面に投げ捨てた。笙子に借りたピエトロ・ベレッタ社製自動拳銃、M85だ。

伊佐は木崎に目を移した。

「木崎平助さん。あなたは拳銃は持っていませんよね？　クリスチャンだから拳銃を携行しないと聞いています」

「ええ。残念ながら」

木崎は首を左右に振った。伊佐が言った通り、木崎が今夜も丸腰なのを神西は知っていた。仮に今、拳銃を持っていたとしても、この人の射撃の腕はあてにできない。

「白竜が裏切った、とはどういう意味だ？」

神西が顔をわずかに後ろに向け、伊佐に聞いた。

「いやだなあ。もうわかってる癖に」

伊佐は苦笑した。

「神西さん、今わかったことを言ってみたらどうです？　答え合わせをしてあげますから。どこまであなたが知っているのか、僕も興味があるんですよ」

伊佐友彦に背中を向けたまま、神西は喋り始めた。

「お前たち、つまり国家再興委員会は、衰退《すいたい》に向かうこの国を再興させるために、依存性薬物を使うことを思い付いた。煙草や酒、あるいはかつてのヒロポンのように、国が管理することができる依存性物質だ。それは強烈な依存性を持ち、しかし人体には一切の害がない薬物でなければならなかった。つまり、完全なドラッグだ」

喋りながら神西自身も、これまで抱えていた疑問が一つずつ氷解《ひょうかい》していくのを感じた。

「国家再興委員会は、ひそかにこの完全なドラッグを探し始めた。それが見つかれば、この国に無限の富をもたらしてくれるからだ。そしてついに、アレキサンダー・シャロノフが造った『最後のレシピ』という薬物が存在することを知った」

水月笙子は、無表情にじっと神西を凝視していた。

「国家再興委員会は、これを何とかして入手したいと考えた。そこでお前たちは、アメリカから覚醒剤を密輸入している白竜昇に、おそらくは暴力団ルートで連絡を取り、ひそかにシャロノフとの交渉を依頼した。白竜ほどアメリカの薬物業界に精通した人間はいないと判断したからだ」

木崎も神西の隣で、無言のまま神西の話を聞いた。神西は続けた。

「白竜はシャロノフに会ったが、譲渡を拒絶された。そこでシャロノフを殺害して『最後のレシピ』を奪い取った。しかし、お前たちには『入手できなかった』という嘘の報告をした。このドラッグが、覚醒剤など比較にならないほどの富を生むことに気が付き、独り占めしたいという欲望が湧き起こったからだ」

「ふうん？　それから？」

背後で伊佐が、興味津々という声を出した。

神西は、目の前に立っている笙子に視線を向けた。

「水月笙子。ある時あんたは、未知のドラッグが出回り始めていることに気が付いた。そのドラッグの精緻《せいち》な成分分析の結果、あんたはもしかすると、これがシャロノフの『最後のレシピ』ではないかと疑い、委員会に報告した」

水月笙子は無言だった。神西は背後に視線を投げた。

「伊佐友彦。お前はそれを確認するために、委員会の指示でプッシャーとして白竜に接触した。そして信頼関係を築くことに成功して、このドラッグがやはり『最後のレシピ』だということを白竜から聞き出した。そこで委員会は、全ての事情を知っている白竜を始末することにした」

そういうことですか、という顔で木崎が頷いた。

「正解ですよ！　いやあもう、参ったなあ！」

伊佐が神西の背後で、嬉しそうにも聞こえる声を上げた。

「そこまで当たってたら、もう満点あげてもいいくらいです。ちょこっとだけ、足りないところもありますけどね」

「足りないところ？」

神西は眉をひそめた。

「スノウ・エンジェルは、嗜好品や食料品に添加すれば無限の富を集めることができる。総理大臣もそう思ってる。あるいは白竜が考えていたように、ドラッグとして使えば覚醒剤以上の利益を生む。でもね、本当の使い方はそうじゃないんです。スノウ・エンジェルの力は、そんなもんじゃないんですよ」

伊佐は闇の中で、滔々《とうとう》と喋り始めた。

「十八世紀の産業革命以来、長らく続いてきた機械の時代は、二十一世紀に入ってついに終焉《しゅうえん》を迎えました。ご存じの通り、巨大な電機メーカーがどんどん潰れています。今はIT、つまり情報産業が華やかですが、このITの時代もあっという間に終わるでしょう。これからやってくるのは、『精神作用薬学《サイコアクティヴ・メディケーション》』の時代です」

「精神作用薬学《サイコアクティヴ・メディケーション》――」

思わず神西は鸚鵡《おうむ》返しに呟いた。

「そうです。神西さん、言ったでしょう？　あらゆる薬には処方箋が必要なんだって。でも、今の麻薬やドラッグはそうじゃない。素人が作って、素人が売って、素人がやっている。処方と使い方が全く研究されてなかったんです。この、神が与え給うた贈り物をどう使ったらいいのか、これまで誰も考えていなかったんですよ」

夢見るような口調で、伊佐は喋り続けた。

「近い未来には、脳内物質のコントロールが人類の最重要テーマになるでしょう。そのために、精神作用薬物の使用法が真剣に研究され始めるでしょう。精神作用薬学《サイコアクティヴ・メディケーション》の時代が来るんですよ。これは精神革命です。そして、あなたたち人類を幸福にする唯一の方法なんです」

あなたたち人類――。伊佐友彦はそう言った。

「『最後のレシピ』は、それを可能にする調合薬なんです。アレンジ次第で、脳内物質の分泌を自在に操ることができるんです。その恐ろしい可能性を知っていたからこそ、シャロノフは『最後のレシピ』を公開せず封印していたんです。純粋な研究者で、すでに老齢だった彼は、ただ夫人と穏やかな最後の時を迎えるために使うつもりだったんです」

　そして伊佐は、こう言い放った。

「つまり、スノウ・エンジェルを手にした者は、人間の精神をいかようにも操ることができるようになるんですよ。白竜はドラッグだとしか見ていなかったし、総理大臣もただの金を生む依存物質だとしか認識していませんけど」

「なんだって――？」

　神西は思わず、唸るような声を漏らした。

「スノウ・エンジェルがあれば、この国は世界中の人々の精神を、意のままに操ることができるんです。そしてこの国は再び黄金の国となり、未来永劫《えいごう》、世界に君臨できるんですよ。これこそが本当のW計画です。わかりましたか？」

　神西は愕然《がくぜん》とした。

　薬物によって世界中の人間の精神を操る――。それがこいつらの、いや、この国の政府の目標だと言うのか。

「そんなことが、許される訳がない」

　神西は低い、唸《うな》るような声を絞り出した。

「もう遅いのよ、神西さん」

　神西の正面で無言のまま立っていた水月笙子が、静かに口を開いた。

「シャロノフの『究極のレシピ』――スノウ・エンジェルは、本来手にするべき私たちの手に渡った。そして白竜が死んだ今、その存在を知る者は、私たち以外に誰もいない。神西さんと木崎さんを除いて」

笙子はゆっくりと、コートのポケットから拳銃を取り出した。トカレフＴＴ－33。おそらく伊佐が持っているのと同じ改造銃だ。消音器《サプレッサー》は付いていないが、白竜たちを射殺した殺し屋の銃の一つと見て間違いない。

「水月さん、おやめなさい」

木崎が真剣な表情で訴えた。

「あなたはそんな人じゃない。吉祥寺の教会で会う時のあなたは、とても敬虔《けいけん》なクリスチャンで、そして清純で心優しい女性だった。そのあなたが、なぜこんな恐ろしい計画に加担しているのですか？　私にはわかりません。その理由は、一体何なのですか？」

水月笙子はゆっくりと銃口を持ち上げて、無表情に木崎の顔に向けた。

「水月さん――」

木崎が絶句した。

「やめてくれ、笙子」

神西も首を振りながら、必死に水月笙子に呼びかけた。

「こんなことはもうやめてくれ。もうこれ以上、罪を犯さないでくれ。でないと――」

水月笙子は、ふと視線を上に向けて呟いた。

「雪――」

その時、神西は頬にひやりと冷たいものを感じた。

深夜の埋立地に、いつの間にか雪が降り始めていた。水月笙子の背後を通る道路、そのアスファルトを照らしている照明灯の中で、たくさんの細かい影が躍っていた。雪は見る間に密度を増し、時折風に流されながら、道路とその両側の地面に舞い降り続けていた。冷え切った小石や雑草の上には、すでにうっすらと白く積もり始めていた。

降りしきる雪の中、水月笙子は銃口をすうっと横に滑らせ、神西の顔に向けて止めた。

そして、ようやく聞こえるほどの小さな声で、笙子が囁《ささや》いた。

「あの時、あなたが」

い、あの時――？

神西は戸惑《とまど》った。あの時とはいつのことだ？　水月笙子は何を言ってるんだ？

「私のために生きると言ったら――」

神西は思い出した。そう、あの時、確かに笙子は神西に聞いた。

――桧原祥子さんを、忘れることができる？

――祥子さんのことを忘れて、これから私のために生きることができる？

だが神西は、その笙子の問いに何も答えることができなかった。

水月笙子と身体を重ねた夜、それは神西の長き放浪の日々の中で、初めての安らぎの時間だった。その夜だけは、何も考えずに眠ることができた。間違いなくあの夜、神西は笙子に救われた。

この女となら、桧原祥子を忘れて生きていくことができるだろうか――？　一瞬だけだったが、ふとそんな考えが神西の脳裏をよぎった。だが神西には、桧原祥子を忘れることはどうしてもできなかった。結局、神西は水月笙子に、ただ束《つか》の間の癒しを求めただけだったのだ。

神西の背後の闇から、じれたような声が響いた。

「笙子さん、もう喋っちゃダメだって言ったでしょう？　あなたは危なっかしくて仕方ないんですよ。さあ、雪も降ってきたし、さっさと終わらせて帰りましょう」

「さようなら、神西さん」

銃口を神西に向けたまま、笙子がふっと笑みを見せた。

「ようやく愛する人に、桧原祥子さんに会えるのね。羨《うらや》ましいわ」

「やめるんだ、笙子」

神西の顔が歪《ゆが》んだ。

「お願いだ、やめてくれ」

降りしきる雪の中、水月笙子が、拳銃の銃爪《ひきがね》にかけた指に力を込めた。

「やめろ――！」

神西が叫んだ。

そして、深夜の埋立地に銃声が轟《とどろ》いた。

23
消滅《きえゆ》く時

水月笙子が、地面に崩れ落ちた。

神西明はそれを呆然としながら見ていた。

神西の右手には、拳銃が握られていた。

冷え切った夜の空気の中、銃口から白い煙が、静かに上がっていた。

木崎平助がいきなり横っ飛びに地面に転がった。二人の背後にいた伊佐友彦が、反射的に木崎を狙ってトカレフを発砲した。がうん、という銃声が連続して響き、地面に次々と破裂が起きた。だが、闇の中で動く目標には当たらなかった。

神西は振り向きざまに両手で拳銃を構え、そのまま伊佐に向けて銃爪《ひきがね》を引いた。一発、二発、三発——。銃声が連続して響き、銃弾が伊佐の胴体に次々とめり込んだ。その度に伊佐の身体が大きく跳ねた。

銃声が止《や》んだ。

神西は拳銃を両手で構えたまま、伊佐を凝視した。

伊佐は右手に拳銃を持ったまま、身体を揺らしながらもなんとか立っていた。

その右手がゆっくりと上がり、銃口が神西の身体に向けられた。だが伊佐には、もう銃爪を引く力は残っていなかった。その手から拳銃が滑り落ちた。地面でかちゃんという硬い音がした。

伊佐は神西をじっと見つめながら、空の右手の人差指を折り曲げた。伊佐の口が開いた。神西の目には、ばあん、と言ったように見えた。その口の端から、つうっと血が一筋流れた。ふっ、と諦めたように伊佐が笑った。

伊佐はゆっくりと背中から倒れ始めた。そして、まるで糸の切れた操り人形のように、伊佐は仰向けに地面に転がった。

あたりは静寂《せいじゃく》に包まれた。ただ白い雪だけが、音もなく降り続けていた。

ようやく木崎が起き上がり、神西に歩み寄ってきた。左手で腰を押さえている。転んだ時に打ったのだろう。

神西は、ほっと息を吐くと、持っていた拳銃のグリップを木崎に向けて差し出した。

「ここに来る前に、君に預けておいてよかった」

自分を納得させるように頷きながら、木崎は拳銃を受け取った。

「携行はしませんが、一応持たされている以上、いつかはこいつを使う日も来ると思っていました」

S《スミス》&W《ウエッソン》社製M360J〝SAKURA《サクラ》〟。ニューナンブM60に代わって日本警察に配備が進められている三十八口径の小型回転式拳銃。木崎が支給されている銃だ。この銃が射撃訓練以外で実弾を発射したのは、これが初めてだった。

神西は倒れている伊佐を見た。伊佐は仰向けに倒れたまま、すでに事切れていた。神西はその顔を見て、ふと違和感を覚えた。違和感の正体はすぐにわかった。

しばらく会わないうちに、伊佐の顔には口髭がたくわえられていた。

口髭を生やして死んでいる人物を、神西は過去にも確かに見たような気がした。だが、それがいつだったか神西は思い出せなかった。

神西は振り返り、水月笙子に歩み寄ると、しゃがみこんで笙子の顔を見下ろした。その神西の顔が歪んだ。

笙子はまだ生きていた。しかし、息は弱々しかった。手を取って脈拍を確認したが、すでに止まりそうなほど力がなかった。弾は胸の中心に当たっていた。出血がひどかった。肺動脈を損傷したようだった。おそらく、今すぐ救急車を呼んでも助からないだろう。

殺したくなかった――。神西は無念のあまり固く目を閉じた。笙子を撃つ瞬間、急所を外れてくれと祈った。だが、自分を今にも撃とうとしている相手に、夜の闇の中、しかも初めて使用する借り物の銃で、細かく狙いをつけるだけの余裕は神西にはなかった。

ふいに、一度だけ肌を合わせた夜のことが思い出された。あの時、確かに神西はこの女に救われた。神西は沈痛な表情のまま、じっと笙子の顔を見つめ続けた。

その時、笙子の唇が震えた。今際《いまわ》の際《きわ》に、声を出そうとしていた。

「何だ？　何か言いたいのか？」

神西は笙子の身体を抱き起こし、両手で抱きかかえた。

神西を強烈な既視感が襲った。神西の脳裏に十年前の記憶が鮮やかに蘇《よみがえ》った。抱えている柔らかな肉の重み、血塗《ちまみ》れの女。その身体を抱いたまま、流れ続ける血を見ているだけで、何もできない自分。激しい後悔、そして絶望――。あの時と違うのは、今は雨ではなく、白い雪が降りしきっているということだけだった。

「しょうこ――」

神西は思わず、両手に抱いている女の名前を呼んだ。

「何が言いたいんだ？　しょうこ」

十年前に死んだ女、そして目の前で死のうとしている女。どちらの名を呼んだのか神西にもわからなかった。

「――ねえ」

声がかすかに聞こえた。神西は急いで笙子の口に耳を当てた。

「マシュー」

――何だって――？

雷に打たれたような衝撃が、神西を襲った。

マシュー――。笙子がそう言ったように神西には聞こえた。

なぜ笙子は、俺が人生の全てを捨てて追い続けている相手の名前を知っているのか？　この女には一度も話したことはないはずなのに。しかもなぜ死ぬ間際に、マシューという名を口にしたのか？　神西は激しく混乱した。何もかも訳がわからなかった。

「今、何と言った？　もう一度言ってくれ」

神西は笙子に呼びかけた。だが、笙子の唇に動く気配はなかった。

気のせいだ――。神西は必死に自分に言い聞かせた。笙子が別の言葉を発したのを自分が聞き間違えたのだ。そうに決まっている。冷えてゆく身体を抱きながら、神西はただ混乱したまま、水月笙子の顔を見つめ続けた。

水月笙子の目は、ただじっと虚空《こくう》を見上げていた。その睫毛《まつげ》に、頬に、唇に、次々と雪の欠片《かけら》が舞い降りていた。まるで笙子の両目は、雪が舞い降りてくる高い空の、さらにその上にいる誰かを見ているかのようだった。

ふっ、と笙子が微笑んだような気がした。気のせいかもしれなかった。

水月笙子は、静かに目を閉じた。

また一人の女が、神西の腕の中で死んだ。

神西は水月笙子の身体を、そっと地面に横たえた。その上に降りしきる白い雪が積もり始めた。雪はあっという間に、冷え切った笙子の身体を白く覆っていった。雪に包まれていく笙子は、純白の薄くて柔らかいベールをまとっているように見えた。まるで、地上に堕ちてきた天使のように。

スノウ・エンジェル──。その言葉が、神西の脳裏に浮かんだ。

神西は空を見上げた。

俺の周りで、何人が死んだ──?

アレキサンダー・シャロノフ。その妻。白竜昇。その部下。伊佐友彦。そして水月笙子。いや、十年前には江田弁護士夫妻が死に、桧原祥子が死に、そして祥子を殺した五人を、俺はこの手で殺した。

落ちてきた雪の一つが目に入り、神西は目をしばたたかせた。

俺はまるで、死神だ——。

エピローグ1　出発《たびだ》つ時

「救急車を呼ばなきゃなりません。パトカーも」

気が付くと、神西の後ろに木崎が立っていた。木崎の頭と肩に、雪がうっすらと積もっていた。

「君はどうします？　神西君」

雪を払おうともせず、木崎が聞いた。

「君がこの二人を撃ったのは正当防衛です。私が証人です。どうでしょう、もうそろそろ、逃げるのはやめて」

「木崎さん」

神西は小さく首を左右に振った。

「俺は行かなきゃなりません」

「十年前の事件の真犯人を、追い続けるのですね？」

「はい」

神西は頷いた。

「そうですか――」

木崎は溜め息をついた。白い息が、木崎の顔の前に広がった。

スノウ・エンジェルは、どうなるのだろうか？　神西は自問した。そして、きっとこのまま消えてしまうのだろう、という結論に達した。

スノウ・エンジェルの意味を知る者は、もう誰もいない。生みの親アレキサンダー・シャロノフは、白竜昇によって殺害された。スノウ・エンジェルを私物化しようとした白竜昇は、国家再興委員会によって消された。そして、国家再興委員会の指令で動いていた麻薬取締官の水月笙子とプッシャーの伊佐友彦は、神西明によって射殺された。

大沼真司という水月笙子の上司は、スノウ・エンジェルを、ただの危険ドラッグだと思っているはずだ。ならばもうすぐスノウ・エンジェルを指定薬物に登録するだろう。そうすれば今後、スノウ・エンジェルの使用は違法となる。たとえ国家再興委員会が総理大臣直下の組織であっても、製造することも頒布《はんぷ》することもできなくなる。

では、国家再興委員会はどうなるのだろうか？　これも間もなく解散し、消滅するのではないだろうか。神西はそう考えた。

国家再興委員会がひそかに進めていたという、二つの依存を使った経済戦略。その一つカジノ計画は、すでに国会を通過して実行が決定した。そしてもう一つのドラッグに関する計画は、スノウ・エンジェルという完全なドラッグが違法となれば、計画自体が実行不可能となる。

ならば、もはや国家再興委員会の存在理由はない。国家再興委員会は、その存在すら誰も知らないまま、闇の中に消えてしまうのだろう。勿論、この先また政府が新たな依存物質を発見し、その利用を計画するかもしれない。しかし、それはもう神西には止めようがない。神西にできるのはここまでだった。

神西は二つの死体に目を遣《や》り、木崎に聞いた。

「この二人は、どうするつもりですか？」

「国家再興委員会なんて名前を持ち出しても、水月さんが亡くなった今、誰も信じてくれないでしょうしね」

深い溜め息をついた後で、木崎は曖昧《あいまい》な笑みを浮かべた。

「まあ、なんとか処理します。ご心配なく」

水月笙子は、マトリが押収した覚醒剤をプッシャーの伊佐友彦に横流ししていた。木崎はその内偵中に二人に気付かれ、銃撃されたので応戦し、正当防衛で射殺した——。

おそらく木崎は、そんな形で処理をするのだろうと神西は想像した。伊佐と水月笙子を撃ったのは木崎の拳銃だからだ。裏付けとなる事実は充分にある。そして、白竜殺害との関連を疑わせるものは何もない。ただ、木崎に全ての責任を負わせてしまうことになる。

「申し訳ありません。よろしくお願いします」

神西は木崎に頭を下げた。

「それより、神西君」

木崎が躊躇《ためら》いを見せながら言った。

「実は一つだけ、どうにも気になることがあるんですよ」

「気になること？」

木崎は悩ましげな表情で頷いた。

「水月さんとは、今回の事件が起こる前から吉祥寺の教会で出会っていました。だから私も、以前から知っている人だし、同じクリスチャンだしで信用してしまい、神西君を紹介したいと思い付いた訳です。Ｆシステムまで使って捜し出してね。——でも」

思い切ったように、木崎はその先を口にした。

「もしかすると水月さんは、失踪中の神西君をおびき出すために、かつての上司である私に近付いたんじゃないでしょうか？」

「俺を？」

神西は眉をひそめた。自分が巻き込まれたのは偶然だと思っていた。白竜を始末するために利用するのであれば、誰でもいいはずなのだ。

「白竜を殺害するだけなら、伊佐一人だけでもできたんじゃないでしょうか？　わざわざ君を捜し出して利用したのだとすれば、なぜ、神西君でなければならなかったのか——」

考えながら、木崎は喋り続けた。

「私にはまるで、誰かが神西君を相手にゲームを楽しんでいるような、神西君の運命を弄《もてあそ》んでいるような、そんな悪ふざけにも思えるんです。私はここに、誰かの悪意を感じるんですよ」

誰かの悪意——。その言葉は神西にとって、妙に腑《ふ》に落ちるものがあった。

「私は水月さんと伊佐の関係を疑い、伊佐の正体を探るために、犯罪者と暴力団構成員のデータベースで検索してみました。そうしたら彼は、単なる薬物のプッシャーではありませんでした。かつて存在した、紋田会という暴力団の元構成員だったんです」

「紋田会って」

神西が思わず大きな声を上げた。

「十年前、俺と桧原祥子を——」

「そうなんです」

木崎は物憂《ものう》げな表情で頷いた。

「あなたと桧原祥子さんを罠にはめ、桧原さんを殺害し、その結果あなたに射殺された五人が所属していた暴力団、それが紋田会です。伊佐友彦はその紋田会にいた。つまり」

木崎は、神西の目をじっと見つめた。

「今回の一連の事件は、十年前の江田夫妻の転落死事件、それに君と桧原さんが襲われた事件と、無関係ではないかもしれないんです」

ねえ、マシュー――。

水月笙子が死ぬ直前に言った言葉が、神西の頭に蘇った。マシュー。それは十年前、神西と桧原祥子に罠を仕掛けて襲い、祥子を殺した首謀者の名前。

笙子にマシューの話をしたことは、一度もなかった。なぜ死ぬ直前に笙子がマシューの名を呼んだのか、全くわからなかった。別の言葉を聞き違えたのだろうと、さっきは自分を納得させた。だが、聞き違いなどではなかったのかもしれない。十年前の事件と同じく、今回の事件の陰にも、マシューという人物が隠れていたのかもしれないのだ。

そして神西は確信した。マシューという男は、必ずこの世のどこかに存在している。そしてどこかで、神西をじっと見張って、殺す機会を虎視眈々《こしたんたん》と窺っている。その理由は、十年前の殺人事件がマシューにとって決して知られてはならないものだったからだ。

白竜昇の殺害がスノウ・エンジェルの存在を隠すためだったのならば、おそらくマシューは国家権力に近い所にいるのだ。そして白竜を殺害するために、神西をわざわざ利用して一緒に殺そうとした。この悪趣味とでもいうべき行動。人間などどうにでも操れるという圧倒的な自信と、悪魔のような遊び心――。

――だとしても。神西は決然と頷いた。

結局、俺のやることに変わりはない。どちらにせよ俺は、マシューという名の人物を、潜んでいる暗闇の中から無理矢理引きずり出すしかないのだ。

そうだろう？　祥子。そして、笙子――。

雪は降り続けていた。冷え冷えとした空気の中、神西は道路に目を向けた。

とりあえず、目立つ東京ゲートブリッジは避けて、城南島へと向かおうか。そこから先は、まだわからない。

自分がどこへ行くのか、そして最後にどこに着くのかなど、誰にもわからない。

「じゃあ、木崎さん」

神西が木崎にそれだけを言った。なぜかこの人には、月並みな挨拶はしたくなかった。

二度と会わないつもりだった。だが、またいつかどこかで会うような気もした。

「お元気で。神のご加護を」

木崎もそれだけを言って、にっこりと笑った。

神西が木崎に背中を向け、雪の中に一歩を踏み出した時、木崎が声を上げた。

「そうそう神西君、忘れていました」

神西が振り向くと、木崎は申し訳なさそうに続けた。

「実は私、来年、聖洲《きよす》署に異動することが決まりました」

「――きよす署？」

初めて聞く名称に、神西は怪訝な声を出した。

「きよす署ってどこです？」

「ここですよ」

木崎が足元の、雪の積もった地面に目を落とした。

「東京オリンピック開幕と同時に、ここに日本初のカジノができるんです。そしてここ中央防波堤埋立地が、聖洲と名前を変えることになったんです。聖洲には『イーストヘブン』という名のカジノが建設され、聖洲はカジノ特区に指定されます。つまり聖洲署は、カジノ特区の治安維持のために新設される警察署なんですよ」

カジノ・イーストヘブン――。

いよいよこの国に誕生するのだ。カジノという名の、合法の賭博場が。

「何でも聖洲署では、民間警備会社との共同警備という日本初の試みを行うそうです。それで一年以上も前から人員を決定して、準備を進めるらしいんですがね。果たしてどうなるのか――」

東京湾の埋立地に誕生する聖洲カジノ特区、そしてカジノ・イーストヘブン。ゴミ溜めの上に誕生し、無限の金を生み出し続ける、極東の天国。

――奴はな、ミダス王なんだ――。

神西の脳裏に、十年前に殺した男の声が響いた。

――奴は触るもの全部を金《かね》に変えちまう。俺たちは、そのミダス王が座る椅子を用意したって訳だ。椅子に座ったマシューは、やがて俺たちのために、空から万札《まんさつ》の雨を降らせてくれるのさ――。

神西は、ミダス王という言葉に不穏な予感を覚えた。

触るもの全てを黄金に変え、無限の富を生み出す王。そして、ただのゴミ溜めだった埋立地が、もうすぐ無限の富を生み出すカジノに生まれ変わる。

これは偶然なのだろうか？　それとも――。

マシューは、必ず聖洲カジノ特区に現れる。

俺もそこに、イーストヘブンに行くことになる。

何の根拠もなく、神西明は確信した。

そしてその時が、自分の長き旅の終わりになるであろうことも。

エピローグ2　邂逅《であ》いし時

真っ暗な空から、雪が降っていた。

その中を、十二歳の私は裸足で歩いていた。

真夜中だった。しんしんと雪は降り続け、道路に、歩道に、そして私の頭と肩にも積もり続けていた。足の感覚はとうになかった。死にそうなほどに寒かった。でも、死んでも別に困ることはなかった。生きていても何もいいことはないから。

「養護施設に入れて下さい。このままじゃ親に殺されます」

これまでに何度、そう言って児童相談所に駆け込んだだろう。でも当時の児童相談所の人たちは、いつも煩《わずら》わしそうに首を横に振るだけだった。

「まだ小学生だろう。家に帰りなさい。ご両親がいるだけ幸せだよ」

「一時保護の必要はないな。両親は同居を望んでいる。差し迫った危険はない」

今日も父親と母親は、ガラスのパイプで白い粉を炙《あぶ》って吸っていた。私はひもじいお腹《なか》を抱えて布団にくるまっていた。学校に行かなくなったのはいつからだろう。教材代もPTA会費も払ってないし、給食費もない。服もない。何もない。

突然、父親が私に馬乗りになって私を殴り始めた。この野郎、俺を殺そうったってそうはいかねえぞ、そう言いながら血走った目で、父親は私を殴り続けた。頭のおかしくなった父親は、私を殺し屋か何かと間違えているのだ。母親はそれを見て、けらけらと笑っていた。

父親の股間を思いっ切り蹴飛《けと》ばして、私はなんとか逃れた。そして私は、着の身着のままで家を飛び出した。

雪の降りしきる、真冬の夜の闇の中を、私は歩き続けた。私は死ぬつもりだった。生きていなければならない理由は一つもなかった。こうして雪の中を歩いていれば、そのうちに死ねるはずだった。

見知らぬ児童公園に来た私は、雪の上に寝ている誰かを見つけた。誰だろう？　何をしているんだろう？　そう思って私は思わずその人に近付いた。すると、雪を踏む私の足音が聞こえたのだろう、その人はゆっくりと起き上がると、雪を払いながら私を見た。

高校生くらいだろうか。子供の私にはうんと大人に見えたけれど、それでもまだ青年と言っていい年齢の男の人だった。ほっそりとしたしなやかな身体、金色の髪。とても整った綺麗な顔。そして深い湖みたいな、青い宝石みたいな、透き通った青い目――。外国から来た人なのだろう、私はそう思った。

ふと、男の人の寝ていた跡を見て、私はびっくりした。その人が寝転がっていた雪の上に、左右に大きな羽根を広げた、真っ白で神々しい天使様のお姿があったのだ。

この人は、天使様なんだ――。

私は胸の高鳴《たかな》りを抑えられなかった。この人は人間に見えるけれど、本当は天使様なんだ。そうよ、私にはわかる。だって雪の上に本当の姿が写っているもの。きっと寝ている時、ついうっかり羽根を仕舞うのを忘れたんだ。そうに違いない。

私は思わず天使様に歩み寄り、そして話しかけた。

「空から落ちてきたのね？」

天使様は不思議そうな顔をした。

「何だって？」

「あなた、天使様でしょう？」

私は雪の上の、天使様の寝跡を指差した。すると天使様は恥ずかしそうな顔をした。

「身体を冷やしてた。火照《ほて》るんだ。勝負のあとは」

何を言っているのかわからなかったけれど、それどころじゃなかった。

「天使様、お願いがあるの」

すると天使様は首を横に振った。

「俺は天使なんかじゃない。それに天使なんかいない」

天使様のくせに嘘をつくなんて。私は悪戯心《いたずらごころ》を起こして聞いた。

「じゃあ、人間なの？」

「人間じゃない。俺は、この世に存在しないんだ」

「じゃあ、やっぱり天使様ってことよね？　ねえ、私のお願いを聞いて？」

「何だ、お願いって」

天使様は根負けしたように、私に聞いた。

「私を天国に連れてって」

すると天使様は、また首を左右に振った。

「天国なんて、あるはずがない」

「じゃあ、どこでもいい。ここじゃない場所なら。こんな地獄みたいな世界にいたくない。私が生まれたこの世界じゃない、別の所に連れてって」

私は、なぜどこかに行きたいのかを天使様に話した。つまり、生まれてから今までの毎日と、さっき私が家を出た時の話をした。

天使様は、青い目でじっと私を見たあと、ぽつりと言った。

「一緒に来るか？」

天使様は、私に向かって右手を伸ばした。

「その代わり、お前は人間ではなくなる。俺のように」

それこそが、私の願いだった。

私は何の迷いもなく、差し出された手を握った。天使様の手は、女性のように細くて、しなやかで、でも、とても温かい手だった。

「天使様、お名前は何て言うの？」

「だから、俺は天使じゃない。人間でもない」

「お名前もないの？」

天使様は、仕方なさそうに答えた。

「マシュー」

その夜、私の両親が、住んでいる公営住宅の九階から落ちて死んだらしい。でも、そんなことはどうでもよかった。

私は生まれて初めて自由になった。

マシューと一緒に、十二歳の私は夜行列車で東京に出た。マシューはその頃、２ＤＫのアパートに住んでいた。そのアパートの一部屋をあてがわれ、マシューと暮らすことになった。東京の親戚に引き取られたという設定で、私は近くの小学校へ転入した。

マシューは夜になると、ふらりとどこかへ出かけていった。そして明け方になると、鞄《かばん》をお金で一杯にして帰ってきた。

私が十六歳になった年のある日。

マシューが大怪我をして病院に運び込まれた。腹部を刃物で刺されたのだ。誰がなぜこんなことをしたのか、マシューは何も話そうとはしなかった。私は病院のベッドの横で泣きながら見守るしかなかった。

マシューが死んだら私も死のう、そう決めていた。

幸い、マシューは死の淵から生還した。マシューは退院すると「アメリカに渡る」と言った。私も高校を休学してついていった。そして三年後、大金持ちになったマシューと一緒に、私は日本に帰国した。

私はマシューの力になりたかった。マシューがいなかったら、私は生きていないから。死に損ないの私は、ただマシューのためだけに生きていた。他に生きている理由は何もなかった。

どうしたらあなたの役に立てる？　ねえ、マシュー？

「この国に天国を作るんだ」

アメリカから戻ったマシューは、そう言った。

「天国って、どういう所？」

「何でも望みが叶う所さ」

「私も手伝う。あなたが天国を作るのを」

私は天国の勉強のために、カトリック教会に通い始めた。

マシューが望んだ通り、私は最難関国立大学の薬学部へと進んだ。完全なドラッグを見つけてほしい、それがマシューの望みだった。

私はマシューがいなければこの世にいない人間だから、言われるままにそうした。マシューに喜んでもらえる、それだけが私の幸せだった。私はドラッグに一番近い現場、厚生労働省の麻薬取締官を目指し、そうなることができた——。

どうして私は、神西明に身体を与えたのだろう？　どうして私は、神西明が生きているとわかった時、嬉しかったのだろう？　白竜と一緒に殺すつもりだったのに。たった今だって、銃を向けて撃とうとしていたのに。

神西を騙し続けたという罪の意識ゆえだろうか？　生きる理由を見失った神西に、自分の姿を重ね合わせたからだろうか？　神西の愛する人をマシューが殺したから、その罪滅ぼしなのだろうか？　神西のいつも寂しげな表情が、どこかマシューに似ていたからだろうか？

それとも私は、いつの間にか神西明を愛してしまったのだろうか？　死んだあとも神西の心を独り占めにする女、桧原祥子になりたかったのだろうか？

理由はわからない。でもとにかく私は、あの時神西を抱き締めないと神西が死んでしまうと思った。そして神西が死んでいくことに耐えられなかった。死ぬべきなのは私だった。私は死ねる時をいつも待っていたのだから。そして、今がその時だと思った。私は生きている理由のない、死に損ないの人間なのだから。

ねえ、マシュー。

マシューという名は、聖書のマタイから来た英語の名前なの？　それとも北海道にある摩周湖《ましゆうこ》から取ったの？

青い目をしているマシューだから、どっちも本当に思えた。そしてどっちも素敵な理由だから、私はマシューに名前の由来を聞かなかった。本当はどっちなんだろう？　聞いておけばよかったね。

ねえ、マシュー。

どうしてあなたは、あの夜、私を拾ったの？
ただの薄汚れた子供を。死に損ないの十二歳の女の子を。
たぶんマシュー、あなたも寂しかったんだね。それ以外の理由は思い付かない。
マシュー、あなたは、天使様でも人間でもないと言った。
でもマシュー、あなたは私にとって、間違いなく天使様だった。
ねえ？　マシュー――。

解説——危険極まりない物語世界、これぞまさに読む劇薬だ！

ブックジャーナリスト　内田《うちだ》　剛《たけし》

なんと凄まじい白と黒のエクスタシーなのだろう。光の描き方がとにかく見事だ。この世のすべては光と影で成り立っている。その光が眩《まばゆ》いほど、照らされてできる闇は深くなる。もちろん人間もまた白と黒の要素から象《かたど》られている。白い光を放つ善と暗い影を落とす悪の部分だ。尊い善の意識があるから人間は人間らしく生きられる。しかし、また欲に塗《まみ》れた悪の誘惑があるからこそ人間臭くもあるのだ。光と影の関係性と同様に表裏一体となった善と悪。人においてもそれらが先天的なのか後天的であるかは定かではないが、切り離せない存在であることは間違いない。

もちろん作品の魅力は白と黒の対比だけではない。さらに印象的なのは白と黒の狭間《はざま》にあるグレーゾーンが、なんとも鮮やかな点である。言葉では説明できない曖昧模糊《あいまいもこ》とした時代の空気。不安と不穏に満ちた社会そのもの。いかなる決意を持って立ち向かっても抗《あらが》うことの不可能な運命の魔力。それらは光と影の明滅だけでは絶対に語り尽くせない。そんな複雑怪奇な怪物が作り出した、色彩豊かなグレーゾーンに放りこまれた人間の感情の塊《かたまり》。その赤裸々《せきらら》な咆哮《ほうこう》が物語の魅力を大いに高めている。

この物語には天使と悪魔、そして人間が同時に棲《す》まう。白い羽根を持った天使とどす黒い闇に支配される悪魔。その両者の間で弄《もてあそ》ばれる人間たち。清らかな極楽浄土は天使たちが舞い踊る天国であり、汚れきった無間《むげん》地獄では悪魔の使いである烏《からす》たちが死肉を啄《ついば》んでいる。天と地それぞれの光景を脳裏に焼きつけられながら、今まさに眼前に繰り広げられる現実世界を容赦なく突きつけられる。見える景色が過酷であればあるほど決して目を背《そむ》けてはならないのである。

主たる舞台は近未来の東京。二〇二〇年に創設されたカジノがある特区・聖洲《きよす》である。『スノウ・エンジェル』の大きなテーマは「薬物依存」。芸能関係者の所持や使用の衝撃だけではない、いわゆる危険薬物による犯罪や事件、事故の報道は後を絶たず、近年大きな社会問題となっている。新たな薬物と法規制の限界。若年層の間や家庭、学校など身近な場所での蔓延《まんえん》はこの国の未来を揺るがしかねない由々《ゆゆ》しき事態。その状況は悪化の一途をたどっている。

そんな薬物犯罪を食い止めるべく立ち上がるのは、摘発のためなら手段を選ばない厚生労働省の麻薬捜査官・水月笙子《みづきしょうこ》。彼女が捜査協力を求めたのが、いわくつきの元刑事・神西明《じんざいあきら》だった。とにかく真っ当ではないコンビの誕生。連鎖して起きる事件はもちろん一筋縄ではいかない。必然、神西に課せられたミッションも前代未聞の凄《すさ》まじさとなる。罪の源泉を探るべく遂行《すいこう》される捜査は、まさしく非合法で命懸《いのちが》け。薬の売人に近づき信頼を得るためには、法の壁をも打ち破らねばならないのだ。しかし手に汗握る潜入シーンはほんの導入部分に過ぎない。目を覆うような仁義なき激闘が待ち受けている。見せどころは極めて映像的で、轟《とどろ》く銃声ばかりか硝煙《しょうえん》の臭いまで伝わるようであり、飛び散った血《ち》飛沫《しぶき》は目元に返ってくるようだ。この臨場感は滅多《めった》に体験できるものではない。

規制の網を掻《か》い潜《くぐ》って開発されたのは、新種の合成ドラッグ「スノウ・エンジェル」＝「完全な麻薬」。血も涙もない悪の核心へと迫りゆくシーンは、この世のものとは思えないほどの迫力だ。九年前に目の前で相棒を殺され、犯人五人を射殺して逃亡し、復讐の鬼となった神西。自らの社会的地位を棄《す》ててまで首謀者「マシュー」を追い続ける激しい執念には理由があった。ここには元刑事のというより、一人の人間としての矜持《きょうじ》がある。私怨《しえん》を晴らしたい神西とビジネス的な成果を求める水月の距離の変化も読みどころの一つ。冷静と情熱の間で戦いに明け暮れる男の生き様を時には支え、時には突き放すのが組織であり社会である。ストーリーのスパイスとなるのは、個人を陰日向《かげひなた》になって支える人間たちの強い存在だ。信頼と裏切り、愛と憎しみ。人と人とをめぐる壮絶なドラマがここにある。

構成の見事さも大きな特色である。空気感をガラリと変化させるプロローグとエピローグそれぞれ二編を掲げて、「01 贖罪《あがな》いし時」から「23 消滅《きえゆ》く時」まで本編を挟みこむ。濃密な数百ページはまさしく天国的だ。まったく無駄のない著者の企みが手にとるように伝わってくる。章立ての言葉選びも絶妙だ。タイトル同様に目次からも物語が始まっているといってよいだろう。

読みどころしか見当たらない全編からは、理性と感性を溶かして攪拌《かくはん》するようなうねりが感じられる。五感にうったえる圧巻のリアリティ。桁《けた》はずれの躍動感。真っ当な精神が弾け飛ぶような高揚感によって完膚《かんぷ》なきまでに酔わされるのだ。特筆すべきは物語に引きつけさせる力である。それはもう魅力というより魔力と表現した方が適切だろう。読みはじめたら止まらないスピード感。それはまるで人気テーマパークの絶叫系アトラクションのように取り憑《つ》かれる感覚がある。骨太にして肉厚。血湧き肉躍《おど》るこれぞまさしく読む劇薬。危険極まりない中毒性のある物語世界なのだ。

本作『スノウ・エンジェル』は二〇一七年に刊行された単行本の文庫化作品である。前作『デビル・イン・ヘブン』（二〇一三年刊）は先行して刊行された文庫版で読め、どちらも単独でも味わえる第一級のエンターテインメント作品であるが、併《あわ》せて読めばより一層面白い。『スノウ・エンジェル』は『デビル・イン・ヘブン』の前日譚《ぜんじつたん》であるから、登場人物や舞台設定が大いに重なり相互の関係性が非常に強い。同じ場面が別角度から眺められるばかりか、キャラクターたちが背中に負った十字架の意味も分かって意義深いのだ。未読の方はぜひ書店に走ってもらいたい。

愚かな人間たちを歪《ゆが》め貶《おとし》める「ギャンブル」と「ドラッグ」。二作品それぞれに仕掛けられた罠に身も心も震えてしまう。表紙カバーも『デビル・イン・ヘブン』が黒で『スノウ・エンジェル』が白を基調としており並べれば、そこに天国と地獄の世界が再現される。こうしたビジュアル的なアプローチも刺激に満ちている。前者のカバーには白い鳥の羽根が舞い、後者は天使の背中の大きな羽根の上に白い錠剤が雪のように降り注ぐデザインだ。これまた深いメッセージ性が隠されているように感じられる。

「ギャンブル」も「ドラッグ」も、いずれもいつの間にか人間を骨身から蝕《むしば》んでしまう強い依存性のある存在だ。ふとしたきっかけで、またほんのわずかな分量からいつしか中毒となり実質的な「死」に至らしめる。非常に危険な毒素を持っているのだ。天使が背負った羽根もそれと似ている。一枚ずつ空から舞い落ちてきたなら美しい天からの贈り物と感じるかもしれない。しかし油断大敵。それが積み重なり全身を覆い尽くしてしまったらどうだろう。しかもそれが得体の知れない薬物に毒されていたとしたら。目の前の視界がまったく奪われるばかりか、真綿《まわた》に首を絞められるが如《ごと》く命までも奪い去ることになりかねない。天使の羽根に象徴されるような恐ろしさは決して他人事《ひとごと》ではない。我が身にかもしれないし、自分が最も愛する人にかもしれない。まさしくどこにでも起こりうることなのだ。

人は一人では生きていけない。誰もが何かに寄り添い生きている。しかし価値観は人それぞれだ。頼るべきものが「ギャンブル」か「ドラッグ」しかなかったとしたら。考えただけでも背筋が凍る。本書では「マシュー」を唯一無二の天使様と讃《たた》えることによって、自己存在を確かめる者がいる。一方で神西の無法的な行動にしても間違った正義に毒されているように思える。悪を生み出すシステムの裏側、宗教と洗脳、善と悪の関係性、本当の幸せなど、問いかける問題は深遠《しんえん》だ。この作品は欲望の先に露呈《ろてい》される脆《もろ》い人間の素顔を暴くだけでなく、歪んだ社会に向けて様々な警鐘《けいしょう》を鳴らしてくれる物語としても価値があるだろう。投げかける石は重たく波紋は大きい。心して読むべきである。

これほど思う存分に読者を楽しませてくれる著者についても触れなければならないだろう。河合莞爾《かわいかんじ》は二〇一二年に第三二回横溝正史《よこみぞせいし》ミステリ大賞において『デッドマン』で大賞を受賞し華々しくデビュー。一躍《いちやく》注目作家に躍り出た。プロフィールは「熊本県生まれ、早稲田《わせだ》大学法学部卒、出版社勤務」で、他の情報は詳《つまび》らかにはされていない。謎めいた感が逆に興味をそそる。デビュー作であり出世作でもある『デッドマン』から『ドラゴシフライ』、『ダンデライオン』の三冊は鏑木《かぶらぎ》特捜班《とくそうはん》シリーズとして角川文庫で読める。個人的には、やはり近未来を舞台とし人間とロボットの確執を描いた『ジャンヌ』を推《お》したい。AI化の理想と現実が凝縮され、問題提起ともなる物語だ。そして今回触れてきた『スノウ・エンジェル』も『デビル・イン・ヘブン』と二冊併せて祥伝社文庫の棚に並ぶこととなった。いずれも著者の代表作として長く読み継がれていくはずだ。

優れた作家は時代の斜め先を歩き続ける。現実社会を見極める視線が実に確かで、時間軸にして近未来を描きながら決して絵空事《えそらごと》にはならない。むしろ時間が小説に追いついてきているように感じられる。しっかりと地に足を着けた恐るべきリアリティが横たわっているのだ。本作は頭抜《ずぬ》けた迫力の警察小説でありながら薬物問題に切り込んだ社会派としての側面を持つ。理不尽なこの国の病理を俯瞰《ふかん》する眼力と、途轍《とてつ》もないパワーで物語を動かすその筆力は尋常ではない。そんな著者・河合莞爾がいったいこれからどんなテーマをチョイスし「危険な」ストーリーを世に送り出していくのか楽しみで仕方がない。次なる鳥肌体験を大いに期待しつつ首を長くして新作を待とう。

●主な参考資料

【書籍】

『依存症ビジネス 「廃人」製造社会の真実』デイミアン・トンプソン著、中里京子訳（ダイヤモンド社）

『麻薬取締官』鈴木陽子（集英社新書）

『手記 潜入捜査官』高橋功一（角川書店）

『脱法ドラッグの罠』森鷹久（イースト新書）

『危険ドラッグ 半グレの闇稼業』溝口敦（角川新書）

「警察白書（各年度）」（警察庁）

（ほか、多数）

【ウェブサイト】

「厚生労働省　地方厚生局麻薬取締部『麻薬取締官』」https://www.ncd.mhlw.go.jp/

「厚生労働省　指定薬物を包括指定する省令の公布／報道発表資料」https://www.mhlw.go.jp/stf/houdou/2r98520000002vkio.html

「警察庁　犯罪組織による薬物の不正取引の実態」https://www.npa.go.jp/hakusyo/h15/html/E1104021.html
「薬物のない世界のための財団」https://jp.drugfreeworld.org/
「株式会社島津製作所　危険ドラッグの分析」https://www.an.shimadzu.co.jp/apl/forensic/legalhigh.htm
「ＮＰＯ法人　医療大麻を考える会」http://iryotaima.net/
「薬物・アルコール依存症リハビリセンターＧＡＩＡ」http://ryukyu-t.com/
（ほか、多数）

本書は平成二十九年六月に小社から四六判として刊行されたものです。

この物語はフィクションです。もし同一の名称があった場合も、
実在する人物、団体等とは一切関係ありません。

一〇〇字書評

切り取り線

スノウ・エンジェル

購買動機（新聞、雑誌名を記入するか、あるいは○をつけてください）

- □（　　　　　　　　　　　　　）の広告を見て
- □（　　　　　　　　　　　　　）の書評を見て
- □ 知人のすすめで
- □ タイトルに惹かれて
- □ カバーが良かったから
- □ 内容が面白そうだから
- □ 好きな作家だから
- □ 好きな分野の本だから

・最近、最も感銘を受けた作品名をお書き下さい

・あなたのお好きな作家名をお書き下さい

・その他、ご要望がありましたらお書き下さい

住所	〒				
氏名		職業		年齢	
Eメール	※携帯には配信できません		新刊情報等のメール配信を 希望する・しない		

この本の感想を、編集部までお寄せいただけたらありがたく存じます。今後の企画の参考にさせていただきます。Eメールでも結構です。

いただいた「一〇〇字書評」は、新聞・雑誌等に紹介させていただくことがあります。その場合はお礼として特製図書カードを差し上げます。

前ページの原稿用紙に書評をお書きの上、切り取り、左記までお送り下さい。宛先の住所は不要です。

なお、ご記入いただいたお名前、ご住所等は、書評紹介の事前了解、謝礼のお届けのためだけに利用し、そのほかの目的のために利用することはありません。

〒一〇一－八七〇一
祥伝社文庫編集長　坂口芳和
電話　〇三（三二六五）二〇八〇

祥伝社ホームページの「ブックレビュー」からも、書き込めます。
www.shodensha.co.jp/bookreview

祥伝社文庫

スノウ・エンジェル

令和 3 年 5 月 20 日　初版第 1 刷発行

著　者　河合莞爾《かわいかんじ》
発行者　辻　浩明
発行所　祥伝社《しょうでんしゃ》
東京都千代田区神田神保町 3-3
〒 101-8701
電話　03（3265）2081（販売部）
電話　03（3265）2080（編集部）
電話　03（3265）3622（業務部）
www.shodensha.co.jp
印刷所　堀内印刷
製本所　ナショナル製本
カバーフォーマットデザイン　芥 陽子

 ISBN978-4-396-34726-0 C0193